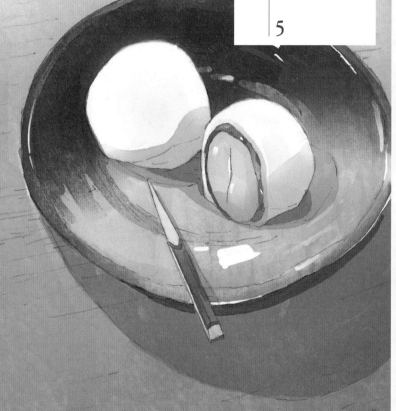

니토리 고이치 장편소설

이소담 옮김

기다리고 있습니다

변두리
화과자점
구리마루당

5

* 이 도서의 국립중앙도서관 출판예정도서목록(CIP)은 서지정보유통지원시스템 홈페이지(http://seoji. nl.go.kr)와 국가자료공동목록시스템(http://www.nl.go.kr/kolisnet)에서 이용하실 수 있습니다. (CIP제어번호: CIP2017003920)

기다리고 있습니다

변두리
화과자점
구리마루당 5

니토리 고이치 장편소설

이소담 옮김

은행나무

차례

프롤로그 … 7

제1장 와카아유 … 9
제2장 빙수 … 127
제3장 다이후쿠 … 197

작가의 말 … 311
옮긴이의 말 … 314

일러두기
• 본문의 주는 모두 옮긴이의 주입니다.

프롤로그

도쿄 아사쿠사.

변두리 동네 사람들이 바쁘게 오가는 오렌지 거리 어딘가에 고즈넉하니 자리한 화과자점이 있다.

다갈색 포렴에 달필로 적힌 가게 이름은 '과자점 구리마루당'.

메이지 시대* 때부터 4대째 이어오는 노포로, 소규모 찻집도 겸한다.

안으로 들어가면 진열장에 정갈하게 놓인 각양각색의 화과 자가 당신을 반긴다.

소박하면서도 다양한 형태와 고급스러운 색감을 보면 당신 의 입가에도 분명 미소가 지어질 것이다.

* 1868년 1월 3일부터 1912년 7월 30일까지 메이지 일왕이 통치한 시대.

그런데 이 가게의 상품은 그것만이 아니다.

이따금 예상하지 못했던 것이 들어올 때가 있다.

당신은 이 가게에서 마음이 따뜻해지는 행복한 한때를 보낼 수도 있고 놀라운 사건과 만날 수도 있다.

제1장

와카아유

멍하니 응시하던 벽이 어느새 석양을 받아 붉게 물들었다.

……벌써 시간이 이렇게 됐나.

정신을 차리고 손바닥을 내려다보자, 석양빛에 물든 다섯 손가락이 가늘게 떨리고 있었다.

또 이런다. 경련이 오는 간격이 확연히 짧아졌다.

그러나 이젠 어쩔 수 없다.

도가시 슌은 주먹을 꽉 움켜쥐고 다시 벽 한 지점을 응시했다.

빛에 빨갛게 부서지는 벽을 응시하고 있자니, 색채가 시야의 한계를 벗어나 무한으로 펼쳐지고 어느 순간 그곳에 휩쓸려 자아가 소멸될 듯한 광적인 기분에 사로잡힌다.

아무렇게나 자란 머리카락도, 까맣게 탄 피부도, 헐렁하고 더러운 옷도 전부 희미해지며 사라지는 것만 같고, 떠올리기

싫은 기억까지도 일시적으로 잊을 수 있다.

이곳은 히가시아사쿠사의 한 간이 숙박소.

다다미가 깔린 좁은 방으로 구성된 이 숙박소는 주로 일용직 노동자가 이용하는 곳이다.

요를 깔면 발 디딜 틈 없이 비좁아지지만 가격이 싸서 머물만한 공간이다. 목적을 이룰 때까지 도가시는 이곳에 머물 생각이었다.

정적 속에서 시간이 얼마나 흘렀을까. 갑자기 등 뒤에서 목소리가 들렸다.

"그렇게 느긋하게 있어도 되니, 슌."

목소리가 들린 쪽을 돌아보자 키가 큰 중년 남성이 창가에 서 있었다.

저녁 해를 역광으로 받아 까만 그림자처럼 변한 그에게 도가시는 친근한 말투로 대답했다.

"괜찮아, 아버지."

"알고 있겠지? 네게 남은 시간은……."

"물론이지. 그 안에 할 수 있어."

아버지는 하여간 걱정이 많다고 생각하며 도가시는 희미하게 웃음을 지었지만, 실은 앞으로 어찌할지 정하지 못한 상태였다. 아니나 다를까, 아버지가 그 점을 지적했다.

"구체적으로 어떻게 할 생각이냐?"

"으음……."

상황이 조금 복잡해지긴 했다. 도가시가 대답하지 못하자 아버지가 늘 그랬듯이 적절한 조언을 해주었다.

"틈이 생기기를 노려 직접 접촉해라. 그게 최선이야."

역시 그것이 최선이다. 아버지라면 그렇게 말할 줄 알았다. 현실적으로 목적을 이루려면 그것이 가장 간결한 방법이다.

그러나 대상 주변에 진을 친 인물들이 상당히 귀찮은 존재들이었다. 그럼 어떻게 하면 좋지?

머리를 굴리는데 아버지가 갑자기 목소리를 낮춰 경고했다.

"조심해라, 슌."

아버지의 말이 끝남과 동시에 갑자기 문이 열렸다. 체형이 늘씬한 침입자가 마치 고양잇과 육식동물처럼 재빨리 방으로 들어왔다.

"도가시 슌, 찾았다."

뒤도 돌아보지 않고 발로 능숙하게 문을 닫은 침입자는 단정하고 갸름한 얼굴이 인상적인 청년이었다.

반소매 니트와 스키니 바지, 한여름인데도 목에 스카프를 두른 차림이 화려했고, 분위기는 대놓고 공격적이었다. 어디서 본 적이 있는 녀석이라고 무표정하게 생각하는 도가시 앞에서 청년은 불손하게 웃었다.

"뭐야. 생각보다 많이 어리잖아. 나보다 연하인가?"

김이 빠졌다면서 중얼거리는 그는 나른한 말투와 달리 문을 등진 자세로 보아 빈틈없는 사람 같았다. 애초에 이 방은 너무 좁아서 도망치기 힘들다.

도가시는 등을 살짝 구부려 중심을 낮추고 물었다.

"너는 누구지?"

"나? 아아, 나는 아사바 료. 아사쿠사에서 제일 인기가 좋은 남자지."

사람을 깔보는 말투로 대꾸하고 아사바는 모양새 좋은 턱을 번쩍 치켜들었다.

"최근에 내 친구 주변을 맴도는 놈이 있다는 소문을 들어서. 그런 소리를 들으면 누구라도 불쾌하고 열 받지 않겠어? 팔팔 하던 시절의 피가 들끓는단 말이야. 남의 연애를 방해하는 놈 한테는 말똥을 먹이라는 말도 있잖아? 그러니까 내가 너에게 그걸 먹여주려고 왔다는 말씀."

"무슨 헛소리야?"

"네놈은 말이 제대로 통할 상대가 아니라는 소리다."

허튼 말장난을 흘려들으며 도가시는 서서히 기억해냈다.

……그래. 가끔 구리마루당에 나타나는 녀석이다.

그렇게 상대를 의식한 순간, 눈동자 안쪽에서 강렬한 의지
가 서린 빛이 뿜어 나오며 도가시의 눈에 번쩍번쩍한 광채가
돌았다.

문을 가로막고 서서 도주로를 차단한 아사바는 웃음기를 싹
지우고 말했다.

"다행히 친구들은 오늘 볼일이 있어서 멀리 나갔으니 타이
밍이 좋았지. 둘 다 이러니저러니 해도 호인들이어서 잔꾀를
부리지 못하거든. 말이 통하지 않는 상대라면 그에 맞는 방법
이 필요한데 말이야."

"그러니까 무슨 소릴 하고 싶은 거야?"

"네 가슴에다 물어보시……지!"

순간 아사바가 목에 두르고 있던 스카프를 도가시의 얼굴을
향해 던졌다.

허를 찔린 도가시가 한 손으로 스카프를 쳐냈으나 그와 동
시에 복부로 아사바의 날카로운 무릎 차기가 들어왔다.

"……으윽!"

반사적으로 몸을 앞으로 굽힌 도가시의 오른팔을 아사바는
재빨리 붙잡아 꺾어 올렸다. 그는 그대로 도가시의 몸을 앞으
로 굽히게 하고 팔꿈치를 머리 뒷부분에 가까이 대 움직이지
못하게 했다.

눈속임에 보기 좋게 걸려든 셈이었다. 키가 큰 아사바에게 순식간에 오른팔이 높이 들어 올려진 채로 붙잡히고 말아 도가시는 속으로 혀를 찼다.

아사바는 마른 체구인데도 힘이 세서 쉽사리 떨칠 수 없었다. 이런 자세로는 발버둥을 쳐도 효과가 없고 무릎에 또 걷어차이기나 할 뿐이다.

순식간에 도가시를 제압한 아사바는 잠깐 숨을 고르고 입을 열었다.

"이제 너는 도망치지 못해. 자, 털어놔. 왜 구리타와 아오이 씨 주변을 맴돌지?"

"네놈이랑…… 상관없잖아."

"상관있어."

아사바의 말투가 강해졌다.

"너, 전에 호오당에서 제법 큰일을 벌였다더군. 아오이 씨를 다치게 하고 또 다른 화과자 장인에게도 손을 댔다고……. 전부 다 들었어."

아사바는 입을 꾹 다문 도가시를 매서운 표정으로 노려보았다.

"구리타와 아오이 씨는 나한테 아주 소중한 존재야. 너 같은 놈이 저지른 악행의 또 다른 먹잇감이 되도록 놔둘 수 없어. 자, 얼른 말해. 이번에는 뭘 꾸미고 있지? 얌전히 털어놓는다면 다치지 않고 끝낼 수 있어."

아사바는 더욱 세게 도가시의 팔을 비틀어 올렸다. 강한 통증에 도가시는 얼굴을 찡그렸으나 아픈 것 이상으로 분노가 부글부글 들끓었다.

……네놈이 뭐라고. 뭘 안다고 그따위 소리를 지껄여.

파멸적인 감정이 솟구쳐 혈관을 타고 전신에 흘렀다. 자제심이 마비되어 차츰 머릿속이 텅 비어가는데, 뒤에서 목소리가 들렸다.

"도움이 필요하니, 슌?"

익숙한 그 목소리에 퍼뜩 평소의 사고력으로 돌아왔다.

도가시는 팔이 비틀린 상태로 고개를 저었다.

"아니, 괜찮아. 필요 없어."

어떤 병 때문에 아버지는 격렬한 운동을 하지 못한다. 상태가 좋지 않은데 무리하면 안 된다.

아니, 겨우 이 정도 상황에 쩔쩔매는 것 자체가 문제였다. 혼자서 해결할 수 있음을 증명하지 못한다면 아버지도 안심하지 못할 것이다.

"아버지는 보고만 있어. 지금부터 이 문제를 처리하고 여길 빠져나갈 테니까."

도가시의 말을 단순한 허세라고 받아들였는지 아사바가 불쾌하게 입술을 일그러뜨렸다.

"무슨 헛소리를 하는 건지. 잠꼬대라도 하냐?"

"잠꼬대를 하는 건 너야. 지금부터 네놈 잠을 깨워주마."

말을 마치자마자 도가시는 행동에 나섰다. 비틀린 팔에 힘을 주어 억지로 빼내려고 했다.

"어…… 어이, 하지 마! 그러다 부러져."

아사바가 낭패한 목소리로 경고했지만 알 게 뭐냐. 도가시는 개의치 않고 팔을 빼내려 힘을 짜냈고, 아사바는 단정한 얼굴을 잔뜩 찡그리며 화를 냈다.

"젠장. 뭐 하자는 거야, 너!"

말은 기세등등하지만 아사바는 도가시의 팔을 부러뜨리지 못하고 그저 꺾어 누를 뿐이었다. 상황은 양쪽의 힘겨루기로 흘러갔다. 둘의 힘은 팽팽했다.

그때, 균형이 갑자기 깨졌다.

"엇?"

아사바의 눈이 휘둥그레진 이유는 도가시가 쓰던 힘의 방향이 갑자기 반전했기 때문이다. 팔을 빼내려던 힘이 밀어붙이는 힘으로 바뀌었다.

그렇다. 조금 전까지 그의 저항은 위장이었다. 도가시 쪽에서 받아치기 위한 유도. 체중 이동은 이미 끝났다. 도가시의 힘과 아사바의 힘은 방향이 교차하면서 순식간에 뒤집혔다.

도가시는 부자연스러운 자세로 아사바를 맹렬하게 밀며 방구석으로 돌진했다.

그곳에는 커다란 유리창이 있었다.

아사바가 잔뜩 긴장해서 비명에 가까운 소리를 질렀다.

"이 자식이! 멈춰! 여기 2층……!"

외침을 무시하고 도가시는 아사바와 함께 유리창으로 돌진했다.

절규와 깨지는 소리가 동시에 울리며, 수많은 유리 파편이 석양의 반사광으로 찬란하게 빛나는 가운데 그 둘은 있는 힘껏 공중에 내던져졌다.

*

황혼이 내려앉은 거리가 차창 너머로 완만하게 흘러갔다.

집으로 돌아가는 사람들이 서서히 몰려 붐비기 시작한 JR 다카사키선 차량 안. 구리타와 아오이는 긴장한 표정으로 대화를 나누고 있었다.

"걱정하지 마, 아오이 씨. 아사바라면 내가 제일 잘 아니까."

"그렇지만……."

"괜찮아."

구리타의 말을 듣고 길고 우아한 눈꺼풀을 드리우며 고개를 끄덕이는 여성은 호조 아오이.

청초하고 투명감 넘치는 미인으로 제과 지식이 남달리 풍부한 천재이기도 하다. 오늘은 조직이 촘촘한 니트와 짧은 카디건에 차분한 색깔의 스커트를 입었다.

일본 최대 화과자 업체인 아카사카 호오당의 사장 영애인 아오이는 교육을 잘 받고 자란 덕분인지 늘 입가에 부드러운 미소를 띠고 있는데, 지금은 걱정으로 어두워진 표정이었다.

그 옆에 서 있는 키가 크고 마른 체구의 늠름한 청년 구리타 진의 표정도 마찬가지로 심각했다.

"……괜찮을 거야, 당연하지."

초조한 감정을 가라앉히려고, 구리타는 자신에게 말하는 것처럼 다시 중얼거렸다.

아사쿠사에 있는 화과자점 겸 찻집 구리마루당의 4대째 주인으로서 매일 당당히 가게를 꾸려나가는 구리타도 어떻게 손을 쓰지 못하는 일이 있는 법이다.

지금은 억지로라도 아사바가 무사하다고 믿을 수밖에 없는 것이라 생각하며 구리타는 밀리터리 느낌이 나는 반소매 겉옷의 가슴 부분을 무의식중에 꽉 움켜쥐었다.

6월, 목요일 저녁때.

구리마루당이 휴일인 오늘, 구리타는 아오이와 예전부터 약속했던 사이타마 현에 가서 마스미 신이치의 무덤 앞에서 합장했다. 지금은 아사쿠사로 돌아가는 길이다.

마스미 신이치는 아오이가 호오당 작업장에서 화과자 장인으로 일했던 시절, 차세대 에이스였던 청년이다. 장인들 대부분도 한 수 접고 들어가는 사람이었고, 아오이도 그에게 달콤한 동경을 품었던 것 같다.

그런데 도가시 슌이라는 어린 화과자 장인이 새롭게 작업장에 들어왔다.

도가시는 마스미를 능가하는 재능의 소유자였으나 협조성이 부족해서 사람들과 잘 어울리지 못했다. 똑같이 비범한 재능을 지녔다고 생각한 아오이에게는 적극적으로 말을 걸었으나 다른 사람들에게는 흥미를 보이지 않아서 마스미의 속은 속이 아니었다.

그러던 어느 날, 둘은 크게 싸움을 벌였다.

아가씨를 연모하다니 네 주제를 알아라……. 마스미는 그런 식으로 말하며 도가시를 떠밀었고, 바닥에 엉덩방아를 찧게 된 도가시는 분노해서 가까이 있던 날카로운 세공용 가위를 손에 들었다.

아오이는 싸움을 말리려고 둘 사이에 끼어들었다가 손목을 심하게 다쳤다. 그 사건으로 인해 일상생활에 지장은 없지만 화과자 장인으로서 마음껏 일할 수 없게 되어 아오이의 화과자 장인 인생은 끝나고 말았다.

도가시는 당연히 호오당에서 해고당했다.

먼저 손을 댄 마스미는 근신 처분을 받았는데, 근신 중에 교통사고로 사망하고 말았다.

트럭 운전사의 증언에 따르면 마스미 스스로 도로에 뛰어들었다고 하니 죄의식을 견디지 못해 선택한 자살이었을 것이다.

이러한 사건의 충격으로 아오이는 낯가림과 혼란 증상을 일으켜 꽤 오랫동안 은둔형 외톨이에 가깝게 지냈다.

그러다가 호오당에 찾아오는 화과자 관계자들의 상담을 들어주면서 조금씩 회복하기 시작했다.

그렇게 세월이 흘러 몸과 마음의 상처가 거의 치유된 작년 늦가을, 아오이는 마스터의 소개로 구리타와 만났고 지금까지 관계를 이어가고 있다.

그때부터 벌써 반년 이상 지났다고 생각하니 감회가 깊다.

처음 만났을 때, 아오이는 구리타에게 그저 수수께끼 가득한 화과자의 아가씨였으나, 지금 구리타는 아오이라는 사람에 대해 많은 것을 알게 되었다.

아오이가 지금까지 과거를 말하지 않았던 이유는 워낙 무거운 이야기이기도 하거니와, 죽은 마스미 신이치에게 실례가 될까 봐 삼갔기 때문이다.

원래 마스미의 무덤 앞에서 전부 밝힐 예정이었으나, 어제 구리타와 아사바의 싸움을 말리기 위해 아오이는 의도하지 않은 형태로 과거를 전부 밝히고 말았다. 그래서 오늘 사이타마까지 간 이유는 굳이 따지자면 없다.

그래도 아오이가 마스미의 무덤에 안내해주어서 구리타는 고마웠다. 왜냐하면.

'……편안히 잠들기를. 뒷일은 내가 어떻게든 할 테니까.'

마스미의 무덤 앞에서 속으로 그렇게 맹세할 수 있었고, 도가시 문제를 해결하면 고백하겠다고 아오이에게 선언할 수 있었으니까.

'그 녀석의 일을 해결하면 아오이 씨……. 하고 싶은 말이 있어.'

구리타가 보인 태도에서 어떤 내용일지 대충 짐작했는지, 아오이의 뺨이 살짝 붉어졌다.

초여름 바람을 맞으며 마주 보고 선 두 사람 사이에 달콤하고도 부드러운 시간이 흘렀다.

그런데 갑자기 구리타의 스마트폰에 전화가 왔다.

화면에 아사바 료의 여동생, 아사바 가에데의 이름이 표시되었다.

"뭐야, 하필 지금……. 여보세요, 가에데?"

미간을 찡그리며 구리타가 전화를 받았는데, 충격적인 말이 귀에 쏟아졌다.

"구리타 군! 오빠가…… 오빠가……, 도가시라는 사람한테 떠밀려서 2층에서 떨어졌어!"

"뭐라고?"

핏기가 싹 가셨다.

제정신을 잃고 허둥거리는 가에데를 어떻게든 진정시켜 자세한 이야기를 들어보니, 아무래도 아사바가 선수를 치려고 했나 보다.

어제, 구리타를 따르는 불량소년들이 벌인 대규모 수사 덕분에 도가시가 히가시아사쿠사 간이 숙박소에 머문다는 사실을 알아냈다.

내일이라도 혼자 만나러 갈 예정이었는데 구리타보다 아사바가 먼저 움직였다. 그랬다가 도리어 당해서 도가시와 함께

2층 창에서 낙하해 병원에 옮겨졌다고 한다.

"아사바 이 자식이……."

걱정이 되는 동시에 혀를 차고 싶은 심정이었다. 구리타는 어디까지나 말로 해결할 생각이었다.

처음에는 도가시가 위험인물이라고 생각했다. 아오이에게 사악한 집착을 품고 스토커처럼 쫓아다니는 놈일 것이라고.

그러나 간노우라에 있는 노포 화과자점 앞에서 우연히 접촉했을 때, "마스미는 내가 해치웠다"라고 한 그의 말을 듣고 생각이 조금 바뀌었다.

자살한 마스미를 그런 식으로 말하는 이유는 죄책감을 느끼기 때문이 아닐까? 그렇다면 대화를 나눌 여지가 있다.

그러나 아사바는 구리타의 방침과 정반대로 생각했을 것이다. 선수를 쳐서 자기 방식대로 해결하려고 했으리라.

구리타는 미간에 주름을 잡고 고개를 저었다. 전철은 이제 곧 우에노 역에 도착한다.

"아오이 씨, 다음에 내리자. 병원까지 택시를 타고 가야겠어."

"그래요, 그게 제일 빠르겠어요."

아사바가 제발 무사하기를, 구리타는 입술을 꾹 다물고 바랐다.

＊

　우에노 역에서 택시를 타고 얼마 지나지 않아 센소지 뒤편 병원 앞에 도착했다.

　택시에서 내린 구리타와 아오이는 숨을 헐떡이며 병원 주차장을 내달렸는데, 건물 입구 근처에서 수상한 인물의 부름을 받았다.

　"어이, 뭐야. 둘 다 그렇게 허둥지둥 어디 가는 거야?"

　"어……?"

　황혼 무렵의 어스름 때문에 늦게 알아보았다. 자세히 보니 그 인물은 아사바였다.

　아사바는 병원 벽에 등을 기댄 채 긴 다리를 주체 못 하는 것처럼 한쪽만 구부리고 앉아 막대 형태 롤빵을 느긋하게 먹고 있었다.

　어리둥절하여 몇 초간 침묵 후, 구리타는 짐승처럼 신음하며 물었다.

　"……뭐야, 너 한가롭게 빵이나 먹고 있고. 2층에서 떨어졌다며?"

　"아, 그러고 보니 그런 일이 있었지?"

　놀리는 것처럼 시큰둥하게 대꾸하는 아사바는 아무리 뜯어

봐도 건강 그 자체여서 구리타와 아오이는 안도의 한숨을 내쉬었다. 어쨌든 무사해서 다행이었다.

"흥. 이 몸께서 겨우 2층에서 떨어진 정도로 어떻게 될 리가 없잖아? 두 사람 다 내가 아무리 좋아도 그렇지, 걱정이 너무 많다."

"뭐야? 좋아하지도 않거니와 걱정하지도 않았어."

구리타는 불퉁한 표정으로 머리를 긁적이며 말했다.

"나는 됐고, 가에데가 얼마나 걱정했는데. 딱할 정도였다고. 걱정 좀 끼치지 마."

"안 끼쳤어. 그래도 약간의 충격은 자극적이니까 뇌에 좋아. 이거 시험에 나오니까 잘 기억해둬라, 빌어먹을 구리타."

"왜 갑자기 선생님인 척이야, 머저리 아사바."

의미 없는 욕설을 주고받으려니 눈을 가늘게 뜬 채 웃고 있던 아오이가 "하하, 그 빵 맛있을 것 같아요. 땅콩크림이 들었나 봐요?" 하고 끼어들었다.

둘의 다툼을 지켜보다가 이제 이쯤은 익숙하다는 듯이 중재한 뒤, 아오이가 조용히 한숨을 쉬었다.

"그래도 아무 일 없어서 다행이에요, 아사바 씨. 저 진짜 안심했어요."

"아오이 씨……?"

정말 다행이라고 중얼거리며 가슴을 쓸어내리는 아오이, 그녀를 바라보는 아사바도 감동한 표정이었다.

"아오이 씨, 나를 그렇게까지⋯⋯."

"네. 상상해보세요. 아사바 씨한테 무슨 일이 생겼다면 구리타 씨가 얼마나 슬퍼하겠어요. 침대에 누워도 잠을 이루지 못하는 밤을 보내는 구리타 씨. 쓸쓸함을 견디지 못해 한밤중에 번화가를 헤매는 구리타 씨. 바 카운터에 엎어져서 눈물을 흘리며 아사바 씨의 이름을 울부짖는 구리타 씨⋯⋯."

"아니야, 아니야, 아니야!"

구리타와 아사바는 입을 모아 소리쳐 자기 세상에 푹 빠진 아오이를 현실로 돌아오게 했다. 아사바가 무사해서 안심한 탓인지, 아오이의 상상력도 활개를 치나 보다.

곧 병원에서 나온 가에데가 무사함을 기뻐하며 대화를 나누는 중인 셋을 발견했다.

"아⋯⋯. 구리타 군, 아오이 씨!"

오빠와 닮아 단정한 용모에 안경을 낀 가에데는 아사쿠사의 안경 미인이라고 불리는 사랑스러운 수재이다. 오빠와 달리 야무진 성격인 가에데는 뭔가 생각났다는 듯이 퍼뜩 놀란 표정을 짓고 달려왔다.

"미안해, 구리타 군! 오빠가 무사하다고 말해야 했는데 깜박

했어!"

"괜찮아. 정신없었을 테니까."

"응, 조금……. 경찰한테 사정을 설명하고, 싫다는 오빠를 병원까지 끌고 오고, 검사에 엑스레이 촬영한 돈도 내느라."

가에데의 말을 들은 구리타는 기가 차서 아사바를 노려보았다.

"……동생을 지나치게 귀찮게 하고 있잖아!"

"뭐, 결과적으론 하나도 안 다쳤다? 가에데가 잔걱정이 많아서 그래."

아사바는 모르는 척 시치미를 떼고 다시 빵을 먹기 시작했는데, 갑자기 가에데의 안경이 예리하게 빛났다. 살짝 고개를 기울이고 마치 버스 안내원처럼 환하게 웃는 얼굴로 가에데가 말했다.

"매일같이 걱정을 끼치는 게 누구시더라? 그보다 내가 대신 낸 병원비, 나중에 다 받아낼 거니까 그런 줄 알아."

아사바가 씁쓸한 표정을 지었다. 보아하니 여동생에게 고개를 들지 못하고 사는 모양이다.

어쨌든 병원에서 검사한 결과, 아사바의 몸에 아무 이상도 없었다고 한다.

"그나저나 정말 운이 좋았다. 상처 하나 없다니."

구리타가 말하자 아사바는 약간 우울한 표정으로 대답했다.

"다행히 두 발로 떨어졌으니까……."

도가시와 한데 엉켜 창밖으로 떨어진 순간에는 적지 않게 당황했지만 온몸의 근육을 움직여 어떻게든 공중에서 자세를 바꿨다고 아사바는 설명했다.

최대한 똑바로, 오른발과 왼발이 균등하게 떨어지도록 방향을 조정했고 땅에 닿기 직전에 양손도 짚었다.

그렇게 좌우 손발로 충격을 고루 분산한 까닭에 간신히 무사할 수 있었다는 설명이었다. 구리타 수준에는 미치지 못해도 운동신경이 워낙 뛰어난 아사바니까 할 수 있는 묘기였다.

"3층이었으면 소용없었겠지만 2층이었으니까……. 그보다 구리타."

"응?"

"미안하다."

아사바가 갑자기 고개를 숙여서 구리타는 깜짝 놀랐지만, 어떤 의도인지 금방 알아차렸다.

"……어쩔 수 없지. 뭐, 됐어. 이번에는 아무 일도 없었으니까 괜찮아."

아사바가 지금 여기 있다는 것은 도가시가 도망쳤다는 뜻이다.

아마 도가시는 그 근처로 다시 돌아오지 않을 테니까 솔직히 구리타는 낙담했다. 그렇게 고생해서 위치를 찾아냈는데 처음부터 다시 해야 한다.

하지만 아사바가 구리타를 걱정하는 마음에 움직였다가 생긴 일이니까 다른 사람이 아무리 비난하더라도 최소한 자신만큼은 비난해선 안 된다고 생각해 구리타는 무뚝뚝하게 말했다.

"됐으니까 고개 들어. 비자를 따서 외국으로 도망치진 않을 테니까. 다시 찾으면 그만이야."

그런데 고개를 든 아사바는 황당한 소리를 했다.

"그런 의미가 아니야. 내 말은…… 녀석을 때려눕히지 못해서 미안하다는 거야."

"응?"

겨우 그런 걸로 뚱해 있나 싶어 구리타는 미간을 찌푸렸는데, 아사바는 진지했다.

"도가시 슌, 그 자식은 정말 위험해. 솔직히 말할게. 내가 지금까지 싸웠던 놈들 중에서 제일…… 두려웠어."

아사바가 이런 말을 할 정도라니, 구리타는 내심 충격을 받았다.

그러나 아사바가 이렇게 약한 소리를 하는 것이 달갑지 않은 마음도 조금 있었다.

"아아, 그야 위험한 놈인 건 사실이지만. 그렇다고 그놈의 페이스에 휘말리면 안 되지. 뭘 겁먹고 있어."

그런데 아사바는 고개를 젓고 "그런 짓은 보통 못해" 하고 기묘한 소리를 했다.

"사실 처음에는 나쁜 짓을 하는 것 같아서 켕겼어. 갑자기 숙소에 쳐들어가서 무슨 꿍꿍이를 품었는지 털려고 했으니까."

"뭐야, 자각은 하고 있었네."

"먼저 손을 댄 건 나니까. 그 점은 반성해. 더 영리하게 접근하는 다른 방법이 있었을 거야. 그러니까 한 방 먹은 건 어떤 의미에서 수업료라고 생각하는데."

아사바는 부르르 몸을 떨더니 잠깐 입을 다물었다. 그리고 목소리를 낮춰 말했다.

"도가시랑 같이 창밖으로 떨어졌을 때, 나는 다행히 다치지 않고 착지했어. 다리가 저려서 한동안 움직이지 못하긴 했지만. 그런데…… 도가시는 등으로 떨어졌어."

"뭐?"

"아마 숨도 쉬지 못할 정도로 아팠을 거야."

나직하게 말하는 아사바의 얼굴은 그때를 떠올렸는지 창백했다.

"그런데 그놈은 나보다 먼저 일어났어. 아픔을 전혀 못 느끼는 것처럼. 유리에 베였는지 이마에 피까지 한 줄기 흘리면서 움직이지 못하는 나한테 다가오더라. 그리고 바로 옆에서 나를 내려다보며 이렇게 말했어."

"뭐라고?"

"괜찮냐고."

구리타는 숨을 삼켰다. 그 광경이 머릿속에 또렷하게 상상이 되어 갑자기 소름이 돋았다.

"내가 두려웠던 건 그놈의 그 눈이었어. 날 똑바로 바라보는데, 몸싸움을 벌였을 때 느꼈던 비정상적인 눈빛은 어디론가 사라지고 지나칠 정도로 정상이었어. 그놈은 나를 진심으로 걱정했어. 그런 일이 있었던 바로 뒤인데."

밤바람이 쌀쌀한지 아사바는 자기 몸을 안는 것처럼 양쪽 팔꿈치를 붙잡고 말했다.

"그게 무섭더라. 그놈은 우리와 종류가 다른 인간이야……. 그런 기분이 들었어. 내가 무사하다는 것을 확인하더니 그놈은 구리타 진에게 곧 만나러 가겠다는 말을 전해달라고 하고는 뛰어갔어."

그런 일이 있었다니.

미간을 잔뜩 찌푸린 구리타 앞에서 아사바는 보기 드물게 격렬한 감정을 드러냈다.

"그렇게 위험한 놈을 놓치다니…… 제기랄! 내가 때려눕혔어야 했는데!"

그제야 구리타는 깨달았다. 그렇구나, 그래서…….

아사바가 평소답지 않게 호전적인 태도를 보인 의미를 이해하고 구리타는 정신이 번쩍 들었다. 그래도 이제 괜찮다고 말해두어야 했다.

"아사바, 걱정해줘서 고맙다."

"……구리타?"

"그래도 앞으로는 내 방식대로 할게. 그쪽에서 내게 온다고 했으니까 찾는 번거로움도 사라졌고."

아사바와 아오이와 가에데 모두의 시선이 자신에게 쏠리는 것을 느끼며 구리타는 생각에 잠겼다.

도가시의 목적이 아직 불분명하지만, 맞대면하면 그쪽에서 자연스럽게 밝힐 것이다.

그는 본질적으로 어떤 인간일까, 그라는 존재의 근본원리는 대체 무엇일까?

도가시는 복잡하고 괴이한 심리를 지녔으나, 그렇기에 마음을 솔직히 터놓으면 오히려 이해할 수 있는 지점을 발견할 것이다.

지금껏 의미 없이 이 아수라장을 지나오지 않았다. 구리타는 충분히 해낼 자신이 있었다.

구리마루당의 4대째 주인으로서 지금까지 경험해왔던 수많은 고난. 아버지의 팥소 맛 재현에 대한 고민과 괴멸 직전까지 갔던 초반 매출, 새로운 사쿠라모찌*와 물양갱 개발까지, 지금껏 얼마나 많은 벽에 부딪혔던가.

그때마다 아오이와 아사쿠사 친구들의 도움을 받아 착실히 앞으로 나아갔다.

자신과 도가시는 인생의 깊이가 다르다. 그러니까 지지 않는다. 반드시 어떻게든 해내고야 말 것이다.

"걱정하지 마. 늘 그랬던 것처럼 내 화과자로 도가시의 마음을 열어 보일 테니까."

"……그럼, 어디 솜씨를 구경해볼까."

구리타와 아사바는 의기양양하게 웃으며 시선을 나눴지만, 아오이와 가에데는 걱정스럽게 지켜보며 입을 꼭 다물고 있었다.

*

한여름처럼 뜨거운 햇살 아래, 아사쿠사 역에서 가미나리몬 거리로 나와 인력거가 길가에 쭉 늘어선 아케이드를 서쪽으로 걷다가 에도식 튀김이 유명한 노포 앞에서 오른쪽으로 꺾으

* 밀가루 반죽에 팥소를 넣고 소금에 절인 벚나무 잎으로 싼 화과자.

면, 소박한 분위기의 오렌지 거리가 나온다.

메이지 시대부터 이 오렌지 거리를 지키는 화과자점 겸 찻집 구리마루당 안에서 오늘은 흔치 않은 대화가 오갔다.

"저기요, 구리 씨. 요즘 장사가 꽤 잘되는 것 같지 않아요?"

달걀노른자와 설탕과 녹인 버터를 볼에 넣고 섞으며 나카노조가 물었다.

나카노조는 중학교를 졸업하자마자 구리마루당에 도제로 들어온 성격 밝은 화과자 장인이다.

"그럭저럭."

늘 그렇듯이 구리타는 무뚝뚝한 표정으로 나카노조의 질문에 대답했다.

"아버지가 계실 때보다는 못하지만 나쁘지 않아."

"아, 역시. 전보다 상품이 덜 남는 것 같아요!"

모자를 쓰고 하얀 가운을 입은 구리타와 나카노조는 지금 가게 안쪽 작업장에 있었다.

냄비와 체, 굳힘틀 등 소중하게 손질된 제과 도구가 가득한 장인의 공간이다. 그 중심에 자리한 스테인리스 작업대에서 둘은 구움만주를 준비하고 있었다.

오후 2시가 지난 시간이다.

화과자 가게는 미리 만들어둘 수 없는 나마가시*를 만드는 새벽에 제일 바쁘고, 오후에는 그럭저럭 여유가 생긴다. 그래서 그 시간에는 임기응변으로 일하는 것이 화과자점 운영의 기본 방침이다. 오늘 구리마루당에서는 구움만주를 만들기로 했다.

표면에 솔로 달걀노른자를 바른 다음 중앙에 호두 열매를 넣어 굽는 이 과자는 오래 두고 먹을 수 있어서 매일 만들 필요가 없으니까 수량이 부족한 시점에 보충한다.

구리타가 으깬 팥소에 섞을 호두를 능숙하게 써는 동안, 나카노조가 묘한 표정으로 말했다.

"그런데 상품이 잘 팔리는 것도 어떤 의미에서 고민이에요."

"응? 왜?"

무슨 소리인지 모르겠어서 구리타가 되묻자 나카노조는 하얀 이를 드러내고 활기차게 대답했다.

"그야 제가 공짜로 먹을 과자가 줄어드니까 그렇죠."

"내 알 바냐, 그게! 월급이 주는 것보단 낫잖아!"

"히익! 지당하신 말씀입니다!"

팔다 남은 나마가시를 다음 날 팔 수는 없으니까 남은 것을 폐점 후에 종업원끼리 나눠 먹는 게 방침이다.

* 주로 팥소를 넣어 찐 물기 있고 무른 생과자. 수분 함량이 40퍼센트 이상이다.

폐기보다야 먹는 편이 낫지만 역시 안 남는 것이 제일 좋다.

"……사실 판매량이 늘었다기보다는 예전 단골손님이 돌아와준 느낌이야. 아버지랑 할아버지 덕분이지. 우리 가게 같은 곳은 단골손님이 유지해주는 부분이 크니까."

화과자 가게에서 제일 중요한 존재는 달콤한 맛을 알고 다시 찾아주는 손님이다.

구리마루당은 오랜 단골손님이 많다. 구리타가 가게를 이은 초반에 발길이 멀어진 그들도 아오이의 협력으로 맛이 나아지자 차츰 돌아와주었다.

그런 의미에서 축복이며 행운이다.

"그러니까 외면을 받지 않기 위해서라도 앞으로 잘해야지."

"저도 응원할게요. 열심히 하세요, 구리 씨."

"아니지, 응원이 아니라 너도 노력해! 장인이라곤 너랑 나 딱 둘이잖아."

말싸움을 하고 있는데, 아카기 시호가 포렴을 걷고 작업장에 들어왔다.

"오오, 오늘도 즐거워 보인다. 너희 정말 좋은 콤비야."

"……아니, 시호 씨. 우리는 화과자 장인이지 만담 콤비가 아니라니까."

앞치마를 입고 다갈색 삼각건 모자를 세련되게 쓴 시호는 싹싹한 여성 점원이다.

어려서부터 이런저런 직업을 전전했다고 하는데, 그런 풍부한 경험 덕분인지 판매와 접객 두 가지 업무를 매일 요령 좋게 해내는 구리마루당의 얼굴이다.

"그보다 구리, 너를 찾는 손님이 왔어."

"손님······? 아아, 아오이 씨?"

"아오이 아가씨만이 아니야. 오늘은 또 한 명, 진귀한 손님이 왔어."

누구지? 고개를 갸우뚱하는 구리타에게 시호가 태연하게 웃으며 재촉했다.

"얼른 나가봐. 찻집에서 기다리고 있어."

어쨌든 아오이를 보고 싶어서 구리타는 손을 씻고 얼른 작업장을 나섰다.

포렴을 젖히고 찻집으로 들어서자, 자리에 앉아 차를 마시고 있는 아오이가 보였다. 구리타를 보고 아오이는 싱그럽고 다정하게 웃으며 인사했다.

"안녕하세요, 오늘도 고생이 많으세요. 구리타 씨."

"아오이 씨야말로. 늘 와줘서 고마워."

처음 만난 이래로 아사쿠사와 사랑에 빠진 아오이는 종종 관광하러 왔다가 구리마루당에 들른다.

그런데 시호의 말처럼 오늘은 아오이가 앉은 자리 옆 탁자에 진귀한 손님이 있었다.

"그런데……? 그쪽은 무슨 용건이야?"

"나한텐 너무 쌀쌀맞은 거 아니냐."

구리타의 말을 들은 시라사기 아쓰시가 냉철한 얼굴에 살짝 쓴웃음을 띠웠다.

연회색 기모노 소매에 손을 넣어 옷 안에서 팔짱을 끼고 앉은 피부가 하얀 청년 시라사기 아쓰시는 시라사기류 다도 종가의 장남이다. 다시 말해 차기 가주이다.

다카다노바바에 본부가 있는 시라사기류 다도는 센 리큐*의 수제자가 연 전통 있는 유파로, 전국에 만 명 가까이 제자가 있다고 한다.

현재 가주인 부친이 아직 건재하지만 언젠가 만 명이나 되는 제자들의 정점에 설 시라사기는 두말할 것 없이 다도의 미래를 짊어진 다도 세계의 귀족이다.

구리타와는 물양갱을 인연으로 만났는데, 처음에는 물양갱의 맛 때문에 심하게 충돌했다.

* 千利休(1522~1591). 다도의 명인으로 그 당시 유행하던 화려하고 경직된 다도와 다른 독자적인 다도 '와비차'를 완성했다. 와비차는 검소하고 한적한 다도 양식이다.

그래도 아오이의 도움을 받아 구리타는 시라사기의 예상을 뛰어넘는 맛있는 물양갱을 만들었고 최종적으로 그의 신뢰를 얻었다. 지금은 좋은 친구로 지낸다.

그때, 시라사기는 무슨 생각이 들었는지 긴 편인 까만 머리카락을 뒤로 넘기며 구리타에게 눈짓했다.

"걱정하지 마. 나랑 아오이 씨는 이 근처에서 우연히 만났어. 가미나리몬 거리 아케이드를 왔다 갔다 하는 아오이 씨를 보고 무슨 일이 생겼나 싶어 말을 걸었을 뿐이야. 따로 만나기로 하고 같이 온 건 아니라고."

"……나는 그런 걸 묻지 않았거니와 걱정도 안 했어. 그런데 아오이 씨는 아케이드에서 뭐 하고 있었어?"

구리타가 묻자, 아오이는 무슨 일인지 미간에 주름을 잡고 웃었다.

"으음, 별일은 아닌데요. 그냥 인력거를 끄시는 분들께 여쭤보고 싶은 게 있어서요."

"인력거꾼? 인력거를 타고 싶으면 내가 잘하는 사람을 소개해줄게."

"아니요, 타고 싶은 게 아니라요. 그냥, 도가시 씨를 보지 못했는지 여쭤봤을 뿐이에요. 아사쿠사는 차를 타고 들어가지 못하는 길이 곳곳마다 많으니까 택시 기사 분들보다 인력거꾼

분들이 오히려 자세히 알지 않을까 해서요."

그런 방법이 있었구나 싶어 구리타는 감탄했다.

오늘은 일요일. 아사바와 도가시가 맞붙은 지 사흘이 지났으나 아직 놈에게서 소식이 없었다.

도가시 쪽에서 찾아오겠다고 했지만 역시 도망치지 않았을까? 아니면 방심한 틈을 노리려는 속셈일까. 그렇다면 조금 더 상황을 지켜봐야 할까?

그런 망설임을 안고 구리타는 일단 간이 숙박소에 찾아가 보았으나, 당연하게도 실마리를 찾지 못했다. 스태프나 다른 숙박 손님에게 물어봐도 모르겠다고 고개를 갸웃거릴 뿐이었다.

앞이 콱 막힌 상황이긴 했다.

"어땠어?"

몸을 불쑥 내밀며 구리타가 물어보았지만 아오이는 고개를 도리도리 저었다.

"안타깝게도 기억에 없다고 하시네요. 아사쿠사는 국적, 성별, 연령, 복장까지 다양한 사람들이 모이는 동네니까 사실 당연하다면 당연하죠……. 그래도 특징을 말씀드렸으니까 앞으로 혹시 보게 되면 알려주시겠대요."

"그래?"

구리타는 짧게 탄식하며 조급해지는 감정을 다스렸다. 그리고 문득 낯가림이 심한 아오이가 더듬더듬 인력거꾼에게 묻고 다녔을 모습이 떠올라 아랫입술을 악물었다.

"……항상 미안해, 아오이 씨. 그리고 정말 고마워."

"아니에요, 따지고 보면 이 일은 다 저 때문이니까요. 그건 그렇고……."

아오이는 손가락으로 턱을 짚으며 옆 탁자에 앉은 시라사기를 바라보았다.

"어쩌다 보니 같이 오게 되었는데 시라사기 씨는 구리타 씨한테 용건이 있으시죠? 저, 방해가 된다면 자리를 비켜드릴까요?"

"아니, 있어주시는 게 더 좋아요. 조언자로서 아오이 씨만큼 믿음이 가는 사람도 없으니까."

영문을 몰라 시선을 교환하는 구리타와 아오이 앞에서 시라사기는 헛기침을 하고 이야기를 시작했다.

"저번에 시라사기류에 납품해달라는 이야기가 나왔었잖아? 그게 생각보다 빨리 결정이 났어. 이 말을 하고 싶어서 직접 가게로 온 거야. 너를 깜짝 놀라게 하려고."

구리타는 당연히 깜짝 놀랐다.

얼마 전에 시라사기의 모친에게서 긴쓰바*와 연관된 문제를 상담받아 해결한 덕분에 구리마루당은 시라사기류 다도의 다도회에 내는 과자를 의뢰받았다. 권위자에게 보증을 받은 셈이므로 그만큼 책임 또한 막중하다.

그러나 전통과 격식을 중시하는 시라사기류이므로 이야기가 구체적으로 진행되려면 시간이 좀 걸리리라 짐작했는데…….

시라사기는 놀란 구리타를 웃으며 바라보다가 천천히 설명했다.

"너무 질질 끌다가 가게가 문을 닫으면 다 수포라고, 내가 모두를 열심히 설득하고 다녔지."

"이 자식이……. 설득해준 건 고맙다만."

"6월 다도회에 낼 차 과자를 의뢰하고 싶어. 해줄 거지, 구리타?"

"물론이지. 거절할 이유가 없잖아."

구리타가 즉답하자 시라사기는 "응" 하고 만족스럽게 고개를 끄덕였다.

"6월에 먹는 차 과자도 종류가 다양해. 이런 거야 과자가 본업인 네가 당연히 잘 알겠지만, 그렇다면 내가 이번에 부탁하려는 과자는……. 자, 뭘까?"

---

* 밀가루 반죽에 팥소를 넣고 칼의 날밑 모양처럼 넓적하게 구운 과자.

"거기서 갑자기 문제냐! 어쨌든 이번에는 당연히 미나즈키 겠지."

미나즈키는 음력 6월을 의미하는 화과자이다. 반년 동안 쌓인 부정을 없애기 위해서 6월 30일에 열리는 행사 '나고시노 하라에' 때 미나즈키를 먹어 액막이하는 풍습이 도쿄 등지에서 특히 유명하다.

우이로** 표면에 통팥소를 나란히 올려 삼각형으로 썬 미나즈키는 싱싱하고 아름다워 보인다. 얼음 창고에 저장한 얼음을 표현한 것이라는 설도 있다. 시라사기류의 이미지와도 잘 어울린다.

그런데 시라사기는 고개를 저었다.

"미나즈키는 다른 가게에서 받기로 했어. 그건 외형이 아름다우니까 만들고 싶어 하는 가게가 워낙 많거든. 그렇다고 미나즈키만 있으면 아무래도 질리겠지."

"그렇군. 그렇다면……."

무심코 아오이를 보다가 구리타는 마침 그녀와 시선이 마주쳤다. 아오이가 장난스럽게 웃었다.

"물고기겠죠?"

** 쌀이나 밀 등의 곡물 가루에 설탕과 물을 넣어 반죽해 쪄서 만드는 과자.

"역시 아오이 씨는 대단해."

시라사기가 고개를 끄덕였다.

"구리마루당에 부탁하고 싶은 6월 화과자는 와카아유야."

*

그것은 와카아유, 아유야키, 야키아유 혹은 단순히 아유라고 불리는, 말 그대로 은어를 표현한 화과자이다.* 밀가루와 달걀로 만든 반죽에 팥소나 규히**를 채워 넣어 만든다.

은어가 여름을 표현하는 계어***이기도 하고, 6월에 은어 낚시가 해금되기 때문에 여러모로 와카아유는 여름을 대표하는 화과자로 볼 수 있다.

"와, 귀여운 은어네요. 이 소박한 얼굴이 귀여워요!"

진녹색 사각 접시를 들여다보며 아오이가 들뜬 소리를 냈고 그 옆에서 시라사기도 웃으며 말했다.

---

* 일본어로 '아유'는 '은어'라는 뜻이다. 와카아유는 '팔팔한 은어', 아유야키는 '은어구이', 야키아유는 '구운 은어'이다.

** 찹쌀가루에 설탕이나 물엿 등을 넣고 반죽하여 얇은 떡처럼 만드는 화과자로, 다른 화과자를 만들 때 재료로도 쓰인다.

*** 일본의 시 하이쿠나 단가 등에서 춘하추동 계절감을 나타내기 위해서 반드시 넣도록 정해진 단어.

"진짜 속 편한 얼굴이다. 먹이가 풍부한 맑은 물에서 무럭무럭 건강하게 자란 느낌이네. 구리타와는 전혀 안 닮았어."

"하하, 구리타 씨랑 비슷하려면 좀 더 용감무쌍하게 만들어야겠죠. 눈썹도 또렷하고 늠름하게 그려야 하고."

내 얼굴이 그렇게 위압적인가. 왠지 먼 곳을 바라보며 한탄하고 싶어진 구리타 앞에서 아오이와 시라사기가 좌식 탁자에 앉아 손님용으로 쓰는 오리베**** 접시에 내온 와카아유의 외형을 품평하고 있었다.

지금 다다미가 깔린 아담한 거실에는 구리타와 아오이와 시라사기 셋이 앉아 있다.

가게 찻집에서 본격적인 이야기를 할 순 없으니 구리타는 안쪽 거실로 둘을 안내해 며칠 전부터 판매를 시작한 구리마루당의 와카아유를 시식해보라고 내놓았다.

와카아유는 6월을 위한 화과자이지만 팔기 시작하는 시기는 가게마다 제각기 다르다. 일찍 내놓는 가게는 5월 중순부터도 판매한다. 구리마루당에서는 보통 5월 하순부터 팔기 시작한다.

그래서 이번에 시식하는 와카아유는 가장 기본적인 상태이

**** 고급 다기, 인테리어 잡화 등을 파는 회사.

다. 구리마루당의 오랜 제과법을 따라 만든 것으로 아직 차 과자에 맞게 조정이 들어가지 않았다.

다도 정신은 일기일회(一期一會)*라고 한다. 시라사기류 다도회에 내려면 그쪽 희망에 맞춰 적절하게 개량할 필요가 있다.

구리마루당의 와카아유는 포만감을 중시하는 방침이라 머리부터 꼬리까지 속을 꽉꽉 채운다. 그러다 보니 좀 뚱뚱해져서 조형적으로는 거칠다는 평가를 듣는다.

"뭐, 모양은 다도회용으로 세련되게 다듬어야겠지만 중요한 건 맛이지. 둘 다 먹어봐."

"그래."

정좌한 시라사기가 우아하게 등을 펴고 말했다.

"……과자를 받잡겠습니다."

시라사기는 몸에 밴 다도 인사를 예의 바르게 하고 탁자 위에 놓인 접시를 가까이 끌어당겼다.

"그럼 저도 사양하지 않고."

아오이는 편하게 이쑤시개를 들고 솜씨 좋게 와카아유를 잘라 입에 넣었다.

투명감 넘치는 아름다운 얼굴에 행복한 표정이 순식간에 퍼

---

* 평생에 단 한 번뿐인 만남이라는 뜻으로 만남이 얼마나 소중한지를 비유한 말이다.

졌다.

"와아, 겉이 잘 익어서 따끈따끈해요⋯⋯. 안은 달콤하고 보들보들!"

아오이는 기뻐하면서 한쪽 손으로 뺨을 꾹 누르고 환하게 웃었다.

"이 밀가루 반죽요, 질 좋은 달걀과 꿀을 넣어서 정성껏 만드셨죠? 고르게 잘 구워졌고, 폭신폭신하면서도 차분한 느낌이 있어요. 속에 잔뜩 든 팥소와 쫄깃쫄깃한 규히를 겉이 부드럽게 감싸주니까⋯⋯."

"정말. 이거 맛있는데!"

시라사기도 와카아유를 먹으며 눈동자를 반짝였다.

"촉촉하고 부드러운 반죽을 깨물면 규히가 쑥 나와. 녹는 떡처럼 입에서 퍼지는 규히가 꽉꽉 채운 팥소의 단맛과 잘 어울려."

"자꾸만 먹고 싶어지는 식감이에요. 규히는 떡이랑 비슷하지만 식어도 굳지 않아서 좋아요."

"응, 쫄깃쫄깃한 식감이 좋아. 그나저나 이거 정말 훌륭하다. 규히는 물론이고 감칠맛이 풍부한 팥소도, 공기가 딱 알맞게 들어간 스펀지반죽도. 이 세 가지가 완벽하게 조화를 이루었어!"

"귀여운 외형도 잘 어울려서 기분까지 막 좋아져요."

평소 점잔을 떠는 시라사기도 맛있는 것을 먹을 때면 솔직하게 웃는다.

시라사기와 아오이는 신이 나서 대화를 나누며 와카아유를 맛있게 먹었다.

구리마루당의 와카아유는 아오이가 방금 말한 것처럼 밀가루와 달걀로 만든 반죽을 진갈색이 될 때까지 노릇노릇 구운 다음, 그 안에 구리마루당이 내세우는 팥소와 쫀득쫀득하고 부드러운 규히를 넣는다.

친근감 넘치는 외향 덕분에 좋아하는 손님이 많아서 6월의 인기 상품이다.

금방 한 개를 다 먹어치운 시라사기는 단정한 얼굴로 구리타를 빤히 쳐다보았다.

"하나 더 먹을 수 있을까?"

"물론. 지금 가져올게."

구리타는 무뚝뚝한 표정으로 일어나면서 속으로 주먹을 꽉 움켜쥐었다. 와카아유의 외형은 둘째 치더라도 맛은 합격점을 받았나 보다.

시라사기는 그 후로 두 번이나 더 달라고 했다.

간단하게 시식만 하려던 예정이었는데 너무 먹었나 싶었는지 다 먹은 뒤에는 조금 민망해했지만, 구리마루당의 와카아유가 시라사기의 마음에 든 것은 분명한 사실인 듯했다.

조정할 부분이 다소 있지만 기본 노선은 문제없다. 다도회는 2주 후니까 그때까지 어떻게든 완성될 것이다.

자세한 상의는 다음에 하기로 했다. 시라사기가 집에 가겠다고 해서 구리타와 아오이는 나란히 가게 앞까지 나와 그를 배웅했다.

구리타는 가게에서 작은 봉투를 가지고 나와 시라사기에게 불쑥 내밀었다.

"이거. 가져가."

"이게 뭔데?"

"선물. 안에 든 상자에 와카아유를 다섯 개 넣었어. 집에 가서 마음껏 먹으라고."

구리타가 무뚝뚝하게 대답하자, 시라사기는 민망해하며 입술을 삐죽였다.

"……나 덜 먹었다는 말, 한마디도 안 했다만?"

"아니, 선물이라고 지금 말했잖아. 그냥 선물이라고. 딱히 널 두고 먹보라고 하는 게 아니야."

태도로 보아 시라사기는 와카아유를 조금 더 먹고 싶었나 보다. 어색하게 헛기침을 하며 자세를 바로잡더니, 살짝 뺨을 붉히고 종이 상자가 든 봉투를 받았다.

"……고맙다."

구리타를 외면한 채로 말하고는 시라사기는 발걸음을 돌렸다.

꼿꼿한 시라사기의 등이 빠르게 멀어지는 모습을 구리타와 아오이는 나란히 서서 배웅했다.

"거참, 저 녀석은 여전히 감수성이 강하다고 해야 하나, 귀찮다고 해야 하나. 잘 모르겠는 놈이라니까."

"누구 씨랑 마찬가지로 사실은 수줍음을 타는 성격인지도 몰라요."

의미심장한 말을 웃음 섞어 되받은 아오이는 진지한 표정을 말했다.

"그건 그렇고 다도회에 낼 와카아유라면 단맛을 조금 더 강조하는 편이 좋겠어요. 그래야 균형이 맞을 것 같아요."

"그렇지. 진한 차에 곁들이니까."

시라사기류 다도회는 다른 많은 유파의 다도회들과 마찬가지로 진한 차부터 묽은 차 순으로 진행한다.

묽은 차는 넉넉한 물로 여러 번 내려 부드럽고 가벼운 맛을 내니까 역시 마른 과자인 히가시의 연한 맛과 잘 어울린다.

반대로 진한 차는 소량의 물로 우려내기 때문에 맛이 아주 농후하다. 따라서 같이 내는 과자도 그만큼 단맛이 나지 않으면 차향에 밀릴 가능성이 있다.

"그렇다고 너무 달면 구리마루당답지 않겠죠……."

"맛이 갑자기 변하면 그쪽도 당연히 당황할 테고."

"조금씩 조정해요. 구리타 씨, 저도 도울게요!"

초여름 햇살 아래, 아오이가 천진난만한 웃음을 구리타에게 향한 순간 갑자기 바람이 불어 상큼한 향기가 스쳐 지나갔다.

섬세하고 달콤한 꽃향기.

그 향기에 순간 마음을 빼앗겨 말문이 막혔다.

아오이가 정말 고맙고 든든하다고 생각하면서 구리타는 멍하니 서서 얼굴을 붉혔다.

*

시라사기의 의뢰를 받은 다음 날부터 구리타는 시행착오를 거듭했다.

평소보다 훨씬 더 일찍 일어나 오전 중에는 가게 일을 하고 오후에 여유가 생기면 아오이와 함께 다도회용 와카아유를 구상했다.

목표로 하는 방향이 거의 정해졌으므로 구체적인 실현 방법을 고안하기만 하면 된다.

나카노조가 자질구레한 일을 맡아주어서 마음 편하게 전념

할 수 있을 줄 알았는데, 세상사 마음대로 풀리지 않는 법이라, 작업은 중단됐다가 재개되기를 반복하며 천천히 진행되었다.

시행착오가 시작된 지 이틀이 지난 화요일.

일찌감치 가게 일을 마친 구리타는 팔짱을 끼고 작업장 천장을 올려다보았다.

"단맛을 강하게 내야 하는데 역시 규히가 역부족이야⋯⋯. 지금 이 와카아유로 치면 규히는 운반하는 역할이지. 팥소의 농후한 단맛을 규히의 쫄깃한 식감과 함께 입으로 넘겨주는 역할이니까."

말 그대로 떡과 같은 역할을 한다.

떡은 그 자체로는 그리 달지 않지만 식감이 좋으니까 이런저런 맛을 추가해서 더욱 먹음직스럽게 만든다. 즉, 질감과 양으로 주재료와의 동반 상승효과를 내는 역할을 한다.

구리타 옆에서 모자와 가운을 입은 아오이가 턱에 손을 대고 생각에 잠겼다.

"그렇죠⋯⋯. 팥소의 단맛과 감칠맛이 강해서 확실히 규히 자체의 맛이 잘 느껴지지 않아요. 이번에는 단맛을 좀 더 내도 좋겠어요."

"응. 그러니까 먼저 규히부터 조정해보자."

규히란 이른바 네리모노, 즉 찹쌀가루에 물과 설탕을 넣고 반죽해서 만드는 과자이다.

만든 직후의 수분 함유량에 따라 나마가시나 한나마가시*로 분류되는데, 그만큼 활용법도 다양하다.

흰 강낭콩으로 만든 앙금에 끈기를 주는 역할로 같이 넣어 네리키리**를 만들거나 직사각형으로 잘라 안미쓰***에 곁들일 수도 있다.

떡처럼 부드러운 규히를 카스텔라풍 반죽에 끼우면 지금 만드는 와카아유가 된다.

"그럼 아오이 씨, 늘 그랬던 것처럼 나를 지켜봐주겠어?"

"물론이죠."

아오이는 활기차게 고개를 끄덕이고 촉촉한 까만 눈동자로 구리타를 바라보았다.

"일거수일투족. 모공 하나하나까지 놓치지 않을 거예요!"

"아니, 모공까지는……."

어쨌거나 구리타는 볼에 찹쌀가루와 소량의 물을 넣어 반죽

---

* 화과자는 수분 함유량에 따라 두 종류로 나뉜다. 수분 함유량이 40퍼센트 이상 인 것을 나마가시, 10퍼센트 미만인 것을 히가시라 하고 그 중간을 한나마가시라 고 부른다.

** 착색한 팥소 안에 규히 등을 넣어 반죽한 것을 세공해 다양한 모양을 만드는 화 과자. 주로 사계절의 특징을 표현한다.

*** 붉은 완두콩에 꿀, 팥, 우무 등을 넣어 만드는 일본식 디저트.

하기 시작했다.

굳기 시작할 즈음에 이번에는 물을 대량 투입해 반죽을 부드럽게 폈다.

그 반죽을 찢어 부글부글 물이 끓는 냄비에 넣으면 금방 익어서 물 표면으로 퐁퐁거리며 떠오른다. 그것을 건져 물기를 빼고 다른 냄비에 담아 약한 불에 올리면 된다.

그다음에는 몇 단계에 걸쳐 설탕을 넣고 섞어가며 나무 주걱으로 차분하게 이긴다.

투명감이 날 때까지 끈적끈적 풀처럼 만들어야 하므로 이 작업에 시간이 제법 걸린다. 구리타는 문득 뭔가 떠올라 아오이에게 제안했다.

"아오이 씨, 이럴 때야말로 그걸 듣고 싶은데."

"그거요?"

아오이는 당황했는지 눈을 깜박였지만 타고난 재치를 발휘해 무슨 의도인지 금방 파악했다.

"아, 네, 알겠어요. 한 방 개그 말이죠! 사실은요, 폭소가 빵빵 터지는 새로운 개그를 만든 참이에요!"

"아니……"

예상치 못한 전개에 구리타가 당황하자, 아오이는 쿡쿡 웃으며 혀를 내밀었다.

"농담이에요. 화과자 지식 말이죠? 그러고 보니 규히 이야기는 아직 한 적이 없었네요."

"응. 괜찮다면 들려주겠어?"

"네, 그럼 힘을 내서!"

약한 불로 규히 반죽을 이기는 구리타 옆에서 아오이는 발랄하게 설명을 시작했다.

"이번에는 기원부터 시작할게요. 규히는 규히아메 혹은 규히모찌라고도 불리는데요. 원래는 소가죽이라는 뜻인 '우피(牛皮)'라는 글자로 썼어요. 규히의 겉면이 무두질한 소가죽처럼 부드럽고 매끈매끈하기 때문이죠. 하지만 일본은 예로부터 불교 사상의 영향으로 육식을 꺼리는 경향이 강했으니까 다른 한자를 쓰게 되었고, 그래서 지금의 규히(求肥)가 됐답니다."

유창하게 말하는 아오이의 목소리를 들으며 구리타는 나무 주걱으로 열심히 규히를 이겼다.

"에도 시대* 문헌에 따르면요, 본디 규히는 중국에서 제사용으로 쓰이던 음식인데 헤이안 시대** 때 일본에 전해졌다고 해요. 그것이 이름과 형태가 조금씩 바뀌며 지금까지 전해 내려

* 에도(오늘날의 도쿄)에 정권 본거지가 있던 1603년부터 1867년까지의 봉건시대.
** 794년부터 1185년까지 헤이안쿄(오늘날의 교토)에 수도가 있던 시기.

오고 있다고 생각하니 역사의 무게가 느껴져요."

듣기 좋은 노래처럼 아오이의 설명은 막힘없이 흘러갔다.

"그럼 그 규히를 밀가루 피에 끼운 와카아유 이야기로 넘어
가면요, 원래는 '조후'라고 불리는 과자가 원형이에요. 조후라
는 명칭은 세금 제도에서 유래하는데요, 혹시 학교 다닐 때 배
운 내용을 기억하세요? 다이카 개신*과 다이호 율령**을 거쳐
정해진 조용조(租庸調)요……. 그 왜, 있잖아요. 조가 쌀, 용이
노역, 조는 섬유제품인데……. 그것들을 바치던 조세제도 말
이에요. 조후는 천을 돌돌 만 것처럼 규히를 얇은 피로 살포시
감싼 화과자잖아요? 겉으로 보기에 손으로 짠 천을 만 모양과
비슷해서 조후라는 이름으로 불렀다고 해요. 참고로 도쿄에
있는 조후 시도 그 어원은 같아요. 다마 강의 물에 헹궈서 짠
천을 조로써 납세해왔다는 것에서 유래한 이름이에요."

아오이는 참고 설명까지 마친 후 잠깐 숨을 돌렸다.

"이렇게 천과 세금이라는 의미를 지닌 화과자 조후를 개량
한 과자가 와카아유예요. 가장 크게 변한 점은 역시 누가 뭐래
도 외형이죠. 맑은 물속에서 헤엄치는 팔팔한 은어는 초여름

---

* 다이카 2년인 646년 정월에 발호된 '개신의 조(詔)'를 토대로 추진한 일본의 국
정 개혁. 다이카는 일본 최초의 연호이다.
** 701년에 당나라의 율령을 참고해 제정된 일본의 율령.

의 후부쓰시***로 귀엽고 청량한 느낌이죠. 그런 은어에서 따온 와카아유가 여름을 대표하는 화과자가 되었답니다."

"그렇구나……."

이렇게 자세한 이야기는 구리타도 지금 처음 알았다.

"풍류를 사랑하고 즐긴 옛 일본인의 마음에서 배울 점이 참 많아요. 지금과 비교도 안 될 정도로 살기 힘들었던 시대, 그런 데도 삶을 즐기는 여유를 잃지 않은 조상들의 강인함을 상상 하면 감동할 수밖에 없고……."

이야기가 계속되려나 보다. 끝날 낌새가 보이지 않는 아오이 의 지식에 반쯤 압도된 채 구리타는 차분히 작업을 이어갔다.

"후우……."

마침내 아오이의 설명이 끝날 즈음, 단맛을 평소보다 강하 게 한 규히도 완성됐다.

구리타는 녹말을 깐 굳힘틀에 규히를 부은 뒤, 윗면에도 마 찬가지로 녹말을 골고루 뿌렸다. 이제 식기를 기다려 작게 자 르면 끝이다.

"저기, 아오이 씨. 여기까지 했으니까 와카아유, 이대로 끝까

*** 계절의 특징을 두드러지게 나타내는 특유의 사물을 일컫는다.

지 다 만들어보려고 하는데."

"좋은 생각인데요? 그럼 저, 계속 지켜볼게요."

"부탁할게."

아오이에게 고개를 끄덕여 보인 뒤, 구리타는 박력분을 능숙하게 체로 치고 볼에 달걀과 정백당, 꿀을 듬뿍 넣어 거품기로 섞기 시작했다. 와카아유의 피를 만드는 작업이다.

잘 섞은 뒤에 그래뉼러당으로 만든 시럽과 박력분을 넣어 다시 섞는데, 방금 만든 규히와 마찬가지로 단맛을 좀 강하게 첨가했다. 그래야 균형이 잡힐 것이다.

만든 피 반죽은 굽기 전에 잠깐 재워두어야 한다. 그동안 아침에 만든 팥소를 맛보기로 했다.

"음……."

도카치산 팥을 듬뿍 사용한 팥소의 풍부한 단맛이 구리타의 혀를 보드랍게 감쌌다.

이대로라면 팥소는 문제가 없……겠지.

구리타는 힐끔 아오이를 돌아보았는데, 그녀는 아무 말이 없었다. 긴 속눈썹이 드리운 눈을 가늘게 뜨고 투명한 웃음을 짓고 있었다.

가만히 바라보고 있자 아오이는 놀란 표정으로 의아해하며 고개를 갸웃거렸다.

"왜 그러세요?"

"아, 아니……."

조금 당황하긴 했지만 자신의 판단을 믿기로 했다. 구리타는 재워둔 반죽을 전용 숟가락으로 퍼서 달궈둔 전용 납작냄비 위에 평소보다 더 길쭉한 타원형으로 모양을 내며 빠르게 부었다.

한 개, 두 개, 세 개.

곧 똑같은 형상의 길쭉한 타원 네 개가 만들어졌다.

"와, 빠르다. 역시 구리타 씨의 동작에는 빈틈이 없어요!"

"아아. 아오이 씨한테 칭찬을 받으니까 좀 민망하긴 한데, 이건 유전이야. 어려서부터 운동신경 하나는 좋았거든. 거의 똑같은 동작을 몇 번이든 반복할 수 있어."

"……대단해요, 정말로."

반죽이 구워지는 작은 소리와 그윽한 향기가 작업장을 채웠다.

곧 반죽 중앙에 보글보글 거품이 올라와서 뒤집어 반대쪽도 구웠다.

다 구운 반죽을 납작냄비에서 꺼내, 위에 팥소를 살짝 깔고 그 위에는 잘라둔 규히를 얹어 손으로 감싸듯이 반으로 접었다.

평소보다 훨씬 길게 만들어서 조형적으로 늘씬하니 우아했다.

"좋았어. 얼굴도 속 편하다는 소리를 듣지 않게 해볼까……."

구리타는 평상시 사용하는 낙인이 아니라 달군 쇠꼬챙이로 얼굴을 그렸다.

신중히 눈과 입을 그리고 잠깐 망설이다가 눈썹도 또렷하게 추가해 그렸다.

"오?"

생각보다 나쁘지 않았다. 오히려 물고기처럼 보이지 않을 정도로 늠름하고 용감무쌍한 은어가 완성되었다. 다도회에 어떻게 낼지는 좀 더 검토해야겠지만 이건 또 이것대로 괜찮……지 않을까?

괜찮을 것이다. 완성한 와카아유 네 개를 천으로 감싸놓고 구리타는 손을 탁탁 털었다.

"……아오이 씨, 좀 더 지식 이외의 얘기를 해도 괜찮았는데."

"응? 무슨 뜻이에요?"

놀랐는지 눈을 깜박이는 아오이를 바라보며 구리타는 뺨을 긁적였다.

"아아, 그러니까 좀 날카로운 충고나 지적 같은 거. 오늘은 그런 언급이 전혀 없었잖아?"

배려하지 말고 뭐든 말해주는 편이 더 기쁘다.

구리타 자신이 생각해도 아오이에 대한 감정이 많이 달라졌다. 처음 만났을 때, 마메다이후쿠*에 조력해주겠다는 아오이의 말을 들었을 때는 속이 꽁하게 뒤틀렸는데, 그때와 지금의 심경은 180도 달랐다.

구리타의 그런 속도 모르고, 아오이는 부드럽게 웃음 지었다.

"그게요, 딱히 지적할 점이 없었어요."

"어?"

"지적할 점을 찾지 못했어요. 작업하시는 동안에 끼어들지 않은 이유는 이미 훌륭했기 때문이에요. 딱히 배려하진 않았어요. 정말이에요. 저는 화과자에 한해서 절대 타협하지 않으니까요."

아오이의 발언에 구리타는 할 말을 잃었다. 잠시 후, 하얗게 물든 머릿속에 사고력이 서서히 돌아왔다.

……감동했다.

작년 가을에 아오이와 만났으니 곧 있으면 1년이 되는데, 그때보다 구리타는 기술도 지식도 분명히 발전했다. 아오이의 조력 덕분임이 분명했다.

사실 잘난 척하며 고집을 부렸으나 아오이와 만나기 전까지 구리타는 자신감을 잃을 때가 많았다.

그런데 지금은 지적할 점이 없다는 소리를 들을 수준이 되

---

* 완두콩이나 대두가 들어간 떡 반죽 안에 팥소를 채워 넣은 화과자.

었다니…….

가슴에 벅차오르는 감정을 곱씹는 구리타 앞에서 아오이가 "아이참" 하고 웃었다.

"예전에도 구리타 씨의 실력은 아주 훌륭했어요. 그저…… 경험이 부족한 탓이죠. 전에는 꼭 필요한 지식이 조금씩 부족했으니까 위기 상황이 닥치면 실패했던 거예요."

지금 생각해보면 그런 부분이 없지 않았다. 구리타는 묘하게 씁쓸함을 맛보았다.

"그래도 이제 안심하세요. 지금 구리타 씨는 굉장히 안정적이에요. 자신감을 가져도 좋아요. 구리타 씨는 명실상부히 구리마루당의 4대째 후계자랍니다!"

아오이가 활짝 핀 벚꽃처럼 환하게 웃으며 구리타의 제과 실력을 보증해주었다. 그의 가슴이 턱 막혔다. 수많은 생각이 머릿속에서 꽃잎처럼 정신없이 흩날렸다.

……지금까지 아오이와 걸어온 여정. 같이 맛본 갖가지 감정. 제 몫을 하는 어엿한 화과자 장인으로 성장했다는 그녀의 확실한 보증.

특히 무엇보다…… 아오이는 화과자 장인으로의 길이 가로막힌 사람이다.

자신이 잃은 기회에 대해서 시선을 피하고 싶어지는 것이 오히려 당연한데, 아오이는 부정적인 감정이라곤 전혀 없이 진심으로 구리타를 축복해주었다. 평범한 사람에게는 절대 쉽지 않은 일이다.

"아오이 씨……."

감정이 이끄는 대로 구리타가 아오이에게 한 걸음 다가간 그때, 갑자기 포렴 너머에서 묘한 소리가 들렸다.

"잠깐만 얘! 기다리라니까!"

시호의 목소리였다. 음량이 꽤 컸고 왠지 심상치 않았다.

아오이는 놀라고 구리타는 떨떠름한 표정으로 서로 마주 보았다.

"무슨 일일까요?"

"……어쩔 수 없지. 가볼까?"

*

포렴을 지나 구리타와 아오이가 찻집으로 나왔더니, 시호가 처음 보는 어린아이와 옥신각신하는 중이었다.

아이는 대충 열 살 남짓으로 보였다. 천진한 얼굴과 버섯 머리, 색이 밝은 반바지가 잘 어울리는 초등학교 3~4학년 정도 된 듯한 남자아이였다. 보호자는 보이지 않았다.

"그러니까 얘, 오해하지 마. 나는 화를 내는 게 아니니까."

"우우……."

가게 밖으로 나가고 싶은가 보다. 그 아이는 입구 앞에 버티고 선 시호의 옆을 어떻게든 지나가려고 빈틈을 노리고 있었다.

화과자 전문점에 아이가 혼자 오는 일은 드물다. 지갑이라도 잃어버렸을까? 그렇게 생각하며 구리타는 다가가 말을 걸었다.

"시호 씨, 왜 그래?"

"아, 그게…… 별일은 아닌데. 이 애가 분실물을 받지 않으려고 해서."

"분실물?"

"의자 위에 수첩을 두고 나갔지 뭐야. 그래서 주려고 했는데 자꾸만 싫다고 거부해."

시호가 이거라면서 손에 든 길쭉한 수첩을 보여주었다.

진한 빨간색 표지를 보니 운치 있었고 꽤 오래 쓴 것처럼 보였다. 이게 그 분실물인가 보다.

그런데 구리타는 막연하게 위화감을 느꼈다. 초등학생이 쓰기에는 수첩 표면에 무늬가 하나도 없고 너무 수수했다.

살짝 얼굴을 찡그리는 구리타 옆에서 아오이가 가벼운 말투로 재잘거렸다.

"초등학생일 때는 물건을 자주 깜빡하곤 하죠. 저는 어려서요, 가방을 깜박하고 학교에 간 적이 있어요. 학교에 도착한 뒤에야 어깨가 가볍다는 걸 깨닫고 얼마나 놀랐는지 몰라요."

"어어, 응⋯⋯?"

구리타는 깜짝 놀랐다. 아마 아오이 나름대로 그의 긴장을 풀어주려는 시도였을 것이다.

괜히 심각해질 상황이 아니라는 것을 깨달은 구리타는 무릎을 굽혀 아이에게 물었다.

"꼬맹이, 이름이?"

"⋯⋯히로키."

성씨가 아니라 물어본 대로 이름을 또박또박 대답하는 점이 귀여웠다.

"그래. 아주 멋있는 이름이네. 어쨌든 앞으로 조심해. 물건에 커다랗게 히로키라고 이름을 써두면 깜박 두고 가는 일도 줄어들 거야."

구리타는 시호에게 수첩을 받아 히로키에게 내밀었다.

이제 싫다고 할 상황도 아니고, 분위기가 부드러워진 덕분일 것이다. 어색하게 얼어붙었던 히로키도 조금 편해진 태도로 주저하며 수첩을 받아 들었다.

"고맙습니다."

기어들어 가는 목소리로 말한 히로키는 어딘지 시무룩한 얼굴로 가게를 빠져나갔다.

손님이 사라진 찻집에서 구리타와 아오이와 시호는 영문 모를 시선을 주고받았다.

"뭘까요? 혼이라도 날 줄 알았던 걸까요?"

턱에 손을 대고 고개를 갸웃거리는 아오이에게 시호는 "아마 그렇겠지?" 하고 당당한 표정으로 대답하고 말했다.

"그런데 저 녀석, 이틀 연속으로 똑같은 짓을 했어. 어제도 와서 마메다이후쿠를 딱 하나 먹었거든? 탁자에 수첩을 올려놓고 돌아가려고 해서 내가 불러 세웠어."

"이틀 연속으로……? 그랬어요?"

아오이가 모양 좋은 눈썹을 들어 올리자 시호는 "그렇다니까!" 하고 말을 이었다.

"뭐, 아무리 덜렁거리는 녀석이라도 이틀 연속으로 깜박하면 민망했겠지."

오늘은 탁자 위가 아니라 의자 위에 놓고 가서 뒤늦게 발견했지만 어떻게든 줄 수 있어서 다행이라며 시호는 만족스럽게 웃었다.

한편 아오이의 표정이 왠지 석연치 않아 보였다.

이건 혹시……?

히로키의 행위가 무엇을 의미하는지, 구리타는 무뚝뚝한 표정으로 머리를 굴렸다.

*

다음 날인 수요일. 예상한 대로 히로키는 또 구리마루당에 찾아왔다. 이로써 사흘 연속으로 왔다.

학교에서 일단 집에 돌아갔다가 왔는지 히로키는 가방 없이 그 빨간색 수첩만 들고 있었다.

찻집 탁자 위에 수첩을 놓고 히로키는 마메다이후쿠를 주문했다.

구리마루당의 마메다이후쿠는 어린아이가 받는 용돈으로 사고도 남을 가격이다. 하나만 주문해도 괜찮고 무엇보다 그 하나를 사기 위해 와주는 손님이야말로 장인에게는 정말 감사한 존재인데…….

"구리, 어떻게 생각해?"

"아직 잘 모르겠어."

히로키가 왔다고 시호에게 넌지시 언질을 받은 구리타가 포렴 뒤에서 몰래 상황을 살폈다.

어린아이가 혼자 가게에 와서 마메다이후쿠와 차를 맛보는 보기 드문 모습이 참 사랑스러웠지만 안타깝게도 지금 다른 손님이 없어서 그 광경을 지켜보는 사람은 구리타와 시호뿐이었다.

구리타는 조용히 숨을 내쉬었다.

"······괜찮겠지. 어쨌든 손님인 건 사실이니까. 시호 씨, 그거 가져올게."

"알았어."

구리타는 작업장으로 들어가 오늘 만든 새로운 와카아유를 접시에 담았다.

접객 담당인 시호가 와카아유 접시를 쟁반에 담아 히로키에게 가져갔다.

"이거 먹어봐, 히로키."

시호가 접시를 내려놓자 히로키의 눈이 휘둥그레졌다.

"이거······."

"서비스야. 우리 가게가 자랑하는 와카아유지. 다도회에 내놓을 용도로 만든 시제품인데 괜찮게 만들어져서 오늘은 모든 손님께 한 마리씩 공짜로 서비스하고 있어. 일단 먹어봐."

시호가 밝게 말하자 히로키는 접시 위에 놓인 와카아유를 흥미진진한 시선으로 살폈다.

어린아이의 눈은 솔직하다. 과연 어떤 반응을 보일까?

포렴 너머에서 구리타는 숨을 죽이고 히로키를 살폈다.

어제 만든 와카아유도 나쁘지 않았지만 오늘은 외형을 좀 더 개량해보았다.

반죽을 어제보다 세로로 더 길게 만들어서 전체적인 모양이 홀쭉했다. 또 은어 얼굴 옆에 남는 피를 확보해 삼각형으로 접어서 입체적인 아가미를 만들었다.

눈도 진짜 물고기를 떠올리며 사실적으로 그렸다.

눈썹을 그려 의인화하지 않고 어디까지나 현실적으로 늠름하게 표현한 와카아유는 분명 대다수의 마음에 쏙 들 것이라고 자신하고 있는데.

"어때, 은어 형태가 세련됐지? 우리 주인은 실력이 좋아. 호쾌하게 힘쓰는 일도 잘하지만 이런 섬세한 세공도 얼마나 잘하는지 모른다?"

가슴을 활짝 펴며 시호가 말하자, 그때까지 말없이 와카아유를 바라보던 히로키가 고개를 들고 조용히 중얼거렸다.

"⋯⋯지난번에 본 거랑 달라."

"응?"

"너무 가늘어."

히로키는 손가락으로 와카아유를 꾹꾹 찌르고 입술을 삐죽이며 투덜거리듯이 말했다.

"진짜 은어는 좀 더 땅딸보 같고 막대기처럼 딱딱하고 빳빳해."

시호는 머쓱해져서 입을 다물었고, 멀리서 상황을 지켜보던 구리타는 속으로 감탄했다.

히로키의 말이 예상을 벗어났으면서도 정곡을 찔렀기 때문이다.

실제로 미화하지 않은 진짜 은어는 그다지 늘씬하지 않다. 오히려 불룩하니 통통해야 귀엽고 인기도 있다.

물론 화과자 은어와 진짜 은어는 다르니까 조형적으로 닮아야 뛰어난 것은 아니지만, 그렇다고 현실과 지나치게 다르면 의미가 없다. 그런 균형에도 신경을 써야겠다고 속으로 생각했다.

구리타의 심정도 모르고, 히로키는 시호가 보는 앞에서 와카아유를 잡아 가득 물었다.

히로키는 눈을 반짝이며 천진난만하게 외쳤다.

"와아…… 맛있다! 모양은 별론데 이것도 진짜 맛있어!"

"아, 그래?"

시호가 안심하며 부드럽게 웃었다.

"떡이랑 앙금이 달고 쫄깃쫄깃하고 폭신해! 하나도 안 써!"

히로키의 순진한 감상에 시호는 "아아!" 하고 무언가 깨달은 것처럼 손뼉을 쳤다.

"이 은어 속에는 팥소랑 규히가 들었거든. 진짜 은어는 그러고 보니 약간 씁쓸한 맛이 나는구나. 히로키, 먹어본 적 있니?"

"응, 일요일에 먹었어."

"어머, 부러워라. 그리고 보니 은어 철이네. 나도 월급 받으면 기분 좋게 은어구이에 술이나 한잔하고 싶다."

둘은 소소한 잡담을 나누며 신이 났다.

이윽고 히로키는 와카아유를 다 먹고 두 손을 모아 잘 먹었다고 인사했다.

"아아, 맛있었어! 아, 나 화장실."

"다녀오렴."

히로키는 자리에서 일어나 서둘러 화장실에 갔다가 금방 돌아와 계산대로 향했다.

히로키가 계산을 마치기 전에 구리타는 포렴을 걷고 찻집 내부를 빠르게 걸었다. 어디로 가는지 말할 것도 없다.

계산대에서 시호는 익숙한 손놀림으로 기계를 다루고 있었다.

오늘 와카아유는 서비스였으니까 마메다이후쿠값만 치르면 된다. 히로키는 100엔 동전 두 개를 건네고 시호에게서 거스름돈을 받아 냉큼 가게를 나가려고 했다.

그 전에 구리타가 얼른 다가갔다.

"잠깐만. 여기, 잊어버린 물건."

구리타가 빨간색 수첩을 내밀자, 히로키는 놀라며 확연히 동요한 듯 보였다.

"어, 어떻게 알았어……?"

"이틀 연속으로 수첩을 놓고 갔다고 들었으니까. 세 번째도 그럴 수 있겠다고 당연히 추리할 수 있지."

구리타는 조금 전에 화장실로 가서 개인 칸 구석에 놓인 수첩을 발견했다. 예상했던 일이니까 놀라지 않았지만, 짐작이 가지 않는 것은 바로 동기였다.

"그런데 왜 우리 가게에 두고 가려는 거야? 이 수첩, 나한테 주는 선물이라면 고맙게 받겠다만."

"……그런 거 아니야."

히로키는 구리타가 내민 수첩을 마지못해 받아 들었다. 그런 게 아니라면 대체 뭘까?

아무리 기다려도 히로키는 말하려고 하지 않았다. 어쩔 수 없이 구리타는 다시 질문했다.

"그럼 도대체 뭔데? 그 수첩, 어떤 용도로 쓰는 거야? 차분한 색깔인데 너, 그런 거 좋아해? 어디서 구했어?"

히로키는 질문 공세에 살짝 몸을 뒤로 물리며 뭐라고 대답하려 입을 우물쭈물 달싹였으나 명료한 답변을 내놓지 못했다. 어떤 사정이 있나 보다.

한참 어쩌지 못하던 히로키는 갑자기 몸을 비비 꼬면서 외쳤다.

"역에서 주웠어!"

"역······?"

구리타와 시호가 순간 당황해서 틈을 보이자, 히로키는 수첩을 꽉 움켜쥐고 가게에서 뛰어나갔다. 그대로 뒤돌아보지 않고 잽싸게 도망쳤다.

방금 한 말이 제일 마지막에 한 질문의 대답임을 깨달았을 때, 히로키의 자그마한 등은 이미 보이지 않았다.

대체 뭐가 어떻게 된 거야······?

구리타가 어이가 없어 멍하니 서 있는데, 활짝 열린 문 너머에서 밝은 목소리가 들렸다.

"와아, 정말 빨랐어요. 마치 모험 영화에서 굴러오는 커다란 돌을 피해 도망치는 사람 같았어요."

태평하게 감상을 말하며 "안녕하세요" 하고 인사하고, 그 인물이 이어서 말했다.

"집에 일이 좀 있어서 늦었어요. 조금만 빨리 왔으면 만났을 텐데 아쉽네요."

히로키가 가게를 떠난 직후 가게를 찾은 인물은 아오이였다.

*

오렌지 거리 한쪽 구석에 있는 자동판매기 뒤에 숨어 구리마루당을 살피는 사람이 있었다.

볕에 얼굴이 타고 검댕까지 묻어 숯덩이처럼 보이는 청년 도가시 순이었다.

떨리는 팔을 손으로 꽉 누르고 지긋지긋한 두통을 참으며 도가시는 기다렸다.

무엇을?

자신도 잘 몰랐다.

그러나 한참 전부터 이렇게 가게를 살피며 호시탐탐 기회를 엿보고 있었다.

그런데 갑자기 그쪽에서 잽싼 움직임이 보여 도가시는 놀랐다. 구리마루당의 열린 문에서 초등학생 정도로 보이는 아이가 뛰어나오는 것을 멀리서 확인하고 얼굴을 찌푸렸다.

뭐지……?

최근 들어 매일 구리마루당을 찾는 아이였다. 분위기가 왠지 묘하기도 하고 애초에 노포 화과자 가게에 새파랗게 어린 꼬마가 혼자 들락거리는 일이 드물기도 해서 줄곧 신경이 쓰이던 참이었다.

오렌지 거리를 전속력으로 달리는 아이를 바라보며 도가시는 대체 무슨 문제가 생긴 것인지 호기심을 느꼈다.

"붙잡아보면 어떻겠니?"

갑자기 뒤에서 목소리가 들렸다.

돌아보니 역광을 받아 까만 그림자로 변한 중년 남성이 서 있었다.

"아버지?"

"실마리가 될지도 몰라. 뭐든 시도가 중요해."

아버지는 전부 다 알고 있다. 도가시는 그제야 자신이 무슨 생각을 하고 있었는지 깨달았다.

……그렇지.

지금 자신은 일을 시작할 계기를 찾고 있었다. 새로운 국면을 벌이려면 필요한 계기를 어떻게 만들어갈지 계속 고민하고 있었다. 마침 좋은 기회가 찾아왔다.

결심한 도가시는 아이가 뛰어오는 타이밍을 노려 자동판매기 뒤에서 뛰어나와 그 앞을 막아섰다. 얼마나 놀랐는지 아이는 소리도 지르지 못하고 그 자리에 그대로 굳어버렸다.

"물어보고 싶은 게 있다."

도가시는 가면처럼 무표정한 얼굴로 아이에게 성큼성큼 다가갔다.

*

"흠. 이거 또 신기한 이야기를 물어 왔네."

컵을 닦으며 마스터가 기가 차다는 표정으로 어깨를 움츠렸다.

"우리 가게에는 그런 이상한 일이 생긴 적이 없다고? 네 가게에는 다양한 손님들이 와서 질릴 일이 없겠다."

"시끄러워! 우리는 오는 사람을 막지 않는 모두의 쉼터라서 그래."

구리타는 카운터에 앉아 퉁명스럽게 대답했다. 옆에 앉은 아오이는 환하게 웃음 지으며 얼굴 가까이 컵을 대고 우아하게 커피 향을 즐기고 있었다.

올백으로 넘긴 머리와 덥수룩한 수염, 몸에 걸친 브이 자 카페 앞치마가 특징인 마스터는 오늘도 마음 내키는 대로 농담을 해댔다.

그런 농담을 가볍게 받아치는 구리타도 말발의 달인이라는 의미에서 마스터라고 할 수 있다. 적어도 구리타는 그렇게 생각했다.

이런 한가로운 광경이 펼쳐지는 곳은 오렌지 거리에 있는 구리타의 단골 카페.

조금 전에 히로키가 도망친 직후, 집안 사정 때문에 조금 늦게 왔다면서 아오이가 구리마루당에 도착했다. 아오이는 조금만 더 일찍 왔으면 좋았을 거라며 아쉬워했다.

즉, 아오이 역시 히로키가 오늘도 오리라 예상한 것이다.

"헤헤, 저는 이런 일에 좀 예민해서요. 게다가 얼른 해결하지 않으면 구리타 씨도 신경이 쓰여서 와카아유에 집중하지 못하실 테니까요."

아오이는 가게에 온 이유를 나긋나긋한 말투로 설명했다. 구리타는 그런 배려에 감동했다.

생각해보니 지금은 태평하게 있으면 안 되는 상황이었다.

갑자기 조급해진 구리타는 후다닥 가게 밖으로 뛰어나갔다.

"고마워, 아오이 씨! 히로키를 찾아볼게!"

"네? 그럼 저도 갈래요!"

아오이도 다급하게 쫓아와서 둘은 함께 오렌지 거리를 왕복하며 히로키를 찾았다.

그러나 너무 늦게 출발했는지 히로키는 보이지 않았다.

때마침 쨍쨍 내리쬐는 강렬한 오후 햇살 때문에 목이 말랐다.

그런 이유로 둘은 마스터의 카페에 들러 절품 더치커피로 갈증을 달래며 지금까지 있었던 일을 설명하는 중이었다.

"그나저나 모르겠군."

다 닦은 컵을 선반에 가지런히 올려놓고, 마스터는 허리에

한 손을 짚었다.

"그 아이…… 히로키라고 했지? 구리타의 가게에 그 수첩을 놓고 간다고 무슨 이득이 있을까? 필요 없으면 쓰레기통에 버리면 그만이잖아?"

"그러니까."

구리타는 미간을 손으로 비비며 말했다.

"이 정도로 집요하게 반복한다면 장난은 아니겠지. 우리 가게에 그 수첩을 두는 것은 어떤 명확한 의도가 있을 거야. 아오이 씨는 어떻게 생각해?"

"그러게요. 제 생각에는 수첩을 구리타 씨의 가게에 두고 싶지만 구리타 씨에게 줄 물건은 아니다. 이것이 이번 사건의 주안점이 아닐까 싶은데요?"

순간 눈이 번쩍 뜨이는 기분이었지만, 아직 생각이 구체적인 형태를 이루지 못했다.

"으음……. 그게 무슨 뜻이야?"

구리타가 묻자 아오이는 장난스럽게 검지를 세웠다.

"구리타 씨에게 주고 싶다면 사정을 밝히고 그냥 주면 되잖아요? 주고 싶은 상대가 시호 씨이거나 나카노조 씨여도 마찬가지고요. 그 아이는 가게 사람에게 수첩을 주고 싶은 것이 아니라 어디까지나 그 수첩을 분실물로 만들고 싶은 것 같아요."

"분실물로 만들고 싶다……?"

"맞아요. 분실물이 되면 어떻게 될까요? 구리타 씨 가게에서는 분실물을 어떻게 하시나요?"

"아아, 우리는 보관해. 그리고 가게에 두는 메시지 보드에 보관하고 있다고 적어놓지."

"그렇죠. 어느 가게든 분실물을 바로 내다 버리진 않아요. 한동안 가게에서 보관하죠. 그러니까 잘 생각해보면 노트를 보관할 것을 예상하고 뭔가 하고 싶은 일이 있던 것 아닐까요?"

"그렇구나……."

구리타도 아오이가 무슨 말을 하려는지 차츰 깨달았다.

"만약 수첩이 아니라 안에 어떤 장치를 설치할 수 있는 물건이었다면 다른 가능성도 있겠지만요. 예를 들어 시한장치라거나 도청기……. 이러니까 스파이 영화 같네요. 어쨌든 수첩에는 복잡한 장치를 숨길 수 없을 거예요."

"그렇지. 비싸 보이는 수첩이긴 했지만 두껍진 않았어."

"이건 가설이지만요."

아오이가 이렇게 전제하고 설명했다.

"히로키는 누군가가 그 수첩을 받아주길 바라는 것 아닐까요? 구리타 씨나 가게 사람이 아니라, 구리마루당에 보통 없는 누군가에게."

"……그러니까 우리 가게는 '중계 지점'이란 소리군."

구리타는 관자놀이를 살짝 눌렀다.

아오이의 말대로 히로키의 목적이 구리마루당에 수첩을 분실물로 보관해두고 제삼자에게 전달하기 위함이라면 그 사람은 당연히 가게에 오는 손님이다. ……누굴까?

단골손님의 얼굴을 하나하나 떠올려보았으나 히로키와 어떤 접점이 있을지는 모르겠다.

애초에 히로키는 이틀 전인 월요일에 처음으로 가게에 왔으니까 손님 중에서 대상을 찾을 기간이 너무 짧다.

게다가 이렇게 복잡한 일을 한 이상, 일반적인 방법으로 건네주지 못하는 상대가 전제일 테니 더 어려웠다. 고민하다 지친 구리타는 아오이에게 매달렸다.

"가르쳐줘, 아오이 씨! 히로키는 그 수첩을 누구에게 전하려는 걸까?"

"음, 죄송해요. 거기까지는 좀."

아오이는 미안하다는 듯이 손을 모았다.

"아니, 아오이 씨가 사과할 일은 아니지……."

"그렇다고 잘난 척을 할 일도 아니니까요……."

마스터는 허둥거리는 둘을 싱글벙글 웃으며 바라보다가 문득 떠올랐다는 듯이 말했다.

"어이, 구리타. 다른 얘긴데, 그 소동의 중심인 수첩에는 뭐가 적혀 있었어?"

"안 봤어."

"응?"

"안 봤다고. 아무리 어린아이가 상대라도 남의 수첩을 멋대로 볼 수는 없잖아."

게다가 히로키는 당장에라도 뛰쳐 나가버릴 태도여서 건네주는 것만으로도 벅찼다.

구리타의 설명을 들은 마스터는 감탄했다는 듯이 어깨를 움츠렸다.

"……거참. 너는 정말 상대가 누가 됐든 잘못된 행동은 안 하는구나. 요즘 녀석 같지 않아. 법 없이도 사는 착한 남자라 이거냐?"

"뭐 어때!"

"정말 대단하다고 생각해요. 그래도 이번만큼은 예외로 치고 안을 보기로 해요."

놀란 구리타와 마스터의 시선을 받은 아오이가 장난스러운 표정으로 제안했다.

"그렇게 하면 상대가 누군지 단박에 알 수 있을 테니까요. 사실 오늘은 히로키에게 부탁해서 수첩 안을 보여달라고 하려고 했어요. 안타깝게도 간발의 차이로 놓치고 말았지만요."

"그런가……, 듣고 보니."

히로키의 목적은 구리마루당을 중계 지점으로 삼아 쉽게 접촉할 수 없는 상대에게 수첩을 전하는 것이다. 그렇다면 당연히 수첩 안에 어떤 메시지가 있을 것이다.

그 메시지가 암호가 됐건 뭐가 됐건 일단 확인하기만 하면 아오이는 히로키의 목적을 간파할 자신이 있었다. 그러면 혼을 낼 수도 있고 도와줄 수도 있다.

"일단 가설을 세워두긴 했는데 가짓수가 너무 많아서 지금 시점에선 좁힐 수가 없어요. 예를 들어 학교에서 유행하는 담력 게임이거나 보물찾기를 준비 중이라거나? 혹은 화과자를 좋아하는 친구와 사이가 틀어졌는데 어떻게든 전달하고 싶은 말이 있다거나, 수첩의 진짜 주인을 화과자 가게로 유도하고 싶다거나, 아니면 수첩에 장치한 무선 IC 태그로 손님 누군가에게 신호를 보내고 싶다거나……."

아오이의 유창한 설명을 들으면서 구리타는 발상도 참 다양하다 싶어 감탄했다.

반대로 생각하면 지금은 그런 가설 중에서 특정한 한 가지를 고를 수 있을 만한 결정적인 요소가 부족했다.

"괜찮아요. 목적을 이루지 못한 히로키는 분명히 내일도 올

테니까요. 그때 수첩을 보여달라고 하면 이번 사건은 해결이에요."

아오이는 커피를 맛있게 마시며 발랄하게 웃었다.

*

저녁, 아사쿠사를 따뜻하게 물들이는 주황빛을 받으며 구리타와 아오이는 가미나리몬 거리 아케이드를 걸었다.

구리타가 역까지 바래다주겠다고 한 것은 카페를 나올 때 마스터가 의미심장한 눈빛을 연발해서가 아니라 처음부터 그러려고 했기 때문이다.

아직 도가시 슌의 내막을 모르고 위협도 사라지지 않았으니까.

도가시가 전혀 모습을 드러내지 않는 이유는 명확하지 않다. 어쩌면 자기가 찾아가겠다고 예고한 것은 사실상 속임수이고, 도망치지 않겠다고 여겨 방심하게 하고는 아사쿠사를 떠났을지도 모른다.

하지만 계속 행방불명이었던 도가시가 다시 나타난 것에는 반드시 어떤 의미가 있다. 목적을 이루지 못했으니 사태가 진정되기를 기다린 후 다시 돌아올 것이다.

……그렇다면 도가시의 목적은 대체 뭘까?

아오이를 향한 집착일까, 아니면 가게에서 쫓겨난 원한을 갚으려는 심리일까. 그런 동기일 확률이 높다고 짐작하지만 그래도 '왜 지금에서야?'라는 의문이 남는다. 역시 본인에게 물어보지 않으면 핵심을 알 수 없다.

다도회용 와카아유를 빨리 완성해야겠다고 생각하며 구리타는 짧게 고개를 끄덕였다.

이제 외형 조정만 남겨둔 단계까지 진행했으니 얼른 마무리를 짓고 본격적으로 도가시를 찾아야겠다. 도가시 문제를 해결하기 위해 직접 움직일 것이다.

구리타가 묵묵히 그런 생각을 하고 있을 때, 아오이가 옆에서 나란히 걸으며 걱정스럽게 물었다.

"……구리타 씨, 무슨 일 있어요?"

"응?"

"그게, 평소보다 말수가 적은 것 같아서요. 무슨 고민이라도 있나요? 와카아유에 불안한 부분이 있으면 언제든 상담할게요."

아오이가 걱정스러운 표정을 지어서 구리타는 살짝 아랫입술을 깨물었다.

자기 신변이 위험하면서도 언제나 남을 생각해주는 아오이. 그렇기에 반드시 그녀를 지켜야만 한다.

"아니야. 와카아유는 이제 괜찮아. 썩 괜찮게 완성할 수 있을 것 같아서 지금은 자기만족에 빠져 있었어."

"아, 그렇다면 다행이에요. 승리의 여운에 잠긴 거군요."

표정이 환하게 밝아지는 아오이에게 구리타는 입술을 올려 웃어 보였다.

"뭐, 승리는 앞으로 찾아오는 거지만……. 아, 신호 바뀌었다."

구리타와 아오이는 건널목을 건너 저녁 무렵의 인파 속을 지나 곧 아사쿠사 역에 도착했다.

양복을 입은 한 남자가 전단을 나눠주는 모습을 본 것은 역 구내 개찰구로 향하는 도중이었다.

"죄송합니다, 잘 부탁합니다!"

두툼한 전단 한 묶음을 옆구리에 끼고 잘 부탁한다고 연호 하는 그 남자는 이십대, 은테 안경을 낀 분위기가 아주 성실해 보였다. 선거 운동이라도 하는 것일까?

흥미를 느낀 구리타는 스쳐 지나면서 전단을 한 장 받았다.

"감사합니다!"

"네."

양복 남자에게 대충 인사하고 구리타와 아오이는 그 앞을 지나갔다.

걸음을 옮기면서 아무 생각 없이 전단을 보다 구리타는 눈 을 크게 떴다.

"으악! 이거 뭐야!"

"왜 그러세…… 어, 어어?"

구리타가 손에 든 전단을 들여다본 아오이도 놀라 목소리를 높였다. 역 구내에 멈춰 선 둘은 전단을 뚫어지게 들여다보았다.

'일요일 오후, 아사쿠사 역에서 와카아유가 든 봉투를 도둑맞았습니다. 아시는 분이 계시면 아래로 연락해주십시오.'

전단은 그런 내용이었다. 하단에는 글쎄 시라사기 아쓰시의 이름과 전화번호가 있었다.

솔직히 눈을 의심했다.

스마트폰에 등록해둔 시라사기의 전화번호와 그 번호가 완전히 일치한다는 사실을 확인한 구리타가 다시 한 번 전단을 읽었지만, 문장은 당연히 조금 전과 똑같았다.

소란스러운 인파 속에서 구리타와 아오이는 어리둥절한 표정으로 마주 보았다.

"와카아유를 도둑맞았다니, 그건가……. 일요일에 내가 준 그 선물."

구리타는 하얀 종이 상자에 와카아유를 다섯 개 담아 구리마루당의 로고가 찍힌 봉투에 넣어 시라사기에게 건넸던 그때를 떠올렸다.

당연히 맛있게 먹었을 줄 알았는데 도둑맞았다니.

구리타는 나직하게 신음하며 까만 머리카락을 헤집었다.

"그러니까 아까 그 사람은 시라사기의…… 종가 장남의 부하인가 보네. 집사인지 고용인인지는 모르겠지만."

"차기 가주를 도와 전단을 나눠주고 계셨나 봐요."

"……그런데 뭐가 어떻게 된 거지?"

굳은 관자놀이를 문질러 풀면서 구리타는 의문점을 정리했다.

"이 전단에 적힌 대로 누군가 와카아유를 훔친 건 사실이라고 치자. 배가 고팠을 수도 있고 그냥 심심해서 그랬을 수도 있지."

일단 그렇게 가정하고 다음 의문으로 넘어갔다.

"이해가 안 가는 건 시라사기야. 음식이잖아? 이렇게 전단까지 뿌리며 찾을 이유가 있나? 벌써 사흘이 지났으니 먹을 수 있는 기한도 지났어."

"그렇죠……."

"게다가 왜 나한테 말하지 않았을까? 시라사기 녀석, 아사쿠사를 잘 모르잖아. 역에서 전단이나 뿌리느니 나랑 상의하는 편이 훨씬 나을 텐데……."

그 녀석은 그런 것도 모르나?

이해하지 못할 일이 너무 많아 머리가 다 아플 정도여서 구리타는 크게 숨을 내쉬며 감정을 진정시켰다.

그 옆에서 아오이는 턱을 괸 채 마치 다른 세계를 보는 눈빛으로 생각의 바다에 잠겨 있었다. 숨을 꾹 참고는 바다 깊은 곳으로까지 빠진 것 같았다.

그러더니 갑자기 번쩍 물을 헤치고 올라와 외쳤다.

"그렇구나, 그런 거였어요!"

"아오이 씨……?"

아오이의 눈을 바라보니 흘러넘칠 것만 같은 생기로 반짝여서 구리타의 가슴이 쿵쿵 뛰었다.

뭔가 깨달았는지 아오이는 잔뜩 흥분했다.

"구리타 씨, 알아냈어요. 여기서 무슨 일이 벌어졌는지……. 아니, 정확하게는 인과관계를 확실하게 파악했다고 표현해야겠죠. 처음부터 전부 다 이어져 있었어요!"

"인과관계……?"

"구체적으로 말하면요……."

아오이가 밝힌 진상에 구리타는 그야말로 눈이 튀어나올 것 같았다.

이번 사건은 지금까지 겪은 다양한 소동 중에서도 손에 꼽을 만큼 기묘해서 말문이 막힐 내용이었다. 인과관계란 그런 의미였구나. 뜻밖에 진실을 듣게 된 구리타는 한 방 먹은 기분이 들었다.

그래도 아오이 덕분에 사건을 이해해서 마음에 걸리는 문제가 사라졌다.

이제 아무 걱정 없이 다도회용 와카아유에 집중할 수 있다.

*

시라사기와 관련한 수수께끼를 전부 해결한 그날 밤, 구리마루당 작업장에서 구리타는 하얀 가운을 걸치고 혼자 묵묵히 와카아유를 만들고 있었다.

가게 폐점 시간은 저녁 8시. 그 시간 이후에는 가게를 닫고 뒷정리와 내일 준비를 하는데, 지금은 벌써 자정에 가까웠다. 나카노조와 시호는 물론 퇴근한 뒤여서 구리타가 있는 작업장의 불만 켜두었다.

전등은 예전부터 쓰던 형광등이다. 전기 요금을 절약하려고 가게 조명은 형광등에서 LED로 일부 교체했으나 작업장만큼은 손대지 않았다.

구리타에게 작업장은 정신적인 버팀목이기도 한 장소이다. 지금, 작업장 중심에 자리한 스테인리스 작업대 위에는 와카아유가 여러 개 놓여 있었다.

"좋았어……."

구리타는 팥소와 규히를 감싼 피에 뜨겁게 달군 쇠꼬챙이로 정성껏 모양을 그려 넣었다.

다도회용 와카아유를 드디어 완성했다.

얼마나 정교한지, 스스로 생각해도 자부심을 느꼈다.

맛은 이미 아오이에게 인정을 받았고 조형도 섬세하다.

은어 얼굴 옆에 피를 접어 입체적인 아가미를 만들었고 눈과 입도 지극히 사실적으로 묘사했다.

몸통은 반원을 그리듯이 접어 성형하고 물고기 느낌이 나게 배를 불룩하게 조정했다. 덕분에 유선형이 더욱 강조되어 우아하고, 지나치게 미화하지 않은 현실적인 모양의 은어가 완성되었다.

진짜 은어는 이렇게 날씬하지 않다고 한 히로키의 조언을 참고했다.

히로키 때문에 정신이 없긴 했지만 결과적으로 와카아유의 질이 더 좋아진 셈이다.

아오이가 수수께끼를 해결해주어서 히로키가 무슨 의도로 그런 행동을 하는지 파악했으니까 내일 가게에 오면 얌전히 수첩을 받아줘야겠다. 그리고…… 하며 구리타가 앞으로의 일을 생각하고 있을 때, 갑자기 뒷문을 두드리는 소리가 들렸다.

누구지……? 구리타는 미간을 찌푸렸다.

이런 시간에 연락도 없이 올 상대는 없다. 구리타는 서둘러 뒷문으로 가서 문을 열었다.

믿지 못할 광경이 눈에 들어왔다. 구리타의 온몸에 전율이 흘렀던 것은 문을 연 그곳에 서 있는 사람이 예상하지 못한 인물이었기 때문이었다.

도가시 순이었다.

……이 자식, 도망치지 않았군.

머릿속에 그런 생각이 스침과 동시에 구리타 안에서 어떤 스위치가 켜져 아드레날린이 다량 분비되었다. 온몸의 근육이 긴장하고 감각이 예민해져서 순식간에 전투 태세가 갖춰졌다.

일촉즉발할 것처럼 긴박한 침묵이 둘 사이에 흘렀다.

빈틈을 주지 않으려고 도가시를 노려보며 구리타는 한밤중에 찾아온 손님을 관찰했다.

항상 파멸적이고 흉흉한 듯한 눈빛이 인상적인 도가시였는데 오늘은 느낌이 달랐다. 마치 가면을 뒤집어쓴 것처럼 표정이 없었다.

어디서 샤워라도 하고 왔는지 몸이 지저분해 보이지 않았고 복장도 깔끔했다. 낡아빠지긴 했어도 몸에 걸친 옷은 청결한 편이었다.

그런데 이상하게도 헐렁헐렁 몸에 맞지 않는 그의 붉은색 상의에서 기시감이 느껴졌다. 왜지? 잘은 모르겠지만 어디서 본 것 같았다.

그러나 기억을 뒤지고 있을 상황이 아니었다. 도가시의 상의 주머니가 묘하게 볼록한 것을 보아 나이프 따위라도 감추고 있나 보다.

꺼낼 기미가 조금이라도 보이면 제압해야겠다. 구리타가 묵묵히 입술을 꽉 다문 순간, 도가시가 침묵을 깼다.

"……할 말이 있어."

"뭐?"

"그래서 왔다. 정면 문은 열리지 않아서."

뜻밖의 말이었다.

어둠을 등지고 무표정한 채 서 있는 도가시를 바라보며 구리타는 생각했다.

어둠 속에서 아오이를 훔쳐보았고 죽은 마스미 신이치와 대립했으며 얼마 전에는 아사바를 2층 창에서 떠민 사건 때문에 지금까지 도가시 슌에게서는 꺼림칙하다는 인상만 받았다.

그러나 이 녀석은 단순히 정신이 나간 사람은 아닌 것 같다. 위험인물임은 분명하지만 아직 보여주지 않는 부분이 있을 것이다.

구리타는 도가시 슌이 어떤 인간인지 사실은 전혀 모르고 있었다.

"좋아."

짧게 수긍하고 구리타는 말을 이었다.

"나도 너와 한번쯤 대화를 나눠보고 싶었어. 이 근처를 걸으며 말하지."

밖을 향해 턱짓하자 도가시는 담담히 물었다.

"안에서 말하면 안 되나?"

"다도회용 과자가 있어. 수상한 인물을 들일 정도로 우리 작업장은 보안에 허술하진 않아서 말이야."

"다도회? 나는 딱히……."

무슨 말을 하려던 도가시의 시선이 구리타에게서 멀어져 등 뒤의 작업장으로 향했다.

그곳에 펼쳐진 광경에 흥미를 느꼈나 보다. 구리타 몸 너머로 작업장을 바라보는 도가시의 눈빛에 서서히 생기가 돌았다.

구리타는 도가시가 전직 화과자 장인이었음을 새삼스럽게 떠올렸다.

도가시의 죽은 눈동자에 어느새 열기가 잔뜩 맺혔다. 조금 전의 무표정은 거짓말인 것처럼 눈을 크게 뜨고, 표정만 봐도 보통이 아닌 생명력이 넘실대서 꼭 다른 사람 같았다.

"저 정도 수준인 건가."

"뭐?"

도가시의 맥락 없는 혼잣말에 구리타의 마음속에 미미한 파도가 쳤다. 뒤를 돌아 그가 바라보던 곳으로 시선을 주자 작업대 위에 놓인 갓 만든 와카아유가 보였다.

저 와카아유를 두고 한 방금 그 말은 흘려들을 수 없었다.

"내 과자에 불만이라도 있나?"

구리타가 낮게 가라앉은 목소리로 협박하듯 물었으나 도가시는 동요하지 않고 태연하게 대답했다.

"불만은 없어. 실망했을 뿐이야."

도가시의 말에는 일말의 배려심도 없었다. 치밀어 오르는 분노를 억누르고 구리타가 물었다.

"……뭐가 어때서 실망이지? 먹어보지도 않고 함부로 말하지 마. 단순히 비아냥거리고 싶은 마음인가 본데, 시비 걸 생각이라면 네놈 콧구멍을 세 개로 만들어주마."

"먹지 않아도 맛쯤은 알아."

"뭐야……?"

"솜씨를 보면 알 수 있어. 재료와 분량, 그리고 그것을 다루는 방식, 사용한 도구, 코로 맡는 냄새, 완성한 과자의 외형, 배웠으리라 짐작되는 제과법. 그 모든 것을 통해 맛을 연산하는 것쯤은 어렵지 않아."

도가시가 눈 하나 깜박이지 않고 하는 말을 듣고 구리타는 소름이 돋았다.

평소라면 그런 것은 불가능하다고 일축했겠지만 비슷한 재능을 지닌 사람을 이미 알고 있다.

단맛, 신맛, 짠맛, 쓴맛, 감칠맛. 이 오감의 균형을 기억하는 아오이는 한번 먹은 맛을 잊지 않는 특별한 감각의 소유자다. 예전에는 마메다이후쿠의 맛이 다른 것에서 시작해 제과법의 어떤 부분에 차이가 있었는지 지적해주었다.

이 남자에게도 그런 드문 감각이 있다는 것일까?

'……도가시 씨는 정말 천재였어요. 그런 사람은 본 적이 없어요.'

아오이에게 들었던 말이 머릿속에서 메아리쳤다.

아니다, 현혹되면 안 된다. 이럴 때일수록 냉정하게 상대를 파악해야 한다고 구리타는 자신을 타일렀으나, 도가시는 또 예상하지 못한 말을 했다.

"착각하지 마. 네 실력이 나쁘다는 소리가 아니니까. 그저…… 내 기대치가 너무 높았어."

"뭐라고?"

"마스미 신이치 쪽이 너보다 뛰어나."

그 말을 들은 순간, 구리타의 심장에 반발심이라는 불꽃이 화르르 타올랐다.

한때 아오이가 동경심을 품었던 호오당의 젊은 화과자 장인인 수재 마스미 신이치.

생전의 그와 일면식도 없지만 아오이에게 호감을 품은 자로서 그에게 경쟁심을 느끼지 않는다고 하면 거짓말이다.

마음 한구석에서 계속 신경이 쓰이던 그와 비교당해 전에 없이 심장이 쿵쿵 세게 뛰었다.

"무슨 뜻이지? 알아듣게 말해."

구리타가 노려보자 도가시는 크게 뜬 두 눈을 흉흉하게 빛내며 대꾸했다.

"저 와카아유, 가장 중요한 부분이 잘못되었어. 다도회에 냈다가는 창피한 꼴을 당할 거다."

"창피……?"

"마스미라면 저런 실수는 안 해."

살짝 불안해졌다. 도가시에게서 거짓말을 하는 낌새가 전혀 느껴지지 않았기 때문이다. 알쏭달쏭한 말과 태도에 당황해 구리타의 자신감에 미묘한 균열이 생겼다. 구리타는 도가시의 페이스에 서서히 끌려가는 자신을 느꼈다.

"······마스미 신이치 씨가 하지 않을 실수를 내가 했다는 건가?"

구리타의 질문에 "그래" 하고 도가시는 의미심장하게 웃었다.

"좋은 기회이니 가르쳐주지. 작업장을 좀 빌리마."

그렇게 말하더니 도가시는 구리타가 버티고 선 작업장 입구로 경계심 없이 다가왔다.

아주 잠깐 망설였다. 예전의 마스미 신이치처럼 분노에 몸을 맡겨 도가시를 거절하는 것쯤은 쉽다······.

그러나 결국 구리타는 묵묵히 길을 내어 도가시를 작업장 안으로 들였다.

구리마루당 4대째로서, 또 화과자 장인으로서 현역으로 일하는 자부심이 있기에 그렇게 하는 수밖에 없었다.

도가시 슌의 실력이 얼마나 대단했는지는 모른다. 그러나 기술은 사용하지 않으면 서서히 녹슨다. 양적인 축적은 질을 지탱해주는 가장 중요한 기반이다.

그렇게 큰소리를 치니 어디 한번 솜씨를 봐주지. 구리타는 입을 꾹 다물었다.

"여기 있는 것들, 다 자유롭게 사용해도 되겠지?"

"아아, 마음대로 해."

구리타가 대답하자 하얀 가운을 입은 도가시는 슬며시 웃으며 고개를 끄덕이고, 볼에 물과 찹쌀가루를 넣어 열심히 반죽하기 시작했다.

작업대 구석에 놓인 구리타 혼신의 역작 와카아유 속에는 팥소와 규히가 들었다. 구리타는 보통 시간이 걸리는 팥소부터 만드는데 도가시는 규히를 먼저 만들려나 보다.

……그래도 뭐, 솜씨는 나쁘지 않군.

옆에 서서 지켜보던 구리타는 도가시 역시 자신과 마찬가지로 어려서부터 제과 기술을 배웠을지 호기심을 느꼈다. 도가시의 손놀림에서 망설임이나 공백이 전혀 느껴지지 않았다.

구리마루당 작업장에 발을 들인 도가시는 구리타의 와카아유에 어떤 문제가 있는지 자기가 직접 만들어 가르쳐주겠다고 했다.

중요한 것은 말로 전달할 수 없다. 도구도 재료도 여기에 있는 것을 사용할 테니 직접 만든 것을 먹여서 문제점을 알게 해주겠다는 소리였다.

구리타는 그의 도전을 흔쾌히 받아들여 이렇게 작업장을 빌려주었다.

"이쯤이면 됐겠지."

도가시는 규히가 얼마나 말랑한지 확인하고 작게 찢어 물이 끓는 냄비에 넣었다. 눈을 반짝반짝 빛내며 작업에 몰두한 그의 모습에서는 그다지 위험이 느껴지지 않았다.

그렇지만, 하고 구리타는 속으로 생각했다.

……호언장담한 만큼 대단한 실력은 아니군.

손놀림이 익숙하고 서툴지는 않으나 도가시의 작업 속도는 그리 빠르지 않았고 이따금 손가락이 떨려서 안정적이지도 않았다.

아마 독특한 성격 탓에 천재나 귀재라고 과대평가를 받아왔을 것이다.

나라면 좀 더 빨리, 좀 더 정확하게, 좀 더 섬세하게 만들 수 있다……고 도가시에게 환멸을 느끼며 구리타는 옆에 놓아둔 자신의 와카아유를 바라보았다.

객관적으로도 잘 만들었다고 생각한다.

아오이에게 실력을 인정받은 자신이 만들었다. 다도회용으로 내기 위해 팥소와 규히의 단맛 균형을 열심히 고민했고, 최적의 상태를 찾아냈다. 정성스레 대접하려는 마음을 담아 만들어낸 맛이다.

　와카아유 외형도 현실성과 추상성을 겸비해서 완성해냈으니 도가시가 지금 아무리 애를 써도 이 이상의 것은 만들지 못한다.

　그러나 구리타의 자신감은 시시각각 흔들려 점점 평정심을 잃었다.

　구리타가 간신히 포커페이스를 유지할 수 있었던 것은 도가시가 규히를 다 만들 때까지였다. 그다음부터는 완벽하게 예상을 벗어난 상황이 펼쳐져서 그는 식은땀을 뻘뻘 흘렸다.

　설마 이런 식으로 만들 줄이야……?

　구리타는 와카아유 안에 팥소와 규히를 넣었는데 도가시는 팥소를 사용하지 않았다.

　규히만 넣었다. 게다가 규히를 감싼 피를 굽는 방법도 구리타와 전혀 달랐다.

　"다 됐다……."

　도가시가 땀이 밴 얼굴로 말하며 완성품을 담은 접시를 내밀었을 때, 구리타 안에 가득 찼던 자신감은 무너지기 일보 직전이었다.

　받아 든 접시 위에는 은어 형태와는 전혀 다른, 가늘고 긴 직육면체가 있었다.

얼핏 정성껏 접어둔 연갈색 천처럼 보였다.

팥소를 사용하지 않은 대신 투명감 넘치는 규히로 안을 잔뜩 채웠다.

피는 아주 얄팍하게, 맛있는 냄새가 폴폴 나도록 구웠다. 둥글게 만 피 양쪽 끝에서 새하얀 규히가 살짝 보여서 미칠 듯이 식욕을 자극했다.

"이건 와카아유라기보다 조후……."

구리타가 중얼거리자 그쯤은 잘 알고 있다는 듯이 도가시가 재촉했다.

"됐으니까 일단 먹어봐라, 구리타 진."

구리타는 꿀꺽 침을 삼켰다. 아마 이것은 내 와카아유보다…….

그러나 먹지 않을 수 없었다.

구리타는 도가시가 만든 과자를 손에 들고 천천히 입으로 가져갔다.

무심코 구리타의 눈이 휘둥그레진 것은 자신이 만든 와카아유와 식감이 전혀 달랐기 때문이었다.

얇은 피는 약간 딱딱한 편이다. 그런데 작은 거품이 가득해서 전체적으로 말캉하니 가볍다. 깨물면 적당한 저항감과 함께 부서진다.

질 좋은 박력분과 신선한 달걀, 영양 만점의 꿀을 아낌없이 사용해서 노릇노릇하게 잘 구웠다.

피의 식감은 서서히 습기를 머금어 부드러워지더니 주역인 규히의 쫀득쫀득한 식감과 뒤섞였다.

단단함과 여림. 딱딱하게 구운 얇은 반죽과 떡 같은 규히의 탐스러운 부드러움이 절묘한 대비를 이루었다.

규히를 씹을 때마다 담백하고 그리운 단맛이 입을 가득 채우며 서서히 퍼졌다. 포만감이 있으면서 단맛이 적당해서 마음이 편안해졌다.

요 며칠간 먹어온 와카아유와 비교도 되지 않을 정도로 따뜻하고 부드러운 맛이었다.

맛있다.

내가 만든 와카아유보다…….

망연자실해서 축 처진 구리타를 바라보며 도가시는 담담하게 말했다.

"간토 지방에서는 와카아유 속에 팥소를 넣기도 하지만 간사이 지방에서는 보통 규히만 넣어. 내가 만든 이 조후와 똑같은 재료지. 그러니까 외형은 달라도 조후의 맛은 와카아유와 똑같다고 할 수 있어."

그럴지도 모르겠다고 구리타는 갈라진 목소리로 대답했다.

"구리타 진. 너는 와카아유에 팥소와 규히를 넣어서 교묘하게 맛의 균형을 이루었어. 외형에도 섬세하게 기교를 부렸지. 아마 다도회를 위해서 세련되게 만들 생각이었겠지?"

"……아아."

"그게 실수였어. 세련됨이란 갖가지 요소를 한꺼번에 넣는 것이 아니야. 무엇이 정말 중요한지 파악해서 필요한 요소를 남기고 넘치는 요소를 빼는 것이지. 그렇게 해야만 제일 맛을 봐주길 바라는 요소가 최고로 빛나. 다도 세계뿐만이 아니라 대접하는 마음 자체가 바로 그런 거다."

도가시가 그렇게 설명했다.

구리타는 뒤통수를 망치로 얻어맞은 것 같은 기분이었다. 도가시는 말을 이었다.

"기원인 조후를 거슬러 올라가면, 와카아유는 원래 안에 든 규히를 맛있게 먹기 위해서 만든 과자라고 볼 수 있어. 너는 팥소를 사용하지 않고 규히의 맛을 최대한 끌어내는 방법을 연구했어야 해. 그게 바로 세련됨이야. 규히는 식감이 떡 같아서 연한 단맛이 나고, 기분이 좋아지지. 팥소의 강한 맛과는 그 균형을 잡기가 어려워."

"……그렇군. 그래서 피를 이렇게……."

"이해했나 보군."

가볍게 고개를 끄덕이는 도가시를 앞에 두고 구리타는 생각에 잠겼다. 즉, 이런 이야기였다.

도가시는 규히의 부드러움을 강조하기 위해서 감싸는 피를 조금 딱딱하면서도 기분 좋게 부서지도록, 스펀지 느낌을 내면서도 미세한 거품을 잔뜩 내서 얇게 구웠다.

말하자면 카스텔라처럼 폭신폭신한 느낌이 아니라 얇은 피를 여러 겹 감싸 속 재료의 맛을 끌어내는 크레이프풍 반죽 피를 선택한 것이다.

또 규히의 단맛은 팥소와 비교하면 농후함이 부족하다. 그래서 팥소를 사용하지 않고 전체를 감싸는 피의 밀도를 낮춤으로써 규히의 은은하고 고급스러운 단맛과 조화를 이루었다.

조후의 기원은 손으로 짠 천이라고 했던 아오이의 설명을 떠올리고 구리타는 신음했다.

"나는…… 속을 감싸는 겉 반죽에 미처 신경을 쓰지 못했군……."

다도회용 과자라면 차와 어울리는 단맛이 필요하다는 생각에 사로잡혀 그만 본질을 잃고 말았다.

도가시가 만든 조후를 씹으며, 구리타는 솔직히 인정했다. 왜 아오이가 이 남자를 높이 평가하는지를.

이 남자의 능력은 범인(凡人)들이 지닌 지성과 기술의 한계를 뛰어넘은 지점에 있다.

파멸적인 태도 뒤에 놀라울 정도로 차분함을 감추고 있기 때문이다.

과자의 핵심을 꿰뚫어 보고 더할 나위 없이 섬세한 맛을 만들어냈기 때문이다.

과자를 먹는 사람을 진심으로 생각하지 않으면 그럴 수 없다.

이 조후에는 가장 뛰어난 방법으로 가장 맛있게 먹을 수 있게 대접하려는 마음이 가득 담겼다. 또 그것이 진정한 세련됨이라는 확신이 가득했다.

조후가 주는 행복한 맛은 도가시의 마음 그 자체였다.

호오당에서 칼부림을 일으켜 화과자 업계에서 쫓겨나고, 아사바와 함께 2층 창에서 뛰어내리는 기행을 저지르며, 돌아갈 곳도 없이 삭막한 삶을 살고 있을 도가시 슌.

그런 도가시의 내면에 이렇게 정성을 다해 맛을 만들려는 다정함이 있다니…….

이유는 모르겠지만 눈시울이 붉어졌다.

내가 졌다.

구리타는 패배를 인정했다. 상대는 자신이 만든 화과자를 먹지도 않았는데.

온몸에 힘이 빠져 꼼짝하지 못하는 구리타를 바라보며 도가시는 차분하게 말했다.

"……확인해볼 수 있어서 좋았어."

도가시는 붉은색 상의의 미묘하게 부푼 주머니를 떨리는 손가락으로 쓰다듬고 발걸음을 돌렸다.

"구리타 진, 너는 똑똑하고 실력도 좋아……. 그러나 마스미 신이치에 미치지 못하는 네게 이건 줄 수 없어."

이해할 수 없는 말을 남기고 도가시는 작업장 출구를 향해 걸었다.

무슨 뜻인지 궁금했지만 구리타는 뒤를 쫓지 않았다. 도저히 지금 선 자리에서 움직일 수 없었다.

*

격동의 밤이 지나고 그다음 날, 정기 휴일인 목요일에 구리타는 어제 일로 몸져누웠다.

그래도 하루를 쉬니 충격도 이내 가셨다.

다음 날, 하얗고 거대한 소나기구름이 구리마루당 바로 위에 우뚝 솟은 금요일, 구리타는 다른 손님이 없을 때를 틈타 모두에게 도가시와 있었던 일을 털어놓았다.

"그런 일이……."

가게 찻집 탁자에 앉은 소꿉친구 야가미 유카가 말끝을 흐렸다.

활발한 생김새와 둥글둥글 만 중간 길이의 머리카락. 잡지에 글을 쓰는 유카는 구리마루당에 빈번히 다니며 소문과 정보 수집에 힘쓰는데, 아무리 그래도 이런 이야기를 듣게 될 줄은 몰랐나 보다.

"……도가시 씨."

유카가 앉은 옆 탁자에서는 아오이가 굳은 표정으로 입술을 깨물었고, 그 옆에서는 시호가 얼마나 놀랐는지 거의 절규하는 표정을 짓고 있었다.

"그것도 일리가 있는 소리긴 한데, 아무리 그렇다고……."

늘 다정하게 웃고 있는 아오이가 드물게도 딱딱한 표정으로 중얼거렸다. 분노를 어떻게든 억누르는 것 같은 표정이 아름다우면서도 위태로워 보였다.

"구리타 씨의 와카아유 역시 다도회에 내고도 남을 정도로 훌륭하단 말이에요!"

화를 내는 아오이를 보며 구리타는 고개를 저었다.

"괜찮아, 아오이 씨. 녀석이 더 맛있는 과자를 만든 건 사실이니까."

"하지만 규히와 팥소 조합을 좋아하는 사람도 있으니까 어디까지나 취향 문제……."

"……맞아. 그렇지만 녀석이 화과자에 보인 자세는 진짜였어. 다른 모든 것이 잘못되었더라도 그것만은 확실하다고 느꼈어."

짚이는 바가 있나 보다. 순간 반론하려던 아오이도 말을 삼키고 시선을 내리깔았다.

구리타는 머리를 굴렸다. 도대체 도가시는 무슨 생각으로 접촉하러 왔을까?

지금까지 아오이가 목적이라고 생각했는데 착각이었나?

아니면 아오이 곁에 있는 자신을 눈엣가시로 여겼나?

그러나 승부를 마친 뒤의 도가시에게서는 아오이를 대가로 건 싸움에서 승리했다는 느낌이 아니라 어디까지나 화과자를 향한 진지함만 느껴졌다.

뭐가 뭔지 모르겠다.

침묵을 견디지 못했는지 시호가 차를 더 내오려고 자리를 일단 떴다.

그런데 잠시 후, 당황한 시호의 외침이 들렸다.

"어? 뭐야, 이거……?"

화과자가 가득한 진열장 위, 제일 끝에 놓인 수첩을 시호가 손에 들었다.

"이거 히로키 꼬마의 수첩 아니야? 오늘은 아직 안 왔다고 생각했는데 언제 왔다 간 거지?"

눈이 동그래진 시호를 바라보며 구리타가 대답했다.

"그건 히로키가 두고 간 게 아니야."

"그럼 누군데?"

"도가시. 그 녀석이 작업장에 두고 갔어."

시호도 아오이도 유카도 경악해서 숨을 죽였다. 구리타는 그날 밤을 떠올렸다.

승부를 마친 도가시가 가게를 나서는 동안 구리타는 작업장에서 넋을 잃고 있었다. 한참 시간이 지난 후에 작업대 위에 놓인 그 수첩을 깨달았다.

이유는 모른다. 그러나 분명 도가시가 두고 간 것이다.

"그런데 왜 그 도가시라는 녀석이⋯⋯?"

시호가 불안하다는 듯이 수첩을 손가락으로 집어 여기저기 살펴보는 그때, 갑자기 가게 정면 출입구가 열리며 손님이 들어왔다.

시호의 표정이 활기찬 판매 사원의 미소로 빠르게 탈바꿈했다.

"어서 오세요⋯⋯ 어, 뭐야. 오늘은 늦게 왔네?"

가게로 들어온 손님은 책가방을 멘 히로키였다. 히로키는 눈을 깜박이며 시호를 바라보더니 "아, 다행이다" 하고 숨을 내쉬며 가슴을 꾹 눌렀다.

"다행이라니, 뭐가?"

유카가 영문을 몰라 묻자, 히로키는 무거운 짐을 내려놓은
홀가분한 표정으로 대답했다.

"수요일에 갑자기 그 형아가 말을 걸었을 때는 진짜 깜짝 놀
랐어. 그래도 그 형아, 약속대로 잘 두고 갔구나."

"응……?"

"다행이다. 약속을 지켜줘서."

그렇게 말한 뒤에 히로키는 미안해서 어쩔 줄 모르겠다는
듯이 꾸물거렸는데 그와 대조적으로 시호와 유카는 의문부호
만 가득해서 뭐가 뭔지 모르겠다는 표정을 지었다.

보다 못한 아오이가 구리타를 재촉했다.

"구리타 씨, 설명해주시겠어요?"

"……아, 그렇지. 유카랑 시호 씨도 진상을 잘 모르겠구나."

"어이, 우리만 따돌리지 말란 말이야. 매정하긴."

시호가 쓰게 웃었고 유카도 입술을 삐죽이며 동의했다.

"진짜, 우리한테는 항상 쌀쌀맞다니까, 구리는."

"미안. 그런데 나도 얼마 전에 아오이 씨한테 들은 참이
라……."

여러 가지 일이 생겨서 깜박하고 있었는데, 수요일 저녁 아

사쿠사 역에서 뿌리는 전단을 보고 아오이가 알아낸 진상은 예상 이상으로 독특했다.

어떻게 설명할지 잠깐 고민한 구리타는 시간 순서대로 되짚으면서 설명하기로 했다.

먼저 마스터의 카페에서 아오이가 세운 가설. '구리마루당을 중계 지점으로 삼아 가게 사람이 아닌 누군가에게 수첩을 건네고 싶다'는 추리. 분실물을 한동안 보관하니까 그 기간 내에 히로키가 직접 전달할 수 없는 제삼자에게 수첩을 전하려고 했다는 내용이다.

일반적으로 생각해 그 제삼자는 구리마루당의 손님이다.

히로키가 수첩을 가게 분실물로 만들고 싶은 이유는 구리마루당에서 실수로 들고 나갔으니까 혹은 구리마루당 손님의 것을 우연히 손에 넣었으니까.

"그럼 히로키는 어느 시점에서 수첩을 갖게 되었을까? 히로키가 매일 우리 가게에 오기 시작한 것은 월요일부터니까 날짜를 고려하면 그 전날인 일요일에 수첩을 손에 넣었을 거야. 일요일은 바로 시라사기가 다도회용 와카아유를 의뢰하러 온 날이야."

"그때 시라사기 씨와 히로키 사이에 보이지 않는 대각선이 생긴 거예요."

아오이의 보충 설명을 듣고 구리타가 이어 말했다.

"여기에서 이야기는 잠깐 샛길로 빠져. 시라사기 아쓰시의 부하가 수요일에 역 앞에서 이런 전단을 나눠줬어."

구리타는 주머니에서 접힌 종이를 꺼내 펼쳤다.

'일요일 오후, 아사쿠사 역에서 와카아유가 든 봉투를 도둑 맞았습니다. 아시는 분이 계시면 아래로 연락해주십시오.'

"하필 왜 와카아유를 훔쳐 갔는지 이해가 안 가지만 일단 나중으로 미루자. 어쨌거나 시라사기는 역에서 와카아유가 든 봉투를 잃어버렸어. 그게 시라사기가 관련된 '은어 정보'야. 그리고 히로키 쪽에도 '다른 은어 정보'가 있어."

"어, 히로키한테도?"

그럴 리 없다면서 고개를 갸웃거리는 시호를 보며 구리타는 씩 웃었다.

"있다니까. 히로키가 세 번째로 찾아온 날, 시작품인 와카아유를 서비스로 줬잖아? 그때 이런 소리를 했던 거, 기억해?"

'진짜 은어는 좀 더 땅딸보 같고 막대기처럼 딱딱하고 뻣뻣해.'

시호가 손뼉을 치며 "아!" 하고 외쳤다.

"그런 말을 했었지!"

"맞아. 그런데 그 은어는 사실 슈퍼에서 산 생선이 아니야."

"……그렇다면?"

"슈퍼에서 파는 은어는 대체로 잡고 나서 시간이 흐른 거야. 그때가 먹기 좋은 시기거든. 생선은 잡은 뒤에 재워둬야 감칠맛이 생기니까."

정확히 말하면 생선 체내의 ATP, 즉 아데노신삼인산*이 감칠맛 성분 중 하나인 이노신산으로 분해되는 시간이 필요하기 때문인데, 지금 중요한 것은 이런 지식이 아니다.

구리타는 요점만 추려내 설명했다.

"생선은 잡힌 뒤에 반드시 사후경직이 와. 사후경직이 풀리면 부드러워져서 감칠맛이 늘어나고, 더 오래 내버려두면 썩어. 그때 히로키가 말한 '막대기처럼 딱딱하다'는 사후경직 상태인 은어를 말해. 슈퍼에서 파는 은어가 아니라 잡아서 바로 얼음에 넣어둔 거야. 어이, 히로키. 가족이나 아는 사람 중에 은어 낚시를 하는 사람이 있지?"

구리타가 묻자 히로키는 고개를 끄덕였다.

---

* 생물의 에너지 대사에 중심적인 역할을 하는 물질로 모든 동식물 세포에 존재한다.

"역시."

즉, 히로키와 아는 사이인 누군가가 낚시를 하러 갔다 사후 경직 상태인 은어와 접촉할 기회가 있었다고 요약한 뒤, 구리타는 설명을 계속했다.

"또 일요일에 먹었다는 소리도 했지?"

'히로키, 먹어본 적 있니?'
'응, 일요일에 먹었어.'

"아아……. 맞아. 그렇게 말했었지."

시호가 고개를 끄덕였다.

"그럼 시호 씨, 하나만 더 떠올려봐. 내가 히로키에게 수첩을 어디서 구했는지 물었을 때, 히로키는 역에서 주웠다고 소리쳤어. 그러니까 히로키는 수첩을 역에서 손에 넣은 거야. 이렇게 모인 정보를 종합하면 재미있는 대답이 나오지 않아?"

히로키가 수첩을 가게의 분실물로 만들려고 한 것은 수첩이 구리마루당을 찾은 손님의 소유물이기 때문이다.

히로키는 역에서 시라사기 아쓰시의 짐을 실수로 가져 왔고, 그 안에 수첩이 들어 있었다는 가설이 성립한다.

그날, 구리타는 하얀 종이 상자에 와카아유를 다섯 개 담아

116

구리마루당의 로고가 찍힌 봉투에 넣어 시라사기에게 주었다. 나중에 시라사기는 그 봉투에 애용하던 수첩을 넣지 않았을까?

이렇게 가정하면 모든 조각이 맞아떨어진다.

히로키는 시라사기가 누군지 몰라서 수첩을 돌려줄 수 없었지만, 봉투 로고를 보고 구리마루당의 손님인 줄 알았다. 그래서 구리마루당에 수첩을 두고 가려고 했다.

"요약하면 히로키는 역에서 낚시를 마친 지인의 짐을 들어주는 심부름을 하다가 생선 은어뿐만 아니라 화과자 은어인 와카아유가 든 봉투까지 가지고 와버렸어. 봉투에 든 수첩을 간접적으로 돌려주려고 한 것이 이번 분실물 소동의 진상이야."

구리타가 설명을 마쳐도 시호와 유카는 넋이 나가 멍하니 있을 뿐이었다.

"뭐, 내가 생각한 것이 아니라 전부 아오이 씨한테 들은 내용이긴 해. 어때, 히로키?"

구리타가 묻자 "맞아" 하고 히로키 역시 멍한 표정으로 대답했다.

"맞아, 정확해…… 전부 다 맞아! 나, 일요일에 낚시하고 오는 할아버지를 역까지 마중 나갔어!"

그날 히로키는 할아버지를 마중하러 역에 갔는데, 은어 낚시에 사용하는 아이스박스 옆에 구리마루당 봉투가 있었다.

회색 기모노를 입은 청년이 옆에서 스마트폰으로 통화하고 있었는데, 그 사람의 물건인 줄 모르고 할아버지의 짐이라고 생각해서 같이 들고 왔다.

봉투가 다른 사람의 것인 줄 알았을 때는 이미 와카아유를 전부 먹어치운 뒤였다.

"먹어버린 건 돌려줄 수 없지만 수첩은 소중하게 쓰는 것 같았으니까⋯⋯. 나, 꼭 돌려줘야 한다고 생각해서."

수첩만이라도 제대로 돌려주면 고의로 훔치지 않았다는 의사 표시도 된다.

눈을 내리깔고 사정을 털어놓는 히로키를 바라보며 구리타는 전부 이해했다.

"그렇군⋯⋯. 그래서 그랬구나."

모르고 가져온 와카아유를 다 먹어버렸다는 껄끄러움. 구리마루당 가게 안에 구리마루당 로고가 찍힌 봉투를 들고 가기 어려우니까 눈에 띄지 않는 수첩만 몰래 내려놓고 가려고 했다.

거듭 반복하다가 결과적으로 일이 커졌지만, 이번 사건은 어린아이의 정직함으로 인해 벌어진 귀여운 소동이었다.

의문이 전부 해소되고 난 뒤 팔짱을 끼고 있는 구리타를 바라보며 아오이가 수고가 많다는 듯이 위로하는 시선을 보냈다.

"역시 수첩은 시라사기 씨의 것이었군요……. 얼른 돌려드려야겠어요."

"응. 내용을 보니까 직접 쓴 시가 적혀 있었어. 말하자면 포엠 노트였어."

"그렇구나. 자작시가 민망해서 구리타 씨한테 상담하지 못하셨나 봐요."

"아! 그래서 그 전단 배포로 이어지는 거였군."

모든 것이 또렷하게 밝혀졌다. 이로써 구리타는 만족스러웠는데, 시호가 의아하다는 목소리로 끼어들었다.

"아니지, 잠깐만 있어봐. 구리의…… 아니, 아오이의 추리는 여전히 대단한데. 가장 중요한 수수께끼가 남았잖아?"

"수수께끼라니?"

"수첩이 여기 있는 의미 말이야! 왜 도가시라는 놈이 일부러 수첩을 두러 와야 하는데?"

"그건……."

구리타는 입을 다물었다.

시호의 말이 맞았다. 도가시가 한 행동임이 명백하니까 일단 보류했는데 동기는 여전히 불분명했다.

아오이는 어떤가 싶어서 바라보니 그녀는 긴장한 표정으로 아랫입술을 꽉 깨물고 있었다.

뭔가 짐작이 가는 것일까?

그러나 도가시와 관계된 일이다 보니 역시 위태로워 보였다. 구리타는 다시금 걱정되었다.

그런데 히로키가 그야말로 해맑은 목소리로 의문을 해결해주었다.

"사실은 수요일에 돌아가던 도중 갑자기 말을 걸었어. 그 도가시라는 이상한 형아가."

"어……? 그랬냐?"

"응. 물어보고 싶은 게 있다고 목소리를 낮춰서 말을 거니까 나 너무 무서워서 수첩 이야기까지 전부 다 해버렸어. 그랬더니 그 형아, 자기가 돌려주겠다면서 수첩을 빼앗아 갔어."

그래서 수첩이 어떻게 됐는지 확인하러 이렇게 왔다고 히로키는 말했다.

"처음에는 진짜 깜짝 놀랐는데…… 그 형아는 좋은 사람이었네!"

명랑하게 웃는 히로키를 바라보며 구리타는 당혹감을 감추지 못했다.

좋은 사람……? 과연 그럴까. 도가시는 어쩔 줄 몰라 하는 어린아이를 보다 못해 선의로 수첩을 돌려주러 왔을까……?

그때, 입술을 깨물고 침묵하던 아오이가 불쑥 말했다.

"……그 사람은 아마 길을 찾고 있었을 거예요."

왠지 심장까지 차갑게 얼어붙은 것만 같은 말투였다.

아오이의 우아한 얼굴은 평소 이상으로 아름다워 보였지만 어딘가 처연해 보이기도 했다.

"일종의 결단이라고 할까요? 도가시 씨는 타고난 악인은 절대 아니니까요. 아마 행동의 정당성을 찾고 있었겠죠. 수첩을 돌려준다는 대의명분과 함께 구리타 씨를 몰아세우려고 한 것 아닐까요?"

"몰아세운다……."

그날 밤에 벌어진 일을 떠올리자 구리타의 표정이 어두워졌다.

도가시는 가게를 떠나면서 마음에 걸리는 발언을 했다. 뭔가 줄 물건이 있어서 구리타를 확인하러 온 것이라고 이해했는데 실상은 오리무중이다.

아오이는 손가락으로 까만 머리카락을 빗어 등 뒤로 찰랑 넘겼다.

"어쩌면 도가시 씨는 정말 단순히 수첩을 돌려주고 싶었을지도 몰라요. 그 사람은 자신에게 정직한 사람이니까요."

"그러니까 히로키의 말대로…… 좋은 사람이라고?"

"아니에요!"

아오이는 단호하게 외쳤다. 그 말투가 놀랄 정도로 격렬해서 구리타는 무심코 침을 삼켰다.

"악인은 아니고, 자신에게 정직한 사람이기는 해요. 그렇지만 절대 좋은 사람은 아니에요. 자기만의 길을 혼자 열어가는 순수하고 드문 재능의 소유자이지만……."

"이지만?"

"때로는 잔혹해지고 사람들 사이에 균열을 내기도 해요. 사람의 마음을 전혀 이해하지 못하는 그 사람의 그런 면을 저는 좋아할 수 없었어요……."

함부로 끼어들 수 없는 무거운 침묵이 가게 안에 내려앉았다.

잠시 후, 아오이가 침묵을 깨고 말했다.

"왜냐하면…… 따지고 보면 그런 부분이 마스미 씨를 자살로 몰아간 거니까요."

아오이의 목소리가 미미하게 떨렸다. 투명하게 보이는 뜨거운 감정과 실제로 벌어진 참혹한 사건을 생각하면 가슴이 아파 뭐라 말할 수 없었다. 구리타만이 아니라 시호도, 유카도 아무 말도 꺼낼 수 없었다.

"이런 말은 하고 싶지 않지만 지금도 종종 생각해요."

아오이는 눈을 감고 억지로 말을 짜냈다.

"도가시 씨…… 그 사람만 없었다면."

그 말을 마친 아오이의 가냘픈 몸에서 억제할 수 없는 격렬한 감정이 분출되는 것 같았다. 분노로 그녀의 얼굴이 창백해졌다. 마치 새파란 불꽃을 온몸에 두른 것처럼 보였다.

이 정도로 격렬한 감정이라니……. 구리타는 놀랐다.

늘 온화하고 다정다감한 아오이. 순진무구한 웃음 이면에 이런 증오가 숨어 있을 줄이야.

경악과 함께 끝없는 안타까움을 느꼈다. 아오이는 도가시 때문에 손을 다쳐 화과자 장인으로서 생명이 끊겼지만, 그 이야기는 아예 꺼내지도 않았다.

아오이 안에서는 자신이 당한 사고보다 마스미 신이치가 자살한 사건의 비중이 훨씬 더 컸다. 아마 그것이 도가시에게 분노를 느끼는 이유일 것이다. 다정해도 너무 다정하다.

가슴이 너무 아파 괴로운 구리타 앞에서 아오이는 새하얗게 질릴 정도로 주먹을 움켜쥐고 고개를 숙였다.

"게다가…… 구리타 씨까지…… 저는."

그 말을 들은 순간 구리타는 이해했다. 그랬구나. 아오이가 평정을 잃은 이유는 그것이었다.

아오이는 예전의 비극이 다시 되풀이될지도 모른다는 걱정에 감정을 제대로 제어하지 못하고 있다. 지금 아오이가 보이는 태도를 이해할 수 있었다.

그렇다면…….

"걱정하지 마, 아오이 씨. 내가 그렇게 어수룩한 놈으로 보여?"

갑자기 건방지게 입술을 올려 웃는 구리타를 아오이는 망설임이 가득한 표정으로 바라보았다.

"……구리타 씨?"

"흥, 전혀 문제없어. 겨우 이까짓 걸로 내가 우울해할 것 같아? 이래 보여도 나는 역경에 강해. 앞에 '초(超)' 자가 붙을 정도로 강하다고."

팔짱을 척 끼고 구리타는 무뚝뚝하게 말했다.

"오히려 이번에는 그 녀석 덕분에 한 수 배웠어. 요즘 내가 자신감이 붙어서 그랬나 봐. 마치 은어와 와카아유를 실수로 잘못 가져간 것처럼, 어느새 자신감이 자만심으로 바뀌었어. 그래서 먹는 사람이 되어 생각한다는, 화과자 장인으로서 제일 중요한 정신을 소홀히 하고 말았어……. 아니, 소홀히 하려는 마음은 털끝만큼도 없었는데 내 마음에 틈이 생기고 말았어. 녀석은 그걸 꿰뚫어 보았고."

구리타가 만든 화과자의 부족한 점을 도가시는 먹지도 않고 한눈에 알아보았고, 직접 만들어서 가르쳐주었다. 역시 대단한 놈이라고 구리타는 솔직하게 인정했다.

"단, 이번 빚은 돌려주겠어. 다음번에는 아사쿠사 화과자점의 열정을 반드시 맛보게 해줄 테다."

와카아유는 도가시의 발상을 받아들여 좀 더 개량하면 그만이다.

"그렇게 하면 다도회 참석자들도 와카아유를 더 기쁘게 먹겠지. 녀석의 조언 덕분에 맛의 질이 한층 더 상승했으니까 손해를 보지 않았어."

나는 그저 성장했을 뿐이다.

진지하게 말하자 아오이는 약간 멍한 표정으로 중얼거렸다.

"구리타 씨……. 대단해요. 넘어져도 절대 그냥 일어나지 않는군요……."

"물론이지. 그냥 넘어지지도 않고 훌쩍훌쩍 울면서 드러눕지도 않아. 나는 건드리면 두 배로 돌려주는 사람이야. 아오이 씨도 조심하는 게 좋을걸?"

농담을 섞어 웃으며 말하자 아오이의 긴장한 표정이 서서히 풀렸다.

"……네."

천천히 고개를 끄덕인 아오이는 눈썹을 축 늘어뜨렸다.

긴장이 풀렸다.

쿡쿡 웃으며 입가를 가리는 아오이를 보고 구리타는 한시름

놓았다.

솔직히 말해 아직 도가시에게 받은 충격이 남아 있다. 지금 한 발언은 전부 허풍에 지나지 않고 어울리지도 않게 농담까지 떠벌렸지만, 그렇게 해서라도 아오이가 웃어주길 바랐다.

그러기 위해서 몸과 마음을 좀 더 단련해 정신을 바싹 차려야 한다.

다음에 도가시와 만날 때는…….

평상시처럼 부드러운 미소를 되찾은 아오이를 바라보며 구리타는 남몰래 결의를 다졌다.

그런 구리타를 옆 탁자에 앉은 유카가 말없이 바라보고 있었다.

유카의 눈동자는 너무도 슬퍼 보였다. 무릎 위에서 주먹을 꽉 움켜쥐고, 온 마음을 담아 구리타에게 시선을 보내고 있었다.

구리타가 유카의 시선에 담긴 의미를 안 것은 그로부터 조금 뒤였다.

제2장

빙수

야가미 유카는 다른 사람이 자신을 어떻게 평가하는지 잘 안다.

밝고 긍정적. 사교적이고 패션 감각이 뛰어남.

두려워하지 않고 어떤 일에든 뛰어들어 가끔 막무가내로 밀어붙일 때도 있지만, 본성은 친절하고 다정하며, 완벽한 성인군자가 아니라는 점까지 포함해 사랑을 받는 성격. 그런 덕분에 원하는 것이 있으면 뭐든 쉽게 손에 넣는 편이다. 그래서 요령이 좋다는 소리를 듣는다.

자타공인 그렇게 인정받는 유카지만 요즘 안절부절못할 사정이 생겼다. 그래서 그날 저녁, 구리마루당에서 돌아가는 길에 역으로 향하는 아오이를 불러 세웠다.

"할 말이 있는데……, 지금 시간 좀 있을까?"

아오이는 놀라서 눈을 동그랗게 뜨며 나로 괜찮겠냐는 듯이 자신을 손가락으로 가리켰다.

유카가 고개를 끄덕이자 아오이는 환하게 웃으며 승낙했다.

"그럼요. 당연하죠."

"고마워."

"아니에요."

유카 씨와 단둘이 대화하는 건 처음인 것 같다고 재잘거리며, 아오이는 초반에는 환하게 웃으며 즐거워했다.

그러나 지금, 그 얼굴에는 웃음기가 사라져 미지의 대상과 대치한 것처럼 묘한 긴장감이 서렸다.

하루의 끝을 알리는 군청색 어스름을 받으며 관광객이 서둘러 귀갓길에 오르는 중인 센소지 경내.

유카와 아오이는 인적이 사라진 산문 호조몬 옆의 휴게소 벤치에 나란히 앉았다.

특정 가게에 들어가서 말하기에는 좀 꺼려져서 어려서부터 익숙한 이곳에 가자고 유카가 제안했다. 자, 이제부터 어떻게 말을 꺼내야 할까.

시선 앞쪽, 지면에서 불쑥 올라온 펌프식 소형 우물을 바라보며 유카는 진지하게 고민했다. 목이 너무 타서 마시는 용도가 아닌 저 우물물이라도 들이켜고 싶었다.

이 상황까지 와서 망설여봤자 소용없다고 유카는 자신을 다독였다. 오랫동안 고민하고서 결심했으니까.

지금 자신이 뒤처진 것은 확고한 사실이다. 원래 압도적으로 우세한 위치에 있었는데…… 아니, 우세하다는 믿음에 안심하고 쾌적한 그 자리를 즐기는 사이, 갑자기 나타난 이 사람과 큰 차이가 벌어지고 말았다.

그 차이를 과연 만회할 수 있을까……?

잘 모르겠고, 머릿속으로 따지는 것도 두렵다. 남은 시간이얼마 없다.

그렇기에 용기를 내어 야가미 유카답게 정면에서 치고 들어가는 수밖에 없다. 옆에 앉은 아오이를 똑바로 바라보고, 유카는 진지하게 말을 걸었다.

"아오이 씨."

"네."

서로 체온이 느껴질 정도로 가까운 거리에서 아오이도 진지한 표정으로 대답했다.

눈앞이 환하게 밝아지는 것처럼 이 상황이 현실적이어서 온몸이 저릿저릿해졌다.

유카는 머릿속으로 이 광경이 참 멋있다고 생각했다. 지금이 상황은 꿈이나 망상이 아니라 현실이다.

한번 입 밖으로 꺼낸 말은 되돌릴 수 없다. 지금 자신이 하려는 행동도 마찬가지, 일단 진행하면 돌이킬 수 없다. 결과는 둘 중 하나.

……소중한 것을 얻느냐, 잃느냐.

압도적인 현실감을 온몸으로 느끼며 유카는 드디어 입을 열었다.

천천히, 절대 자기 감정에 거짓말하지 않고 끝까지 다 털어놓았다.

유카의 말을 들은 아오이는 더는 커질 수 없게 눈을 동그랗게 뜨고는 얼어붙었다.

*

가열한 납작냄비 위에 올린 달걀과 밀가루로 만든 얇은 반죽에 보글보글 거품이 생기기 시작했다.

구리타는 그 반죽을 뒤집어 가늘고 긴 규히를 중앙에 올리고 감싸 순식간에 물고기 형상으로 다듬은 뒤, 뜨거운 쇠꼬챙이로 얼굴을 그려 넣었다.

"음, 다 됐어."

구리타가 중얼거리자 옆에 선 나카노조가 눈을 빛냈다.

"대단해……! 품격이 한 단계 더 상승했는데요. 역시 구리타 씨, 와카아유의 귀신!"

"하지 마, 그런 소리는. 와카아유 귀신이라니, 비주얼이 은어인지 귀신인지 모르겠잖아."

나카노조의 유쾌한 칭찬을 받아치고, 구리타는 완성한 와카아유를 접시에 담아 바라보았다.

드디어 완성했다.

며칠에 걸쳐 시행착오를 반복했다. 도가시의 발상을 받아들여 크레이프처럼 얇은 피에 규히만 넣어 만든 와카아유는 구리타가 예상한 것보다 훨씬 빠르게, 또 아름답게 완성되었다.

도가시가 그때 만들었던 과자는 재료가 같긴 해도 어디까지나 조후였다. 그런 것을 시라사기의 다도회에 내놓을 수 없지만, 지금 완성한 것은 어떻게 뜯어보아도 와카아유였다.

시식해보니 맛도 만족스러워서 이제 마음에 걸리는 부분이 없다. 다도회에서도 분명히 호평을 받을 것이다.

시라사기의 수첩도 우편으로 보냈으니까 그와 관련한 일은 전부 깔끔하게 해결했다.

……그렇지만 내 힘만으로 여기까지 올 수 있었다면 더 좋았을 텐데.

안타까움을 느껴 살며시 눈을 감은 그때, 시호가 포렴을 헤치고 작업장에 얼굴을 들이밀었다.

"여, 구리! 아오이랑 유카가 놀러 왔어. 찻집에서 기다리고 있어."

"아, 둘 다 오늘도 왔구나……."

"인기 많은 남자는 참 바빠."

"그런 거 아니라고."

살짝 얼굴을 붉히며 대꾸하고 구리타는 입을 꾹 다물었다.

아오이도 그렇고 유카도 그렇고, 둘의 성격을 그럭저럭 파악하고 있기에 잘 안다. 지금 그 둘의 마음속을 차지한 감정은 순수한 걱정이다.

도가시와의 만남 이래 아오이와 유카는 필요 이상으로 구리타를 항상 걱정해주었다.

사실 이렇게 매일 와주지 않아도 괜찮은데 걱정해주는 마음은 고마웠다. 얼굴을 보여주려고 구리타는 작업장을 나와 찻집으로 갔다.

구리타가 나타나자 아오이는 순진무구하게 웃었고 유카는 활기차게 손을 흔들었다.

"와아, 구리타 씨. 안녕하세요."

"구리, 야호!"

둘은 이웃한 탁자에 앉아서, 소용돌이치는 수면을 표현한

여름용 고급 나마가시를 먹고 있었다. 작은 과자를 이쑤시개로 잘라 아오이는 우아하게, 유카는 귀엽게 먹었다.

자기가 만든 화과자를 다른 사람이 맛있게 먹는 모습은 보기만 해도 기쁘다. 화과자 장인으로서 행복으로 차고 넘치는 광경이지만, 둘 다 바쁠 테니까 미안했다.

"저기……. 말해두겠는데 두 사람 다 내 걱정은 안 해도 괜찮아. 가게를 내버리고 종적을 감추거나 하진 않을 거야. 평소와 똑같이 나는…… 그러니까…….

"그러니까, 라니?"

유카가 되물어서 구리타는 "보통이란 뜻이야"라고 무뚝뚝하게 대답했다.

"지나칠 정도로 보통이란 말씀. 아침에는 늘 같은 시간에 일어나서 스트레칭하고 팔굽혀펴기와 복근 운동과 등 운동을 한다음 옷을 갈아입은 뒤에 작업장에서 부지런히 팥소를 만들고…….

이렇게 보통의 일상을 보내고 있으니까 걱정하지 말라고 말하고 싶었는데, 유카는 전혀 다른 식으로 받아들였다.

"스트레스가 어마어마하게 쌓일 것 같아!"

"……내가?"

"괜히 옹고집을 부리는 것 같아서 오히려 불안하다고. 구리,

정말 괜찮아?"

"아니, 그러니까 평소랑 똑같다고 말하고 있잖아……. 사람이 말을 하면 좀 들어."

"그렇구나. 지금 너는 몸을 혹사해서 머리를 텅 비우고 싶은 심정이라 이거지?"

구리타의 말이 귀에 제대로 들리지 않나 보다. 유카는 충분히 이해한다는 듯이 팔짱을 끼고 고개를 끄덕이더니 또 황당한 소리를 했다.

"그럴 때일수록 한숨 돌려야지. 맡겨줘! 내가 좋은 곳에 데려가줄게. 구리, 내일 쉬는 날인데 무슨 계획 있어?"

유카가 몸을 불쑥 내밀며 물었다. 구리타는 뜬금없는 제안에 당황해서 대답했다.

"특별한 계획은 없는데, 왜?"

"비장의 장소로 내가 안내해줄게!"

"……아니, 정말 괜찮다니까."

쓴웃음을 지으며 고개를 젓는 구리타와 대조적으로 유카는 고집스러웠다.

"괜찮기는 뭐가 괜찮아. 가자! 응? 괜찮지?"

괜찮다는 단어가 계속 나와서 괜찮다는 건지 안 괜찮다는 건지 모르겠다.

유카는 그 비장의 장소에 어지간히도 집착하는지 애절하게 구리타를 계속 졸랐다. 어떻게 해야 할지 몰라 구리타는 말없이 관자놀이를 문질렀다.

굳이 그러지 않아도 자신은 멀쩡했다. 한숨을 돌리는 것이 아니라 좀 더 분발해서 지금 상황을 해결하고 싶다. 지금까지는 다도회용 와카아유 개량을 우선시했지만, 이제부터 도가시와 다시 만나 제대로 뒤처리를 할 생각이었다.

그래도 이렇게 마음을 써주니까 최대한 무난하게 거절하고 싶었다.

"나 정말 아무렇지 않아. 아오이 씨도 뭐라고 말 좀 해줘."

"괜찮지 않아요?"

구리타의 예상과 반대로 아오이는 곤란한 듯이 웃으며 뜻밖의 말을 꺼냈다.

"유카 씨 말씀에도 일리가 있어요. 가끔은 푹 쉬어줘야죠. 구리타 씨는 워낙 일벌레니까 가끔 시간이 나면 노는 것도 뇌에 좋은 자극이 될 거예요. 유카 씨의 외출 제안, 저는 찬성이에요."

"아오이 씨……?"

"가끔은 전부 잊고 느긋하게 지내보는 것도 좋잖아요. 구리타 씨도 사람이니까."

마치 시의 한 구절처럼 아름답게 말을 마쳤다. 아오이가 말

하면 왠지 모르게 전부 옳다고 느껴지는 것이 구리타 본인이
생각해도 신기했다.

그런데 웃고 있는 얼굴과 반대로 아오이의 표정이 묘하게
딱딱해 보였다. 왜 그러는지 물어볼 새도 없이 유카가 기뻐하
며 소리쳤다.

"헤헤, 아오이 씨도 추천하잖아. 그러니까 가자!"

"응……. 괜찮다만 그러면 아오이 씨도 같이……."

그런데 아오이는 구리타가 말을 마치기도 전에 손을 휘휘
저었다.

"죄송해요. 저는 내일 일이 있어요. 다음에 같이 가요."

왠지 어색하게 웃으며 대답하는 아오이를 바라보며 구리타
는 묘하게 수상쩍은 냄새를 맡았다.

정확하게 표현하기 어렵지만 어떤 위화감 같은 것을 느꼈다.

그러나 캐물을 만한 여유가 없었다. 유카는 힐끔 아오이를
살피고 다시 구리타를 바라보고 환하게 웃었다.

"그럼 결정이야, 구리! 내일 재미있는 곳에 데려가줄게!"

"……대체 그 재미있는 곳이 어디야?"

유카는 애교를 부리면서 뽐내듯이 외쳤다.

"그건 내일을 위해 비밀입니다!"

*

빽빽하게 자리한 어트랙션, 주변 상점, 관광객들과 수학여행을 온 학생들.

그런 주변 광경이 회전하면서 천천히 저 아래로 멀어졌다.

상승하는 곤돌라의 독특한 감각을 맛보며 구리타는 가라앉는 경치를 바라보았다. 맞은편에 앉은 유카는 신이 나서 소리쳤다.

"와아, 하늘이 정말 파랗고 예쁘다! 둥실둥실한 소나기구름을 보니까 진짜 여름 같아. 저기 봐봐, 구리. 센소지 오층탑이 보여."

"알아. 이제 곧 스카이트리가 보일 거야. 그런데 네가 말한 재미있는 곳이 여기였어?"

"응, 재미있잖아?"

"그래, 뭐 재미는 있는데 어려서부터 몇 번이나 같이 왔잖아."

"한숨 돌리는 데는 추억이 있는 장소가 제일 좋으니까."

"……그냥 네가 오고 싶었던 거 아니야?"

정기 휴일인 목요일. 구리타는 집으로 데리러 온 유카에게 억지로 끌려 이곳에 왔다.

오렌지 거리에서 걸어서 10분. 구리타에게는 친근한 곳이다.

일본 정서가 가득한 아사쿠사 거리에 위화감 없이 녹아들어 남녀노소가 쉬었다 가는 곳, 하나야시키.

일본에서 가장 오래된 유원지인 아사쿠사 하나야시키는 원래 에도 말기에 활동한 정원사 모리타 로쿠사부로가 만든 '하나야시키'라는 식물원이 시초였다.

메이지 시대에는 동물도 전시하기 시작했고 다이쇼 시대* 때는 일본 굴지의 동물원으로 이름이 알려졌다. 공연도 하고 유희 시설도 있어서 한마디로 뭐든 다 있는 공간이었다.

1923년 관동대지진으로 인하여 재해를 입었고 전쟁 중에는 폐원했는데, 1947년에 다시 문을 열었다. 그때부터 명칭을 '아사쿠사 하나야시키'로 바꿔 지금에 이른다.

유원지 내에는 최신식 테마파크에는 없는 복고풍 어트랙션이 다양하다.

그중 대표적인 어트랙션이 1950년에 세워져 지금도 작동하는 Bee 타워이다.

집 형태를 한 곤돌라 총 여섯 개가 와이어에 매달려 지상 45미터 높이까지 상승해서 천천히 회전하는 대관람차와 비슷한 어트랙션이다. 속도가 느려서 데이트하는 커플이나 어린아

* 1912년 7월 30일부터 1926년 12월 25일까지 다이쇼 일왕이 통치한 시기.

이가 있는 가족들이 타기 좋다.

지금 구리타와 유카는 그 Bee 타워 곤돌라를 타고 아사쿠사 거리를 내려다보고 있었다.

"이거 어렸을 때는 무서웠는데 지금 타니까 참 편안하다. 왠지 귀여워!"

"그러게. 한가롭고 목가적이야."

"한숨 돌리기에 아주 제격이지?"

기분 좋게 말하며 고양이처럼 눈을 가늘게 뜨는 유카, 그녀는 오늘 꽃무늬 캐미솔 원피스 위에 부드러운 재질의 짧은 티셔츠를 입었다.

평소 말쑥하고 단정한 차림을 즐겨 입는 유카인데 오늘은 드물게도 귀여운 차림이어서 구리타는 괜히 싱숭생숭했다. 자기도 모르게 이런 말을 할 정도로.

"잘 어울리네."

"응?"

"아, 아니야……."

편안해지는 것도 정도가 있다. 자기도 모르게 한 말에 놀라 구리타는 어설프게 얼버무렸으나, 겨우 그 정도에 추궁을 멈출 유카가 아니었다.

"뭐야? 말해."

유카가 의심스럽게 눈썹을 찌푸리며 얼굴을 들이대서 구리타는 어쩔 수 없이 대꾸했다.

"그냥……그, 그러니까. 오늘 입은 옷이 잘 어울린다고."

그러자 유카의 단정한 눈썹이 휙 올라갔다. 얼굴색도 서서히 붉어졌다.

"고마워."

유카는 혼잣말처럼 말하고 부끄러운 듯이 미소 지었다.

"사실 이 옷, 어제 산 거야."

"그래?"

"응. 평소 입는 옷이랑 달라서 조금 걱정했는데……. 다행이다."

갑자기 가슴이 욱신거리는 기분이 들어 구리타는 맞은편에 앉은 유카를 새삼스럽게 바라보았다.

"나 기쁜 것 같아."

그렇게 말하고 환하게 웃으며 감정이 이끄는 대로 몸을 좌우로 비트는 유카가 순진해 보여서 그때 구리타는 솔직히 유카가 멋있다고 생각했다. 성인 여성이면서도 활발한 소녀 같은 느낌이 동시에 나서 매력적으로 보였다.

그런데 순간, 문득 흔들리는 작은 무언가가 눈에 들어와 구리타는 움찔했다.

"응? 왜 그래, 구리?"

구리타가 뚫어지게 바라보는 것을 느끼고 유카가 흔들던 움직임을 멈췄다.

그러더니 의기양양한 표정으로 "오호라" 하고 중얼거리더니 샐쭉거리며 웃었다.

"아이참, 그런 거구나? 마음은 알겠어, 워낙 미인이니까. 잘 알겠는데, 나 같은 미인이라도 그렇게 빤히 쳐다보면 부끄럽단 말이야."

"아니, 그런 게 아니라⋯⋯. 너, 등에 뭐가 붙었어."

유카가 몸을 비틀 때, 그 뒤에서 흔들리는 무언가가 보였다.

"뭔데?" 하고 유카가 고개를 기울이며 등을 만졌으나 붙잡지 못했다.

"구리, 떼어줘."

"응, 이거야."

구리타가 붙잡은 그것을 본 순간, 유카의 두 눈이 경악으로 물들어 크게 뜨였다.

"⋯⋯어떡해! 가격표를 안 뗐어!"

"진짜냐."

구리타도 식은땀을 흘렸다. 비유하자면 이건 방송 사고 수준이 아닌가.

유카는 어제 옷을 사고 너무 만족한 나머지 가격표를 떼지 않았나 보다. 하늘을 한 바퀴 돌아 하강하는 곤돌라 안에서 당황해 어쩔 줄 모르는 유카를 어떻게 달래야 할지 몰라 구리타는 진지하게 고뇌했다.

일단 가격표는 뗐다. 그러자 유카는 자력으로 상황을 극복하려고 시도했다.

"아, 아니야, 구리! 이건 그러니까…… 일부러 그런 거야."

"어? 그래?"

"그렇다니까! 다 계산한 패션이야! 파리 컬렉션이나 밀라노 컬렉션에서 유행한다고 들었어!"

그럴 리가 있겠냐! 이렇게 외치고 싶었지만 유카가 워낙 필사적이라 말하지 못했다. 지금은 그렇다고 믿어주기로 하자고, 구리타는 현실과 타협했다.

곤돌라는 곧 유유히 지상에 착륙했다.

*

제일 처음 탄 Bee 타워에서 내린 후에는 특별한 목적 없이 하나야시키를 돌아다녔다.

학교 구내 정도 되는 부지에 롤러코스터를 비롯한 다양한 어트랙션, 3D 시어터, 귀신의 집, 자라가 사는 연못까지 재미있는 것들이 잔뜩 있어서 구리타와 유카의 발걸음은 느렸다.

"그나저나 여긴 여전히 뭐든 다 있구나."

"응, 진짜."

구리타의 말에 맞장구를 치며 유카는 주변을 둘러보았다.

"예전에는 동물도 있었다지?"

"그랬다더라. 호랑이나 사자……. 우리가 태어나기 훨씬 전이지만."

"일본에서 가장 오래된 동물원은 우에노 동물원이지만 여기가 거기보다 빨랐지? 어떤 의미에서 동물원의 근원이야."

"아사쿠사에는 다양한 것들의 근원이 있으니까."

가벼운 잡담을 나누며 둘은 어슬렁어슬렁 걸었다.

하나야시키 입장료는 영화관 요금과 비교하면 굉장히 저렴하지만, 어트랙션을 이용하려면 자동발매기에서 승차권을 따로 사야 한다.

처음에 몰아서 산 승차권이 제법 남아 있으니까 가능하면 유용하게 쓰고 싶었다.

"꼭 여름방학 같아."

갑자기 유카가 하는 말을 듣고 고개를 돌리자, 유카가 바라보는 저 앞쪽에 고리 던지기나 가재 잡기 따위를 할 수 있는 코너가 보였다.

저런 게 아직도 있구나 싶어서 구리타는 잠시나마 감회에 젖었다. 어려서는 사격 놀이를 해서 상품을 잔뜩 탔다. 과녁 중앙이 아니라 모서리를 맞혀 회전시키며 쓰러뜨리는 프로급 기술을 선보이곤 했다.

그러고 보니 사격 이외에도 많은 일을 했다고 생각하며 구리타는 그리움을 느꼈다.

저 너머에 있는 판다카에 둘이 같이 타서 신나게 공원을 돌아다녔다. 그 옆에 있는 귀신의 집에서 유카를 놀라게 했더니 유카가 겁을 먹다 못해 화까지 내서 밖에 나와 볶음국수를 사줘야 했다.

추억이 여기저기 굴러다니는 공원을 둘러보며 구리타는 향수에 젖었다.

그러다가 옆에 선 유카가 이상하게 조용하다는 것을 깨닫고 돌아보았다.

깜짝 놀란 것은 유카가 골똘히 생각에 잠겨 심각한 표정을 짓고 있어서였다.

"유카……?"

"아, 미안해!"

"왜 그래. 괜찮아?"

구리타가 가까이 들여다보며 안색을 살피자 유카는 얼른 형식적인 웃음을 지었다.

"당연하지. 그냥 생각을 좀 했어. 그보다 뭐든 타자. 이번에는 좀 귀여운 게 좋겠어."

부드럽게 컬을 넣은 머리카락을 쓸어 넘기며 유카는 억지로 즐거운 목소리를 내며 재촉했다. 그런 태도가 구리타는 마음에 걸렸다.

그러나 캐묻는 것을 원하지 않을 것 같아서 일단 넘어가기로 했다.

"……귀여운 거라면 선택지가 너무 한정되는데."

구리타는 공원 입구에서 들고 온 공원 지도를 꺼내 살폈다.

조건에 맞는 몇 가지를 찾아 무뚝뚝한 표정으로 읽었다.

"'회전목마……, 즐거운 음악에 맞춰 회전하는 말. 분위기가 화려해서 여기가 하나야시키인 것을 잊을지도 모른다.' 그리고…… '백조……, 백조를 타고 물 위에서 우아한 뱃놀이. 기분만큼은 백조의 호수.'"

"그럼 백조의 호수."

"그럴까."

어린 시절부터 헤아리면 셀 수 없을 만큼 백조를 탔다. 백조 모양 보트가 물 위를 느긋하게 돌아다니는 어트랙션으로 어린 여자아이들에게 인기가 있다.

영어로 attraction이라고 하면 끌어당기는 힘, 즉 인력이라는 뜻이지만 성인 남성에 장신, 아주 탄탄하고 위협적인 체구를 한 구리타에게는 밀어내는 힘인 척력으로 느껴진다. 솔직히 말해서 백조 타는 게 창피하다.

그래도 유카의 표정이 마음에 걸려서 하자는 대로 탔다.

"헤헤, 구리, 그림이 좋다!"

"……찍지 마아앗!"

유카가 스마트폰 카메라를 내미는 바람에 구리타의 얼굴이 험악해졌다.

유카는 예전부터 이런 것을 좋아했다. 백조를 타고 물 위를 가로지르며 반짝이는 물보라를 맞는 그 모습이 어려서 보았던 소녀의 웃음과 겹쳤다.

*

그 후에도 구리타와 유카는 공원을 두루 돌아다녔다.

공원 지도에 일본에서 가장 오래되었고 '당장에라도 망가질 것처럼 무서워서 참을 수 없다'라고 유쾌한 설명이 적힌 롤러코스터.

지상 60미터까지 로켓을 쏘는 것처럼 올라가는 짜릿함을 맛보는 절규 머신 스페이스 쇼트.

1949년부터 현존해 하나야시키에서 가장 오래된 어트랙션인 깜짝 하우스.

오랜만에 체험해보니 어려서 느꼈던 감정이 거품처럼 떠올랐다가 터져서 향수와 신선함이 어우러진 신기한 기분이었다. 어린아이를 데리고 유원지에 오는 어른들도 이런 감정을 맛볼 것이다.

더욱이 구리타와 유카에게 여기 하나야시키는 어려서부터 수없이 놀러 와 많은 추억을 공유한 곳이다. 아롱아롱 떠오르는 추억도 특별했다.

기억 속에서 유카는 하나야시키에서 천진난만하게 노는 어린아이였다가 조금 조숙한 초등학교 고학년생이었다가…… 그 모습이 다양했다.

구리타 역시 성장하는 과정이었으니 유카에게 다양한 모습을 보여주었을 것이다.

그리운 그 시절을 함께 보내면서 쌓아 올린 가슴 뛰는 감정들이 이곳에는 진하게 남아 있었다.

물론 어디까지나 구리타의 생각이고 유카가 어떻게 느끼고 있을지는 모르는 일이다.

"……뭘 빤히 보는 거야?"

언제부턴가 쏟아지는 시선을 깨닫고 구리타가 묻자 유카는 허둥대며 손사래를 쳤다.

"어, 어트랙션! 다음에 뭐 탈까 해서."

절대 아니다. 유카가 여기에 오자고 한 진짜 이유는 모르겠지만 구리타도 오늘 나들이가 단순히 한숨 돌리려는 목적이 아닌 것쯤은 이제 안다. 어쩌면 유카는 속으로 구리타에게 어떤 불만을 품었을지도 모른다.

하지만 유카는 원래 이런 면이 좀 있다. 생각보다 억누르는 성격에 고민이 많은 사람이라고 해야 할까?

밝고 활발해 보이는 유카가 극히 일부 사람에게만 보여주는 숨은 일면이다.

특히 구리타와 단둘이 되면 종종 절박한 표정으로 뭔가 말하려고 한다. 그러나 진지하게 마주하면 얼버무리고 어색하게 웃는 얼굴을 꾸며낸다.

오늘은 그냥 그런 일이 극단적으로 많은 날일까……?

"어이, 유카. 요즘 어때? 일에 고민이 있으면 말해봐."

구리타가 말을 걸자 자기 세계에 푹 빠져 있던 유카가 어깨를 떨었다. 제정신을 차린 순간, 유카는 억지로 부자연스러운 미소를 지으며 얼굴 앞에서 손을 흔들었다.

"없어, 없어. 고민 같은 거 하나도 없어."

"진짜야? 괜찮으니까 속 편하게 말해보라니까. 털어놓으면 편해질지도 모르잖아."

"……속 편하게 말 못 해."

유카가 묘하게 가라앉은 목소리로 중얼거려서 구리타는 순간 당황했다.

도통 유카의 의도를 파악하지 못하겠는 것은 정확하게 알아듣지 못한 탓일지도 모른다.

"미안해. 무슨 의미야?"

"미, 미안. 아무것도 아니야! 그보다 뭐든 마시자. 나 목이 마르다. 아, 저기."

유카는 허둥지둥 밝은 목소리로 앞을 가리켰다.

그곳에는 작은 규모의 푸드코트가 있었다. 실내와 바깥 테라스에서든 먹을 수 있고, 카레 같은 식사 외에 시원한 음료도 이것저것 팔고 있었다.

"야, 유카……."

"가자!"

유카는 대놓고 화제를 딴 데로 돌리며 앞서 걸어갔다.

어쨌든 이야기는 갈증을 해소하면서라도 할 수 있으니까 구리타는 목 뒤를 긁적이며 그 뒤를 따라갔다.

바깥 테라스의 탁자를 지날 때, 예상치 못하게 누군가가 말을 걸었다.

"야가미? 구리타……?"

목소리가 들린 쪽을 돌아보니 푸드코트 유니폼을 입은 아르바이트생 청년이 이쪽을 빤히 쳐다보고 있었다.

파라솔 탁자에 놓인 쟁반을 정리하는 중인 그는 이십대 초반으로 보였다. 착하고 순해 보이는 그 얼굴을 본 기억이 있었다.

누군지 떠올리려는데, 청년이 다가와 모자를 벗었다.

"오랜만이다, 구리타. 나야, 나."

누구더라. 구리타는 기억을 더듬었다.

얼굴은 아는데 이름이 떠오르지 않았다. 그런데 예전에도 이런 일이 있었던 것 같았다.

"나 기억 못 해? 이런."

허탈하게 웃는 청년과 구리타 곁으로 앞서갔던 유카가 발빠르게 돌아오더니 눈을 동그랗게 떴다.

"어어? 나카무라잖아. 잘 지냈어?"

그렇지, 하고 구리타는 왼 손바닥으로 오른손 주먹을 탁 쳤다.

나카무라 히로아키. 중학교 1학년 때 같은 반 친구. 그다지 친하지 않았어도 앞에 선 그를 다시금 살펴보니 눈가에 친숙한 옛날 흔적이 남아 있었다.

"나카무라, 여기서 아르바이트하는 거야? 언제부터?"

유카가 흥미진진하게 묻자 나카무라는 호탕하게 웃으며 대답했다.

"석 달 전부터. 아는 사람 소개로 대학 강의가 없는 날에는 잔뜩 일하고 있지."

"와아, 대단하다!"

"대단하긴 뭐가 대단해……. 야가미는 하나도 안 변했다."

나카무라는 어깨를 움츠리고 유카에게 웃어 보였다. 그 모습을 본 구리타의 머릿속에 갑자기 쓸쓸함이 스쳐 지났다.

쓸쓸하다는 말이 적합한지는 모르겠는데, 예전에 경험한 기묘한 사건이 불현듯 떠올랐다.

그다지 대단한 일은 아니다. 오히려 너무 사소한 사건이어서 7년이나 지난 지금 선명하게 기억하는 것 자체가 이상한 그런 일이었다.

그러고 보니 그때도 하나야시키에서 유카, 나카무라와 함께 있었다…….

*

구리타에게 중학교 시절은 격동의 계절이었다.

사춘기를 맞아 진로를 고민하면서 어린 시절과 결별해 미지의 세계로 걸음을 내디뎠다.

그 과정에서 잘못도 저질렀고 지금 떠올리면 우습지도 않은 경험을 많이 했지만, 중학교에 입학했을 당시에는 아직 순진한 사내아이였다.

사실 제법 인기가 있었다.

타고난 운동신경으로 체육 시간에 매번 좋은 활약을 펼친 덕분이다. 무뚝뚝한 성격이었어도 남녀 불문하고 친하게 지냈다.

구리타가 공포의 대상이 된 것은 진로 문제로 고민을 시작한 장마철. 가미나리몬 거리를 산책하던 중에 마주친 악질 불량배 사가와가 아버지에게 폭력을 써서 그에 보복한 사건이 계기였다.

사가와는 흉포하기로 아사쿠사에서 유명한 인물이지만 감히 아버지를 건드린 이상 가만히 놔둘 수 없었다. 구리타는 사가와에게 싸움을 걸어 승리를 거머쥐었다.

중학생이 그 힘세고 무서운 사가와를 쓰러뜨렸다는 경악할 뉴스는 순식간에 퍼졌고, 어느 날 밤에 불량소년들이 힘을 빌려달라면서 구리타 앞에 나타나 애원했다.

처음에는 당연히 거절했다.

그러나 불량한 녀석들 사이에 파벌이나 세력 다툼 같은 각박한 사정이 있다는 것을 알고 어쩔 수 없이 어울리기 시작했고 어느새 그들의 기둥 같은 존재가 되고 말았다.

얼마 지나지 않아 구리타는 아사쿠사의 거의 모든 불량소년을 이끄는 위치까지 올라가는데, 그것은 또 다른 이야기이고…….

지금부터 할 이야기는 구리타가 아직 건전했을 중학교 1학년생이었을 때의 일이다.

당시 같은 반이었던 유카가 점심시간에 갑자기 놀러 가자고 말을 꺼내면서 사건이 시작되었다.

"있잖아, 구리! 내일 하나야시키에 가지 않을래?"

"응? 갑자기 뭐야."

소꿉친구인 유카는 어려서부터 툭하면 구리타 곁을 맴돌곤 했다. 특별한 의미 없이 그냥 그때 기분에 따라 놀러 가자고 제안한 분위기였다.

"그나저나 너, 유원지 진짜 좋아한다."

"무료입장권을 받았단 말이야. 내일 10시에 입구에서 기다릴게!"

통통 튀는 발걸음으로 교실 책상 사이를 지나 유카는 복도로 나갔다.

다음 날 토요일, 구리타는 약속 시간에 딱 맞춰 하나야시키 입구에 도착했다.

그런데 유카가 남자아이를 한 명 더 데리고 있어서 당황했다.

딱 보기에도 얌전하니 교육을 잘 받고 자란 분위기였다. 얼굴은 아는데 이름이 생각나지 않아 구리타는 눈썹 근처를 만지작거렸다.

"어, 그러니까……."

"같은 반의 나카무라야. 나도 오늘 같이 놀기로 했어. 잘 부탁해, 구리타."

그가 바로 나카무라 히로아키였다.

같은 반이었지만 구리타와 나카무라가 대화를 나눈 것은 그날이 처음이어서 솔직히 어색했다.

유원지를 좋아하던 유카와는 지금까지 몇 번이나 하나야시키에 놀러 왔다. 그러나 보통 구리타와 유카 단둘이었고 가끔 아사바가 끼긴 했으나 다른 사람이 온 적은 없었다.

유카는 나카무라와 그렇게 친한가? 왜 오늘은 나카무라를 데려온 거지?

의심하는 구리타에게 나카무라가 사람 좋은 웃음을 지으며 재촉했다.

"빨리 가자, 구리타."

하자는 대로 구리타는 유카, 나카무라와 함께 하나야시키 안으로 들어갔다.

그러나 유원지 안에서도 구리타의 당혹감은 계속되었다.

지금까지 교실에서 그런 낌새를 전혀 보이지 않았는데 유카와 나카무라는 사이가 정말 좋았다. 어트랙션에는 반드시 둘이 같이 탔고 이야깃거리도 둘에 관한 것들뿐이었다. 구리타는 완전히 무시당했다.

유카가 이따금 힐끔 구리타를 쳐다보았지만 그냥 그러고 말뿐이었다. 금방 예쁘게 웃으며 나카무라에게 고개를 돌렸고 구리타에게 말을 걸지는 않았다.

이런 걸 보고 마음이 잘 맞는다고 하는 건가?

무언가를 공유하고 있는 것처럼 독특한 분위기를 내는 두 사람 뒤를 구리타는 혼자 부루퉁해져서 따라다녔다. 그런 식으로 휴일 시간이 지났다.

유카 저 녀석, 애초에 나카무라한테만 가자고 했으면 될 거 아니야……?

뭉게뭉게 떠오르는 불쾌한 생각을 달래며, 구리타는 잠깐 쉬려고 들어간 푸드코트 탁자에 앉아 빙수를 먹는 유카와 나카무라를 뚱하게 바라보았다.

더운 여름, 초록색 시럽을 뿌린 얼음을 숟가락으로 떠서 아작아작 맛있게도 먹는 유카와 나카무라. 어깨를 나란히 한 둘이 눈꼴 시릴 정도로 친밀함을 발산하는 통에 구리타가 그 사이에 끼어들 여지는 없었다.

이따금 유카가 어색하고 알쏭달쏭한 시선을 구리타에게 보냈지만, 도대체 무슨 의미인지 이해할 수 없었다.

……아니, 중학생끼리 저렇게 달라붙어도 되는 거야?

구리타가 보는 앞에서 나란히 의자에 앉은 유카와 나카무라는 당장에라도 빙수를 퍼서 서로의 입에 넣어줄 것처럼 끈적끈적해서 짜증이 났다.

갑자기 와지끈 소리가 났다. 자기도 모르게 힘을 주었는지, 구리타가 손에 쥔 빙수 발포용기가 납작하게 찌부러져 있었다.

유카가 눈을 동그랗게 뜨고 물었다.

"갑자기 왜 그래, 구리?"

"별것 아냐. 다 먹었으니까 컵을 찌부러뜨렸을 뿐이야."

"그, 그래……."

유카는 의기소침해져서 시선을 내리깔았고 구리타는 조금 전보다 더 기분이 나빠졌다.

유카와 나카무라는 몰라도 그날 구리타는 전혀 즐겁지 않았다.

그런데 그 이후의 전개가 더 이상했다.

구리타는 당연히 유카와 나카무라가 사귀기 시작할 것이다…… 혹은 이미 사귀는 중이라고 예상했다.

구리타의 추측은 빗나갔다. 그날 이후 유카와 나카무라가 사귄다는 이야기는 들리지 않았다. 쉬는 시간이나 방과 후에도 생판 남처럼 굴었고, 대화를 나누는 모습도 보지 못했다.

애초에 같은 반 친구라는 요소를 제외하고 유카와 나카무라 사이에 접점다운 접점이 없었으니 원래대로 돌아갔다고 하면 그뿐인데, 그렇다면 그때 하나야시키에서의 친밀함은 대체 뭐였을까?

다음 날 초고속 파국인가? 아니면 사춘기의 단순한 변덕?

사정을 캐묻기도 꺼려져서 지금까지 그 수수께끼는 풀리지 않았다.

그때 이후 나카무라와 딱히 가까워질 기회가 없었고 구리타도 불량 집단들의 분쟁에 휘말려 바빴다. 그 사건은 생각의 망을 빠져나가 기억 저 아래로 묻혔다.

지금 이렇게 재회하지 않았다면 떠올리지도 않았을 먼 여름날에 벌어진 일이었다.

가게 카운터 안으로 들어간 나카무라는 예전 그대로의 착한 표정으로 푸드코트 아르바이트생답게 메뉴를 가리켰다.

"청량음료는 이쪽. 낮이긴 하지만 술도 괜찮으면 맥주도 있어. 뭔가 먹고 싶으면 소프트크림도 있고……. 맞다, 예전처럼 그건 어때?"

"그거라니?"

카운터의 메뉴를 들여다보던 유카가 고개를 들고 묻자, 나카무라는 의미심장한 미소를 지으며 빙수를 가리켰다.

"야가미, 기억 못 해? 예전에 우리 같이……."

"아……!"

"기억났어?"

"무, 무슨 소리를 하는 거야!"

유카의 얼굴이 불이 난 것처럼 갑자기 빨개졌다. 나카무라가 계속 뭐라고 말하려고 하자 유카는 팔을 버둥거리며 발언을 막았다.

"아, 아, 아! 안 들려어!"

유치찬란한 저항이었지만 효과는 아주 좋았다. 예나 지금이나 하나도 안 변했다는 듯이 나카무라는 고개를 젓고 구리타를 바라보았다.

"어휴, 귀찮으니까 둘 다 멜론빙수면 되지?"

"응."

구리타는 무뚝뚝하게 대답했다.

소란스러우면서 이해할 수 없는 한바탕이 벌어진 후, 카운터에서 멀리 떨어진 바깥 탁자에 앉아 구리타는 유카에게 물었다.

"대체 뭐였어, 아까 그건?"

맞은편에 앉은 유카는 눈동자를 옆으로 데굴데굴 굴렸다.

"아무것도……. 신경 쓰지 마."

"그렇게 말하면 오히려 신경이 쓰이잖아. 너, 오늘 진짜 이상하다고."

"이상하지 않다니까."

가냘픈 목소리로 대답한 유카는 멜론시럽을 뿌린 빙수를 숟가락으로 퍼서 시선을 내리깔고 먹기 시작했다.

구리타도 한숨을 내쉬고 똑같은 시럽이 뿌려져 녹색으로 빛나는 빙수를 먹었다.

아작아작한 감촉과 단맛, 색소 냄새. 이른바 친근하고 평범한 빙수였다.

아사쿠사에는 1년 내내 빙수를 내놓는 화과자 가게가 몇 군데 있는데, 다들 연구를 거쳐 만들어낸 독특한 맛을 자랑한다. 역시 전문점은 다른 법이다.

구리타도 언젠가 구리마루당의 새로운 메뉴로 빙수를 낼 계획이어서 남몰래 제조법을 연구하는 중이었다.

그러나 지금은 빙수보다 유카의 심리를 연구할 필요가 있는 것 같다.

유카는 분명 평소와 달랐다. 아작아작한 얼음 알갱이를 묵묵히 씹고 있는 유카를 힐끔 쳐다보고 구리타는 원인이 무엇일지 고민했다.

그러고 보면 오늘은 처음부터 이상했다.

시선을 떼면 울적하게 생각에 잠겨 있었고 말을 걸면 부자연스럽게 웃으며 얼버무렸다.

그런데 우연히 만난 나카무라와는 또 왁자지껄 떠들어댔고 어떤 비밀을 공유한 듯한 분위기를 풍겼다. 솔직히 전혀 짐작이 가지 않았다.

심각한 표정으로 생각에 잠겼던 구리타는 문득 유카가 어느 한 지점을 쳐다보고 있는 것을 깨달았다.

유카의 절박한 시선에 이끌려 구리타도 같은 방향을 쳐다보았다.

그곳에는 교복을 입은 학생 세 명이 구리타와 유카처럼 파라솔이 달린 탁자에 앉아 잡담을 나누고 있었다.

남학생 한 명과 여학생 두 명.

자질구레한 선물을 잔뜩 산 것으로 보아 수학여행을 온 중학생들인 것 같았다.

가운데에는 스포츠 실력이 뛰어나 보이는 키 큰 남학생. 그 왼쪽과 오른쪽에는 갈색 머리카락의 활발해 보이는 여학생과 까만 머리카락의 여학생이 앉아 사이좋게 빙수를 먹고 있었다.

남자와 여자 수는 달라도 왠지 중학생 시절 하나야시키에서의 사건이 떠올랐다.

유카가 뚫어지게 바라보는 것도 그런 이유가 아닐까?

구리타가 관찰해보니 세 명의 중학생 사이에 어떤 신호가 끝없이 오갔다.

쉽게 말해 호감 신호. 물론 중학생답게 풋풋했다. 키 큰 남학생은 까만 머리 여학생에게 훤히 보이도록 호감 신호를 보내고 있었다.

거의 온몸이 상대의 얼굴로 향했고, 여학생의 표정을 보아가면서 말을 건넨다. 그래서 둘의 거리가 약간 가까웠다. 여학생이 무슨 말을 하면 자연스럽게 동의하는 맞장구를 쳤고 웃을 때도 같이 웃으며 때로는 눈동자를 살피듯이 들여다보았다.

……저 꼬맹이, 저 여학생이 어지간히도 좋은가 보네.

구리타는 가볍게 웃었다. 사람의 감정은 행동에서 읽힌다고 하니까 호감을 느끼는 상대에게 시선이 가는 것은 사실 자명했다.

자신과 그렇게 많이 차이가 나는 것은 아니지만 젊다 싶어서 구리타는 조금 머쓱해하며 중얼거렸다.

"이렇게 더운 날에 참 뜨겁네. 하하……, 그나저나 저 남자애 대단하다. 이쪽까지 날아오는 것 같아, 저 감출 수 없는 좋아좋아 광선."

"좋아좋아 광선?"

갑자기 유카가 날이 선 목소리를 내서 구리타는 깜짝 놀랐다. 돌아보니 파라솔 그림자를 받은 유카의 얼굴이 묘하게 창백했다.

"구리, 무슨 소리야."

"아니, 그러니까 저 남자……."

"무슨 소리야?"

화가 난 것처럼 똑같은 말을 반복하며 유카가 눈을 매섭게 치켜떴다.

뭐야, 대체. 구리타는 당황했다.

외부와 이곳이 차단된 것 같은 착각이 느껴질 정도로 이해할 수 없는 긴박감이 서렸다. 유카는 분명 이상했는데 원인이 무엇인지 모르겠다.

분주한 풍경 속, 이곳에만 긴장감 넘치는 시간이 흘렀다. 침묵의 의미를 모르는 만큼 무서울 정도로 길었다.

"아!"

구리타가 놀라 외쳤다.

예상하지 못한 일이 갑자기 벌어졌다.

유카의 치켜뜬 눈에서 굵직한 눈물이 한 방울, 느닷없이 주르륵 흘러 떨어졌다.

"어이, 유카."

"아, 아무것도 아니……."

손등으로 급하게 눈가를 닦는 유카 쪽으로 구리타는 몸을 내밀었다.

"아무것도 아니기는 뭐가 아니야. 오늘 너 처음부터 이상했어. 진짜 왜 이러는 거야!"

의도하지 않았지만 흥분해서 말투까지 덩달아 격렬해졌다. 구리타는 "미안" 하고 작게 사과했다.

그래도 진심으로 걱정하고 있다는 마음이 전해졌나 보다. 유카는 얼굴을 잔뜩 찡그리고 눈을 감더니 더듬더듬 말했다.

"전혀 몰라, 너는……. 좋아하는 감정을 누구보다 날리고 있는 사람은 저 남자애가 아니야."

"어?"

"옆에 앉은 갈색 머리 여자애야."

갑자기 무슨 말을 꺼내는지 몰라 이해력이 미처 따르지 못
했다.

구리타가 중학생들이 앉은 탁자를 돌아보자, 조금 전과 마
찬가지로 중앙에 앉은 키 큰 남학생은 옆의 까만 머리 여학생
에게 명확하게 호감을 표시하고 있었다.

그러나 유카의 지적대로 또 한 명, 갈색 머리 여자애를 바라
보니 그쪽 역시 알아채기 쉬운 감정이 소용돌이치는 것이 보
여 구리타는 당황했다.

전혀 몰랐다.

그 여학생은 필사적이었다.

키 큰 남학생을 돌아보게 하려고, 갈색 머리 여학생은 열심
히 말을 걸어 주의를 끌려 하고 있었다. 자세히 살펴보면 풀이
죽은 것이 멀리서도 보일 정도인데 필사적으로 웃는 얼굴을
꾸미고 흥미를 끌고자 노력하지만 그때마다 무정한 반응만 돌
아올 뿐이었다.

키 큰 남학생은 분명 갈색 머리 여학생의 감정을 깨닫지 못
하고 있다.

악의가 있어서가 아니라 그저 관심이 없을 뿐이다. 그 결과 현실적인 아픔이 성립하고 말았다.

……알고 나니까 좀 힘드네, 이거.

그 광경을 보고 나니 가슴이 아파 구리타는 입을 꾹 다물었다. 맞은편에 앉은 유카는 얼굴을 잔뜩 찡그리고 신음하듯이 말했다.

"저 애, 저렇게 필사적인데…… 알아주지 않아. 조금도."

"……그런 것 같다."

"잔혹하지만 이게 현실이라는 세계야. 그렇게 생각하면서 지켜보니…… 너무 안타까워서."

유카는 우울함을 내뱉는 것처럼 깊은 한숨을 쉬었다. 왠지 애달픈 침묵이 내려앉았다.

잠시 후, 유카는 기운을 내려는 듯이 빙수를 숟가락으로 가득 떴다.

묵묵히 입에 넣고 또 한가득 떠서 먹고, 또 떠서 연달아 먹기 시작했다.

"어이, 유카. 조금 천천히……."

"괜찮아!"

구리타가 말려도 듣지 않고 유카는 거의 자포자기한 것처럼 빙수를 먹어치웠다.

조금만 더 먹으면 바닥을 보일 때쯤 숟가락의 움직임이 우뚝 멈췄다.

얼굴을 잔뜩 찡그린 유카는 관자놀이를 손가락으로 누르며 입술을 깨물었다.

"유카, 왜 그래?"

"머리가…… 아파!"

구리타는 어휴, 하고 손바닥으로 눈을 덮었다. 바로 이것을 걱정해서 말렸다.

차가운 것을 갑자기 먹었을 때 느끼는 쨍한 아픔이다. 지금처럼 쉬지 않고 먹으면 머리가 아픈 것도 당연하다.

그래도 구리타는 "그러니까 내가 말했잖아"라는 말이 튀어나오려는 것을 꾹 삼켰다. 괴로워하는 유카의 표정에서 두통 그 이상의 아픔을 느꼈기 때문이다.

두 눈을 감고 양쪽 이마를 꾹꾹 누르며, 유카는 쥐어짜는 듯이 신음했다.

"……항상 이래."

"어?"

"바보 같아. 나, 뭘 하든 마지막에는 꼭 이렇게 되고 말아."

유카는 자조적인 목소리로 말했다.

"정말…… 나는……, 대체 뭐 하는 거야."

왠지 가슴이 아팠다.

구리타는 머리를 싸맨 유카의 눈가에 살짝 눈물이 맺히는 것을 바라보았다.

가만히 있으면 곧 가라앉을 두통이니까 크게 걱정하지 않아도 괜찮다는 것쯤은 안다.

그러나 그런 무의미한 지식을 지금 눈앞에서 괴로워하는 유카에게 말하고 싶지 않았다.

구리타는 속에서 어떤 강렬한 충동이 솟구치는 것을 느꼈다.

어떻게든 해주고 싶다.

그냥 이렇게 내버려둘 수 없다. 어려서부터 유카를 보면 종종 그런 생각이 들었고 지금도 그 마음은 변하지 않았다. 공기를 넘어 찌릿찌릿 전해지는 유카의 아픈 심정을 달래주어야 한다. 그러려면 현실적인 기지와 구체적인 실천이 필요하다.

문득 머릿속에 아이디어가 번뜩였다.

"……그래. 잠깐 기다려."

구리타는 짧게 말하고 일어나 달렸다.

*

사교성 좋고 낙천적이며 어떤 일이든 겁내지 않고 뛰어들어

원하는 것을 쉽게 손에 넣는, 요령 좋은 야가미 유카.

하지만 일반적인 평가와 실제가 전혀 다르다는 것을 유카 본인은 알고 있다. 가장 원하는 것에 한해서는 늘 겉돌기만 할 뿐이니까.

예전부터 늘 이랬다. 유카는 파라솔 아래에서 옛날을 회상 했다.

중학교 시절, 아직 1학년일 때.

"나카무라, 잠깐 나 좀 볼래?"

"왜?"

"사실은 부탁할 게 있어서."

같은 반 친구인 나카무라 히로아키를 복도로 불러내 유카는 계획을 털어놓았다.

당시 나카무라는 유카와 친한 여학생을 짝사랑하고 있었다. 그 친구와 잘되기를 응원하겠다고 약속하자, 나카무라는 기뻐 하며 유카의 부탁을 들어주었다.

유카가 한 부탁이란……. 오래전부터 좋아했던 구리타 진의 관심을 끌기 위해 귀여운 사랑의 덫을 놓으려는 것이었다.

구리타와 유카는 어려서부터 친해서 당연히 사이가 좋다.

그러나 어디까지나 아사쿠사 이웃사촌끼리 맺는 친밀함의 연장선에 불과했다.

지금 구리타는 유카를 그냥 소꿉친구로만 생각한다. 구리타의 말이나 태도에서 묻지 않아도 전해지는 명확한 사실이었다.

일반적으로 여자가 남자보다 조숙하다고 하는데, 그중에서도 유카는 유독 연애 감정에 일찍 눈을 떴다.

구리타에게도 연애가 무엇인지 알려주고 그 감정을 공유하고 싶었다. 다른 여자에게 빼앗기기 전에 얼른 사귀는 사이가 되고 싶었다.

어린 소녀다운 귀여운 마음으로, 유카는 미리 나카무라와 함께 어떻게 할지 계획을 세웠고, 셋이서 유원지 데이트를 나서기로 했다.

그 계획이란, 일부러 나카무라와 가까운 것처럼 굴어 구리타의 질투심을 부추기려는 아주 간단한 방법이었다. 구리타가 질투하며 둘 사이에 끼어들면 그때 고백하려고 했다.

그러나 이 풋풋한 계획은 예상대로 돌아가지 않았다.

당일, 유카와 나카무라가 아무리 달라붙어 있어도 구리타는 관심이 없었다.

아니, 무관심이라기보다는 늘 그렇듯이 불쾌하고 무뚝뚝한 표정을 짓고 있을 뿐, 기대했던 질투 반응은 보이지 않았고 화를 내지도 않았다.

실망했다.

유일하게 분노가 조금이나마 엿보였던 순간은 구리타가 빙수 발포용기를 구겼을 때였다.

'갑자기 왜 그래, 구리?'
'별것 아냐. 다 먹었으니까 컵을 찌부러뜨렸을 뿐이야.'

　그 대답을 듣고 유카의 몸에서 힘이 쑥 빠져나갔다.

'그, 그래…….'

　지금은 때가 아니라고 직감적으로 이해한 유카는 일단 포기하기로 했다.
　이것이 나카무라 히로아키와 공유한 겸연쩍은 비밀이다.
　어렸던 자신이 낳은 약간 뒷맛이 쓰면서도 귀엽고 깜찍한, 구리타에게만은 진실을 알리고 싶지 않은 아쉬운 추억이다.
　그리운 옛날 일을 떠올린 유카는 후후후 웃음을 터뜨렸다.
　웃을 수 있을 정도로 두통도 가라앉았다.
　"구리, 일부러 고마워."
　"별로 대단한 것도 아닌데 뭘."
　지금 회상에서 현실로 돌아온 유카 앞에는 그때와 달리 어른이 된 구리타가 있었다. 구리타는 얼음이 든 투명한 비닐봉지를 유카의 이마에 대주는 중이었다.

아까 구리타는 자리를 떠서 아르바이트 중인 나카무라에게 갔다. 얼음과 비닐봉지를 들고 돌아온 구리타는 간단하게 얼음주머니를 만들어 유카의 이마에 대주었다.

"구리……?"

"아이스크림두통이라고 해."

"응?"

구리타는 갑자기 찬 것을 먹었을 때 발생하는 두통을 그렇게 부른다고 설명했다.

"빙수를 먹었는데 아이스크림두통이라고 하니까 좀 이상하긴 한데 의학계에서 부르는 정식 명칭이래. 통증의 원인은 두 가지. 찬 것을 먹어서 입 내부의 온도가 차가워지면 몸이 체온을 유지하기 위해서 혈류를 늘리려고 혈관이 팽창해. 그때 혈관이 염증을 일으켜서 아파지는 것이 한 가지 원인. 또 하나는 목에 있는 삼차신경*이 차가움을 아픔으로 혼동해 뇌에 전달한다고 해. 이 두 가지 원인이 동시에 일어나서 두통이 발생한

---

* 12개의 뇌신경 중 5번째 뇌신경이어서 제5뇌신경이라고도 부른다. 주로 감각신경 역할을 해서 안면 감각을 담당하고 일부는 씹기근육 운동에 관여한다.

다더라."

"그렇구나……."

유카는 감탄해서 멍한 표정을 지었다.

"구리, 대단하다. 꼭 의사 선생님 같아."

"아니지, 이런 건 의사가 아니라 할머니들이 아는 지혜 보따리 같은 거니까. 빙수를 새롭게 메뉴에 추가하고 싶어서 요즘 이것저것 조사하던 차에 알게 된 거야. 어쨌든 이마를 차갑게 하면 금방 나아."

"그렇구나."

유카도 이해했다. 덕분에 두통은 금방 가라앉았다.

차갑게 할 뿐이라면 빙수 자체를 사용해도 좋았겠지만 먹는 도중이었고, 구리타는 화과자 가게를 운영하니까 음식을 사용하는 것에 거부감을 느꼈을 것이다.

간단한 얼음주머니라지만 직접 만들어서 대주니까 기뻤고 당연히 기분도 좋았다.

이마에 대고 있던 얼음주머니를 뗀 유카는 구리타를 바라보고 부끄러워하며 고마움을 전했다.

"고마워, 구리……. 기뻤어."

"응? 뭘 새삼스럽게 고맙다고 해. 기분이 이상하잖아."

구리타는 민망함을 감추려는 것처럼 무뚝뚝하게 대꾸했다.

그리고 잠깐 머뭇거리더니 구리타는 머리를 대충 헤집으며 말했다.

"야. 슬슬 털어놓으면 안 되겠냐, 오늘 목적. 고민이 뭔지 모르겠지만 나한테 하고 싶은 말이 있는 거 아니야?"

"응……."

"말 좀 해줘, 섭섭하다. 나라도 괜찮다면 도와줄게. 거절하지 말고."

구리타가 종종 어설프게 보여주는 친절함은 늘 유카의 가슴 속 깊은 곳을 뒤흔들어 견딜 수 없는 기분이 들게 한다.

조금 전에 두통을 진정시켜준 것처럼 유카가 곤란할 때면 구리타는 재빨리 행동에 나섰다. 어려서부터 계속, 중요할 때면 반드시 자기 일처럼 도와주었다.

그런 구리타가 이렇게까지 신경을 써주는데 이제 더 이상은 얼버무릴 수 없다.

사실은 말하고 싶었다.

오늘 몇 번이나 속으로 구리타에게 말을 걸었다.

……나를 어떻게 생각해? 사실 나, 예전부터 쭉 너를 좋아했어.

그러나 용기가 나지 않았다.

어떻게 될까? 전부 끝나버리지 않을까? 그렇게 생각하니 두려워서 입도 벙긋하지 못하고 그저 묵묵히 구리타를 바라볼 수밖에 없었다.

분명 이상함을 눈치챘을 것이다.

'……뭘 빤히 보는 거야?'

그때, 구리타가 그렇게 물어보아서 유카는 당황해 횡설수설 변명했다.

'어, 어트랙션! 다음에 뭐 탈까 해서.'

당연히 어트랙션은 안중에도 없었다. 사실은 전혀 다른 생각을 하고 있었다.

알아줬으면 좋겠다.

오랜 세월 쌓아온 이 마음이 전해졌으면 좋겠다, 그저 이렇게 바랄 뿐이었다.

오늘 하나야시키로 구리타를 부른 것도 같은 이유였다. 예전부터 품어온 구리타를 향한 마음이 이곳에 깃든 것 같아서, 힘내라고 등을 밀어주지 않을까 생각해서였다.

어려서부터 둘이서 몇 번이나 놀러 온 이곳, 유카의 가장 즐거운 추억이 집약된 이 장소를 자기편으로 삼고 싶었다.

그러고 보니 그때는…… 정말 즐거웠지.

유카는 진심으로 그때가 그리워 안타까웠다.

어른들의 보호를 받으며 아무 걱정 없이 매일 신나게 살았고 이 세상 모든 것을 맹목적으로 믿을 수 있었다.

그 멋진 시간이 언제까지나 계속 이어질 것만 같았다.

그러나 기다리면 뭐든지 주어졌던 행복한 나날들은 이미 지나갔기에 바람을 이루려면 용기를 내어 한 발 내디뎌야 한다.

설령 그 앞에 무엇이 기다리더라도.

유카는 가만히 침을 삼키고 고개를 들어 구리타를 바라보며 이야기를 시작했다.

"있잖아……."

*

잘은 모르겠지만 갑자기 분위기가 심각해진 것 같아서 구리타는 무의식적으로 자세를 고쳤다.

예전부터 유카에게 휘둘리기만 한다는 생각이 문득 들었다.

맞은편에 앉은 유카는 침을 꿀꺽 삼키고 구리타를 똑바로 응시하며 말했다.

"있잖아……."

"응?"

"나 아까, 조금…… 울었잖아? 그거, 이유가 있어. 너는 기억하지 못하겠지만 저기 있는 중학생들이 우리 중학교 때와 왠지 비슷하다는 생각에 들어서."

갑작스러운 유카의 말에 구리타는 당혹감을 느꼈다.

"중학교 때……? 무슨 소리야?"

"그때, 하나야시키에서 놀았잖아. 나카무라랑 같이."

이어서 유카가 털어놓은 이야기는 구리타가 전혀 예상하지 못했던 내용이었다.

구리타의 관심을 끌려고 유카가 나카무라와 손을 잡고 질투심 유발 작전을 시도한 것. 그러나 아무리 나카무라와 친한 척굴어도 구리타는 평소와 똑같이 아무렇지 않아 보였다는 것.

"그때는 얼마나 실망했는지 몰라. 나를 정말 아무렇지도 않게 생각하는구나 싶어서……. 마치 저기 있는 갈색 머리 여자애처럼."

중학생들이 앉은 탁자를 슬쩍 손가락으로 가리킨 유카는 겸연쩍게 말을 이었다.

"남자애는 저 갈색 머리 여자애를 봐주지 않잖아. 그 모습이 나랑 겹쳐 보여서 가슴이 아팠어. 현실은 역시 괴롭다고 생각하니까 나도 모르게 눈물이."

유카는 한숨을 내쉬는 것처럼 "흘렀어"라고 말을 맺었다.

구리타는 놀라서 머리가 제대로 돌아가지 않았다. 솔직히 지금 들은 이야기를 도저히 믿을 수 없었다.

상상조차 하지 못했으니까.

그때 당시, 친한 소꿉친구가 자신에게 그런 마음을 품었었다니.

"그랬구나……. 나 전혀 몰랐어. 네가 어렸을 때 나를……."

구리타가 더듬더듬 말하자 유카는 "아니야" 하고 고개를 저었다.

"어렸을 때만이 아니야."

"어……?"

"지금도야."

유카는 또렷하게 말했다.

"나, 구리를 좋아해."

눈앞이 휘청 흔들릴 정도의 충격. 놀라움에 온몸을 꿰뚫린 구리타 앞에서 유카는 얼굴을 새빨갛게 붉혔다.

어깨를 오들오들 떨고 입술을 꼭 깨물고 눈을 내리깔고서도 어떻게든 고개만은 구리타를 향하고 있었다.

무슨 말을 해야 할지 모르겠다. 둘이 앉은 탁자가 주변 환경에서 뚝 잘려나간 것처럼 정적에 싸인 공간으로 바뀌어 유원지의 소란스러움이 저 멀리서 들리는 듯했다.

대신 유카의 심장 소리가 들리는 것 같았다. 침묵 속에서 감정이 오갔다.

구리타는 새삼스럽게 사람이란 알 수 없는 존재라고 생각했다. 유카가 이런 감정을 지금까지 계속 자신에게…….

아주 가까운 곳에서, 자신을 이렇게 생각해주는 사람이 있다는 사실이 솔직히 고마웠다. 흔한 말이지만 달리 적절하게 표현할 수 없었다.

감정을 전부 털어놓고는 얼굴에 홍조를 띤 채 고백에 대한 대답을 기다리는 유카.

학창 시절부터 유카와는 참 많은 일이 있었다.

정말 많았다. 추억을 떠올리는 구리타의 가슴에 뜨거운 기운이 차올랐다.

아직 부모님이 건재하던 무렵, 부모님에게 반발해 나쁜 길로 빠졌던 구리타의 소년 시절.

잔뜩 거칠어져서 불량소년들과 싸움을 벌이는 바람에 반 친구들의 두려움을 산 적도 있었다.

오해를 산 부분도 많았지만 변명은 좋아하지 않았다. 남의 비위를 맞추는 성격도 아니었다. 학교에서 고립되어도 어쩔 수 없다고 생각했다.

그런데 그때나 지금이나 유카의 태도는 전혀 달라지지 않았다.

"야호. 구리, 영어 숙제는 했니? 노트 보여줄까?"

교복을 입은 유카가 노트를 한 손에 들고 구리타 앞으로 폴짝 뛰어왔다.

인생이 참 행복해 보이는 아이, 그녀의 발랄한 웃음에 구리타는 자기도 모르게 콧잔등에 주름을 잡으며 유카를 노려보았다.

"이래 보여도 나 유명한 사람이야. 불량배가 숙제라니, 이미지 다운도 너무 심하잖아."

"어째서? 불량배가 숙제를 하면 이미지 업이지. 그리고 구리, 따지고 보면 불량한 것도 아니잖아."

유카는 너무하다 싶을 정도로 무방비하게 웃으며 구리타의 반론을 묵살했다.

"됐으니까 이 노트 베껴."

"……쳇, 알았어."

"고마워하지 않아도 돼. 내 거 아니니까."

"빌린 거냐!"

예전과 변함없는 유카의 태도에 기가 차면서도 거리끼지 않고 다가오는 모습이 기뻐서 내심 안도했다.

그랬다. 유카는 늘 가까이에서 구리타가 지나치게 엇나가지 않도록 지켜봐주었다. 유카가 붙잡아주었기에 지금의 자신이 있다.

그런 의미에서도 유카는 자신에게 분명 소중한 존재이다. 어물쩍 넘기지 않고 진심을 있는 그대로, 솔직하게 전달해야 한다.

"미안해. 나 너를 그런 식으로 본 적이 없어…… 미안해."

구리타가 말한 순간, 유카는 움찔 놀라며 숨을 멈췄다.

잠깐 침묵이 흐르고, 유카는 길게 한숨을 내쉬더니 신기하게도 평온한 목소리로 중얼거렸다.

"그렇겠지……"

"미안. 나, 좋아하는 사람이 있어."

괴로운 마음을 부여잡고 구리타가 고백하자 뜻밖에도 유카는 선뜻 대답했다.

"알고 있어."

"어?"

"우린 소꿉친구잖아. 사실은 처음부터 알고 있었어……"

야가미 유카는 "놀랐지?" 하고 혀를 살짝 내밀어 보이며 마음의 상처를 달랬다.

정확히 말해서 알고 있었던 것은 아니고 막연히 그런 것 같다는 예감이었다. 지금 그 예감이 실연이라는 돌이킬 수 없는 사실로 확정되고 말았지만, 그래도 후회하지 않았다.

말하길 잘했다.

사실 이번 고백을 결심한 계기는 친구 아사바 료가 알려준 정보였다.

정체를 알 수 없는 위험인물 도가시 슌을 해결한 뒤에 구리타는 아오이에게 고백할 생각이라고, 아사바가 유카에게 알려주었다. 처음 그 이야기를 들었을 때 유카의 머릿속은 하얗게 물들었다.

"마른하늘에 날벼락 같지?"

아사바가 손가락을 딱딱 울리는 소리를 듣고 정신을 차린 유카는 새파래진 얼굴로 물었다.

"……전혀 몰랐어. 그런데 아사바, 왜 그걸 나한테 얘기해?"

"나야 네 마음이 어떤지 알고 있으니까. 당연히 말해줘야 한다고 생각했어."

겉으로는 가벼워 보여도 아사바는 가족과 친구를 소중히 여기는 사람이다.

"줄곧 구리타를 마음에 담아왔잖아? 지금 고백하지 않으면 후회할 거다."

"아사바……."

"죽을 각오로 덤비면 역전의 기회가 생길지도 모르잖아. 뭐, 힘내라."

아사바는 그 말을 남기고 손을 팔랑팔랑 흔들며 나른한 발걸음으로 걸어갔다.

유카는 아사바의 조언을 듣고 생각하고 또 생각한 끝에 결심했다.

그리고 그날 저녁, 할 말이 있다고 아오이를 불러 센소지 경내 호조몬 옆 벤치에 앉아 결정적인 말을 꺼냈다.

"아오이 씨."

"네."

"아오이 씨는 그…… 구리한테 마음이 있지?"

유카가 과감하게 묻자, 아오이의 두 눈이 동그래졌다. 뺨이 서서히 붉게 물들더니, 아오이는 시선을 내리깔고 입술에 손을 댔다.

"그건……."

빨갛게 달아올라 말을 어물거리는 아오이. 그 반응만으로도 유카는 질문의 답을 알 수 있었다.

"미안해. 억지로 대답하지 않아도 괜찮아, 아오이 씨. 지금부터 할 말이 본론이니까."

"본론요?"

"나, 구리를 좋아해."

그렇게 말한 순간, 아오이는 더한 충격에 빠졌는지 곤혹스러워 어쩔 줄 모르는 표정을 지었다.

전혀 몰랐구나…… 유카는 왠지 신기했다.

그렇게 통찰력이 뛰어난 아오이도 연애 감정에 한해서는 둔감한가 보다.

아오이는 창백해진 얼굴로 입술을 꼭 깨물었지만, 곧 유카를 똑바로 바라보며 진지하게 말했다.

"그렇다면 말하는 게 좋아요. 유카 씨의 감정이 확고하다면."

신기하게도 아오이는 아사바와 비슷한 말을 했다.

"괜찮겠어?"

유카가 되묻자 아오이의 눈동자가 아주 잠깐 괴로운 듯이 흔들렸다.

"그건…… 유카 씨의 감정이니까요. 제가 좌지우지할 수 없어요."

"그런가?"

"……죄송해요. 제가 아직 마음 정리를 못 한 상태예요. 솔직히 제 감정이 어떤지 잘 모르겠어요. 거만하게 조언할 처지가 아니네요."

그래도 아오이는 그 마음을 꼭 전해야 한다고 유카에게 용기를 주었다.

자신의 망설임과 당혹감을 감추지 않고 전부 내보인 뒤, 아오이는 유카의 감정을 존중해주었고 구리타에게 데이트를 신청할 때는 은근슬쩍 도와주기도 했다.

뛰어난 지성과 감각을 지녔고 경쾌하며 고결해 동성이 봐도 존경할 만한 사람.

아오이가 경쟁자여서 다행이라고, 그 순간 유카는 진심으로 생각했다.

이 사람이라면…….

구리타는 어떻게 말해야 할지 고민하고 있었다.

소꿉친구니까 처음부터 알고 있었다고 말하는 유카에게 대체 무슨 말을 건네야 할까?

구리타가 그 답을 찾아내기 전에 유카가 자조적으로 후후 웃으며 구리타에게 말을 걸었다.

"나, 진짜 아니구나. 구리, 나를 그런 식으로 본 적이 없다고 했지……. 그건 나를 의식한 적이 없다는 소리지? 아예 신경도 쓰지 않았다는 거. 한마디로 혼자 설친 거네. 사실 그런 줄 알고는 있었는데 이렇게 직접 들으니까 역시 충격이 크긴 하다."

"유카……."

"아아."

유카는 슬프게 탄식했다.

"그래도 오해는 하지 마. 소꿉친구인 지금 관계가 싫다는 건 아니니까. 지금까지 정말 좋았어. 괜히 고백했다간 이 관계가 끝나고 말 테니까…… 이대로도 괜찮겠다고 사실 생각했어."

유카의 두 눈에 눈물이 맺혔다.

"그래도 아무리 미루고 싶어도 마무리를 지어야 하는 시기는 있어……. 내게는 그 시기가 바로 지금이었고 안타까운 결과로 끝났을 뿐이야. 미안해. 이제 다 이해하고 포기할 수 있어."

전부 다 끝난 것처럼 유카가 울상을 지은 채로 웃어서 구리타는 가슴이 아팠다.

유카가 괴로우면 자신도 괴롭다. 그렇지만 어떤 위로의 말을 건네야 할까……?

그때, 구리타는 열심히 머리를 굴려 찾던 진실을 깨달았다.

그렇구나.

위로의 말을 찾을 필요는 없다.

중요한 때일수록 특별한 것은 필요하지 않다.

지금까지 느껴온 진짜 감정을, 자신의 마음이 담긴 말로 진지하게 전하면 된다.

그것 말고 할 수 있는 것도, 해야 할 것도 없었다.

"어이, 유카."

구리타는 유카를 응시하며 입을 열었다.

"분명히 나는 너를 연애 대상으로 본 적은 없어. 생각해보면 참 이상하지, 늘 아주 가까이에 있었는데. 그 이유가 뭔지 생각해봤는데……."

눈물 가득한 눈으로 바라보는 유카에게 구리타는 진심을 담아 말했다.

"나는 너를 가족이라고 느낀 것 같아. 이 동네에서…… 가장 가까이에서 고락을 함께하는 관계라고. 그렇게 생각했으니까 특별한 감정이 생기지 않았던 거야."

유카의 눈이 동그래졌다.

"가족……?"

"내게는 가장 강한 인연이야."

구리타는 힘을 주어 말했다. 부모님을 잃은 지금 구리타에게 이 말은 진실 그 자체였다.

"이 아사쿠사에서 맺은 가족 관계는 앞으로도 변하지 않아. 무슨 일이 있어도. 네게 무슨 일이 생기면 나는 반드시 네 힘이 될 거야."

말을 마치자, 무언가가 가슴 안으로 침투하는 것처럼 침묵이 내려앉았다.

유카는 방금 들은 말을 곱씹는 것처럼 한동안 눈을 감고 있었다.

잠시 후, 눈물을 손가락으로 살짝 닦은 유카는 뺨을 붉히며 수줍게 웃었다.

"……좋다, 그거."

"응."

"그러는 편이 더 오래 함께할 수 있을 것 같아. ……그렇지?"

"그럼. 무슨 일이 있어도 변하지 않는 게 가족이니까."

마음이 통했다는 여운에 빠져서 자기답지 않은 말을 하고 말았다는 생각이 들어 구리타는 쑥스러움에 무뚝뚝한 표정을 지었지만 유카는 반대였다.

"기쁘다……."

그렇게 중얼거리며 미소 지었다.

낙천적이고 환한 그 웃음은 구리타가 기억하는 순진무구한 소녀의 웃음과 똑같았다. 사랑에 빠진 어른스러운 표정이 아니라, 이 변두리 마을에서 가족처럼 지내던 어린 시절의 그 표정이었다.

실연의 상처는 한동안 아물지 않고 아프겠지만 곧 딱지가 생기고 머지않아 흉터가 사라질 때가 반드시 올 것이다.

그때가 되면 유카와 지금보다 더 진실함을 담아 웃음을 나눌 수 있을 것이다.

*

"구리, 일부러 가게 문을 열게 해서 미안해."

"됐어. 평소에 매일 하는 거니까."

하나야시키를 나온 둘은 지금 구리마루당 찻집에 있었다.

오늘 가게는 휴일이지만, 구리타는 먹여주고 싶은 것이 있다면서 유카를 특별히 안으로 들였다.

무엇을 먹여주겠다는 것인지 유카는 궁금했다. 다른 손님이 없어서 가게를 혼자 빌린 것 같았다.

잠시 후 구리타가 쟁반에 담아 유카가 앉은 탁자까지 가져온 것은 유리그릇에 움집처럼 봉긋하게 담긴 빙수였다.

"어떡해…… 예쁘다!"

환성이 저절로 나왔다.

둥실둥실 하얀 설산 위에 까맣고 알이 굵은 팥소가 올라갔다.

그 아래에는 얼음과 색이 같은 연유와 신선해 보이는 딸기소스를 잔뜩 뿌렸다. 하얀 설원에 깊고 진한 붉음이 퍼져 반짝반짝 빛났다.

차가운 냉기와 코를 간질이는 달콤새콤한 향기가 식욕을 강렬히 자극했다.

"아직 가게에 내기 전인 메뉴지만 자신 있어. 먹어봐."

"내가 첫 번째 손님인 거네. 잘 먹겠습니다!"

유카는 호화로운 얼음 돔에 숟가락을 댔다.

숟가락이 막힘이라곤 전혀 없이 안으로 쑥 들어가서 놀랐다.

갓 쌓인 눈처럼 부드러웠다. 딱딱한 얼음 알갱이가 씹히는 시판 빙수와는 감촉부터 전혀 달랐다.

이 얼음은 대체 뭘까?

유카는 호기심을 느끼며 딸기소스로 빨갛게 물든 부분을 퍼서 입에 넣었다.

그 순간, 눈이 녹는 식감이 퍼졌다.

믿을 수 없을 정도로 고급스럽고 폭신한 느낌. 마치 눈으로 만든 최고급 깃털 같았다.

"……맛있다!"

생각보다 감탄이 먼저 터져 나올 만큼 환상적인 맛이었다.

달콤새콤하며 차갑다. 폭신폭신 부드러운 파우더스노(powder snow)의 감촉과 함께 걸쭉하고 신선한 딸기소스와 익숙한 연유 맛이 한데 어우러졌다.

부드러운 얼음은 꿈결처럼 금방 녹았고 반액체 상태인 딸기소스, 정확히 말하면 딸기만 갈아 으깬 퓌레의 상큼한 맛이 남아 입안을 가득 채웠다.

"진짜 맛있어!"

유카는 똑같은 말을 또 반복했다. 잡지에 글을 쓰는 사람치고 참 말발이 부족하다 싶었지만, 지금만큼은 이 맛에 전념하고 싶었다.

이번에는 빙수 위에 얹은 구리마루당의 자랑거리인 통팥소와 딸기퓌레를 같이 퍼서 먹었다.

으음, 유카는 감탄하며 눈을 꼭 감고 뺨을 눌렀다.

차갑고 달고 걸쭉하고 폭신폭신. 이루 말할 수 없었다.

팥소의 깊고 연한 단맛과 적당하게 과실 형태가 남아 걸쭉한 딸기퓌레의 선명한 새콤함.

거기에 숨은 맛으로 살짝 뿌린 소금. 얼음의 부드러움. 크림같은 연유.

모두가 고상하게 혼합되어 절묘한 음악을 이루었다.

한참 무아지경에 빠져 정신없이 먹던 유카는 퍼뜩 정신을 차리고 옆에 선 구리타에게 물었다.

"구리! 이 얼음, 어쩜 이렇게 살살 녹아?"

"나름대로 연구를 했으니까. 얼음을 얇고 세심하게 갈면 살살 녹는 것처럼 느껴지는데, 그런 감촉을 내려면 그만큼 좋은 얼음을 만들어야 해. 용도에 적합한 물을 적당하게 얼려야 하지. 연수(軟水)…… 예를 들어 순도가 높은 우물물 혹은 생수를 천천히 얼려. 가능하면 이틀이나 사흘 정도."

"그렇게 천천히?"

유카가 눈을 동그랗게 뜨고 되물어서 "어디까지나 이상적으로는 그래" 하고 대답하며 구리타는 팔짱을 꼈다.

"아직 조정하는 중인데, 급하게 얼린 얼음은 좀 부예져. 부예지는 원인은 불순물이나 거품인데, 순도가 높은 물을 공기가 들어가지 않도록 얼리면 거품이 사라져. 온도 설정을 정밀하게 할 수 있는 냉장고가 있으면 편리해. 시간을 들여 천천히 얼리면 얼음이 되기까지 불순물이 공기 중으로 배출되어 균등하게 얼음 결정체가 만들어지니까 마지막에는 투명하고 맑고 아름다운 얼음이 되지. 걸리는 시간 자체보다 불순물 배출이 중요해."

"이 얼음을 그렇게 해서 만든 거구나……."

유카는 멍하니 중얼거리다가 퍼뜩 깨달았다.

"그렇구나! 그러니까 얼음 가게에서 파는 고급 얼음을 만든 셈이네."

"맞아. 물에 설탕을 섞어도 어는 속도가 늦춰지니까 효과적이야. 천천히 얼린 얼음은 얼음 결정체 사이가 벌어지지 않고 열전도가 높은 불순물이 없으니까 딱딱하고 잘 녹지 않아. 금방 녹지 않으니까 조금 따뜻한 상태에서도 얼음인 상태를 유지하지. 그렇다는 것은?"

구리타가 질문을 던지자 유카가 웃었다.

"으응, 잘 모르겠는데……."

"아이스크림두통을 일으킬 정도로 저온이 아니라도 괜찮다는 소리야."

"아, 그러고 보니!"

아까부터 엄청난 속도로 먹고 있는데 머리가 아프지 않다는 것을 유카는 뒤늦게 깨달았다. 그런 원리가 숨어 있었구나.

"구리……, 나를 걱정해준 거야?"

"응. 뭐, 이 정도 온도가 입에 넣었을 때 기분도 좋고……. 아, 삼천포로 좀 빠졌는데, 얼음을 다 만들면 날 높이를 조절할 수 있는 전용 빙수기에 넣어서 계속 얇게 갈면 돼. 고르게, 아주 얇게 갈수록 식감이 폭신폭신해지는데, 이 얼음이 제일 잘 어울리더라. 참고로 요즘은 개인이 살 수 있는 빙수기도 다양하게 나와 있어."

"오오. 다음에 조사해볼게."

"조사해서 좋은 기사를 써줘. 빙수기로 얇게 간 얼음을 유리그릇에 담다가 중간에 멈추고 얼음산 내부에 딸기퓌레와 연유를 넣어. 그리고 다시 얼음을 뚜껑처럼 올리지. 마지막으로 정상에 통팥소를 올리면 완성이야."

"……품이 정말 많이 드는구나."

그렇게 역작인 빙수를 가게 손님들보다 먼저 먹을 수 있었다. 유카는 그 사실에 벅찬 자부심을 느꼈다.

유카는 마음속으로 구리타에게 고맙다고 인사했다.

입은 차가워도 가슴은 행복함으로 따끈따끈했다. 이렇게 따뜻한 빙수는 태어나서 처음 먹어본다.

따뜻함 때문일까? 유카의 머릿속에 어린 시절의 소중한 추억이 차례차례 떠올랐다.

아아……, 유카는 탄식했다.

그립다. 어린 시절부터 지금까지 구리타는 항상 유카 옆에서 눈이 부실 정도로 멋있게 빛났다.

첫 만남. 초등학생 때, 급식비 도난 사건을 일으킨 자신을 감싸줬던 일.

사랑에 눈을 떴던 사춘기 시절, 나카무라와 한바탕 연극을 벌였지만 돌아봐주지도 않았던 일.

불량한 시절의 구리타를 예전과 똑같이 대했는데 받아주던 일.

잡지 라이터가 된 뒤에는 취재라는 명목으로 구리마루당에 자주 드나들었던 일.

폐만 잔뜩 끼친 것 같지만 유카는 진심이었다. 진심이었기에 겉돌았다. 그래도 구리타는 언제나 진지하게 유카를 상대해주었다.

그런 기쁨과 행복은 그 무엇과도 바꿀 수 없다.

둘은 상쾌한 바람을 맞으며 청춘 시절을 함께 헤쳐 나왔다. 그 눈부시게 빛나는 꿈만 같았던 나날을 떠올리고 가슴이 한껏 부푼 유카는 구리타를 바라보았다.

"왜 그래?"

어리둥절해 눈썹을 꿈틀거리는 구리타를 바라보며 유카는 눈가에 맺힌 눈물을 슬쩍 닦고 웃었다.

"아니야."

옆에 선 무뚝뚝한 소꿉친구는 청춘의 추억 그 자체. 항상 반짝였으면 좋겠다. 유카는 진심으로 그렇게 바랐다.

제3장

다이후쿠

어디로 향하고 있을까.

자신도 모르는 채, 도가시 슌은 어두컴컴한 뒷골목을 헤맸다.

특별히 목적지로 삼은 곳은 없다. 생각에 잠겨 어둠 속을 걷다 보니 어느새 간노우라 깊숙한 곳까지 들어왔다.

센소지는 매일 수많은 관광객으로 북적이지만, 북쪽으로 올라가 고토토이 거리를 지나면 인적이 뜸해 조용해진다. 그곳이 간노우라라고 불리는 곳 부근이다.

일본 고유의 정서가 짙게 남아 차분하고, 종종 고양이들이 길 한가운데를 유유히 걸어가는 거리여서 사색에 잠기기 딱 좋은 곳이다.

"마음대로 안 되네."

도가시는 혼잣말을 중얼거리며 붉은색 상의의 불룩한 주머니를 슬슬 쓸었다.

구리타 진의 실력은 이미 확인했다. 그쪽은 이제 어쩔 수 없다.

남은 목적은 한 가지. 아오이 일이다.

그러나 생각보다 어려운 문제여서 손을 쓸 방법이 없었다. 아오이를 둘러싼 아사쿠사 녀석들의 경계심이 이 정도로 강할 줄이야, 솔직히 계산하지 못했다.

어떻게 해야 아오이에게……

도가시는 골똘히 생각에 잠겨 뒷골목을 느릿느릿 걸었으나 타개책은 떠오르지 않았다.

상관없다. 도가시는 고개를 저었다.

지금은 시기가 좋지 않다. 부주의하게 나섰다가 또 구리타나 그 동료가 앞을 가로막으면 또 귀찮아질 것이 뻔했다. 아오이와 접촉할 기회를 조금 더 기다려야겠다.

만약 아오이가 혼자 아사쿠사를 거닌다면 그때야말로…….

그때, 갑자기 도가시의 눈앞을 자동차가 어마어마하게 빠른 속도로 지나갔다.

도가시는 가면을 뒤집어쓴 것처럼 표정 없이 그 자리에 멈춰 섰다. 어느새 뒷골목에서 대로로 나왔다.

돌아가야겠다. 그렇게 생각하고 걸음을 돌리려는데 바로 옆에서 화과자점의 깃발이 바람에 흔들리는 것이 눈에 들어왔다.

아사쿠사에는 화과자 전문점이 아주 많다. 이런 곳에도 있을 줄은 몰랐다.

도가시는 별생각 없이 처음 보는 가게의 정면 출입구 앞에 섰다.

건물에서 오랜 세월을 견딘 품격이 느껴졌다. 정면 출입구 좌우에 붓으로 적은 메뉴판이 여럿 붙어 있었다.

연양갱, 경단팥죽, 미나즈키, 다이후쿠.

메뉴 중 한 가지에 시선을 준 도가시는 집어삼킬 듯이 그것을 응시했다.

문자들의 나열을 보자 자연스럽게 연상되는 것이 있었다.

딱 한 번이라도 좋으니 그것을 먹을 수 있다면.

최면 상태에 빠진 것처럼 도가시는 비틀비틀 가게 안으로 들어가려고 했는데, 갑자기 등 뒤에서 날카로운 목소리가 들렸다.

"잊었니, 슌."

돌아보자 도가시의 아버지가 팔짱을 끼고 이쪽을 바라보고 있었다.

도가시는 내심 다행이라고 생각했다. 아버지는 평소에는 말수가 적고 차분하지만 옳지 않은 방향으로 나가려고 할 때면 반드시 적절한 조언을 해준다.

"알고 있겠지만 너는⋯⋯."

아버지가 끝까지 말하기 전에 도가시는 눈을 강렬한 생기로 빛내며 웃었다.

"걱정하지 마. 그냥 장난이었어."

"그렇다면 다행이지만."

"아버지가 무슨 말을 하려는지 잘 알고 있어."

서둘러라. 남은 시간이 얼마 없다. 분명 이것이다.

도가시는 화과자점 앞을 떠나 곁눈질도 하지 않고 재빨리 걸음을 옮겼다.

그런데 앞으로 내민 오른쪽 발에 갑자기 경직되는 감각이 느껴졌다. 그리고 다음 순간, 보행로 턱에 다리가 걸려 도가시는 앞으로 넘어지고 말았다.

오른쪽 손바닥이 바닥에 쓸렸다. 찌릿찌릿함을 동반한 아픔이 파도처럼 온몸을 잠식했다.

"크윽⋯⋯."

바닥에 엎어진 도가시는 일어나려다가 흠칫 놀랐다.

땅바닥에 펼쳐진 오른손 다섯 손가락이 격렬하게 떨리고 있었다. 떨린다는 표현보다 경련이 적합했다. 각각 독립한 별개의 생명체 같아서 자기 몸인데도 시선을 빼앗겼다.

"이거 봐, 아버지. 이거 재미있어."

"……미안하구나, 슌."

넘어진 채로 그러고 있는 도가시를 지나가는 사람들이 멀찌 감치 피했다.

*

구리타와 유카가 하나야시키에 다녀온 그다음 날 금요일.

오후 4시가 지나서 구리마루당 작업장에는 다소 느긋한 분 위기가 흘렀다.

예전에는 늘 파리만 날리던 가게였지만 요즘은 손님이 늘어 매출도 안정을 되찾았다. 아오이를 비롯한 친구들과 단골손님 들 덕분이다.

그렇지만 지금처럼 어중간한 시간대는 역시 텅 빌 때가 많다.

주문도 없고 오늘 할 일은 다 해뒀기에 나카노조는 네리키 리를 만드는 연습에 부지런히 몰두했고, 구리타는 그 옆에서 팔짱을 끼고 생각에 잠겨 있었다.

생각의 중심을 차지한 것은 바로 도가시였다. 최근 할 일이 끝도 없이 이어졌는데 이제야 시간에 여유가 생겨서 지금까지 의 상황을 정리하는 중이었다.

두려울 정도의 재능을 지닌 전직 호오당의 화과자 장인이면서 수수께끼로 점철된 위험인물 도가시 슌.

그를 어떻게든 해결하지 않으면 아오이는 안정을 되찾지 못한다. 구리타는 그러기 전까지 아오이에게 고백하지 않겠다고 마음을 정했다.

도가시의 목적은 대체 무엇일까……?

여전히 오리무중이었다.

처음에는 아오이에게 집착한다고 생각했었다. 그런데 도가시와 실제로 대화를 나누고 아오이에게 마스미 신이치에 관해 듣고 결정타로 며칠 전에 와카아유 사건을 겪었다. 지금은 도무지 뭐가 뭔지 모르겠다.

그는 어떤 사람일까. 또 무슨 생각을 하고 있는지 알고 싶었다.

도가시는 왜 지금에 와서 다시 모습을 드러냈을까? 그의 행동 밑바탕에 있는 원리를 이해한다면 대처법도 자연스럽게 나올 것이다.

위험한 면에만 시선이 맞춰지기 쉬운데, 도가시는 아예 의사소통 자체가 불가능한 상대는 아니었다. 타협점을 찾아 아오이를 따라다니지 말라고 하면 결말을 낼 수 있을 것이다.

……그런 다음에 빚도 갚겠다.

이 또한 구리타 안에서 들끓는 무시하지 못할 강한 동기였다.

그날 밤, 도가시는 구리타의 와카아유를 먹어보지도 않고 더 맛있는 것을 만들어냈다. 그의 예리한 착안과 제과 실력 자체는 훌륭하다고 솔직하게 인정한다.

그러나 방식이 마음에 들지 않았다.

한밤중에 갑자기 작업장에 쳐들어와서는 수첩을 돌려주며 겸사겸사 승부를 걸었다.

그 태도에서 정신적으로 변명 가득한 자기정당화가 엿보였다. 물리적으로 도주할 동선을 확보해두려는 도가시 나름의 사정이 있겠지만, 아무리 그래도 밤중에 기습을 당한 셈이니 불합리하다.

극단적으로 말해 한 수 아래로 여겨진 기분이었다.

그렇기에 이대로 얌전히 물러날 수 없었다.

성선설이나 평화주의는 나중 문제이다. 한 방 먹었으니 존엄을 걸고 힘을 보여주지 않으면 구리마루당의 4대째로서 조상들에게 고개를 들지 못한다. 이것은 화과자 장인의 자존심 문제였다.

자신이 만든 화과자를 다시 먹여 도가시를 탄복하게 할 것이다. 그러기 위해서라도 일단 놈이 잠복하고 있는 장소를 찾아내야 한다.

하지만 어떻게……?

구리타가 머리를 굴리고 있을 때, 포렴을 걷고 시호가 작업장에 고개를 내밀었다.

"뭐야, 구리. 왜 그렇게 무서운 표정이야? 아오이가 왔어. 기뻐해야지."

"무섭긴 뭐가. 나는 원래 이런 얼굴이야!"

그렇게 대꾸하면서도 미간 주름이 자연스럽게 풀려 구리타의 얼굴이 부드러워졌다.

"……그래서 주문은? 오늘은 더우니까 물양갱? 아니면 안미쓰?"

모자를 다시 쓰며 구리타가 물었는데 시호는 다른 대답을 했다.

"아니. 아오이, 할 얘기가 있는 것 같더라. 일단 가봐."

*

그날 구리마루당은 평소보다 조금 일찍 문을 닫았다.

시호와 나카노조는 이미 퇴근했고, 구리타와 아오이는 가게 안 다다미가 깔린 거실에서 탁자 위에 올린 노트북 화면을 들여다보고 있었다.

"찾으면 제법 많네……. 좀 수상한 것도 있지만."

"오히려 그런 쪽에 승산이 있을지도 몰라요. 눈에 띄지 않고 사람과 접하지 않을 만한 것으로 한정해서 찾으면……."

지금 구리타와 아오이는 아사쿠사 근방에서 일급이나 주급을 주는 아르바이트 구인 정보를 찾고 있었다.

아까 가게로 찾아온 아오이가 도가시 슌의 거처를 찾을 아이디어가 떠올랐다고 한 것이 발단이었다. 약간 예상을 벗어나면서도 현실적이며 간단한 방법이었다.

"같은 직장에서 일하는 사람에게 도가시 씨에 관해 물어보면 어떨까요? 뜬구름 잡는 것처럼 찾기보다는 그게 더 빠를 것 같아요."

"직장이라니? 그게 무슨……?"

어리둥절해서 되묻는 구리타에게 아오이는 이렇게 설명했다.

"아사바 씨가 찾아갈 때까지 도가시 씨는 히가시아사쿠사 간이 숙박소에 머물렀어요. 꽤 오래 지냈다면서요?"

"아아. 숙박소 직원한테 물어보니까 산자마쓰리 축제* 전인 5월 초부터 묵었다더라. 이것 말고 다른 정보는 얻지 못했지만."

"그거예요! 요금이 싸고 장기 숙박이니까 할인도 해줬겠지만 한 달에 최소 5만 엔은 들잖아요? 기타 식비도 필요할 테니까, 즉……."

"아하!"

---

* 매년 5월 셋째 주 금, 토, 일요일에 열리는 아사쿠사 신사의 제사.

구리타도 이해했다.

"목적을 언제 달성할지 모르는 이상 현지에서 자금을 조달했을 가능성이 있다. 그러니 어딘가에서 일했을지도 모른다, 이런 가설을 세운 거지?"

"맞아요. 도가시 씨는 일용직 노동자가 자주 이용하는 숙박소에 머물렀지만, 단기 아르바이트는 꼭 일용직 노동만 있는 건 아니라 더 많이 있을 거예요. 어쨌든 같이 일한 사람을 찾으면 발견할 수 있지 않을까요?"

"일리가 있어. 찾아보자."

도가시 본인이 아니라 동료나 직원들을 관리하는 직책에 있는 사람을 찾는 접근 방식은 꽤 묘안인 것 같아서 구리타는 가게를 닫은 후, 안으로 아오이를 들였다.

그리고 지금 둘은 노트북 화면에 아르바이트 정보 사이트를 띄우고 이것저것 검토를 하는 중인데…… 예상과 달리 작업은 난항을 겪었다.

일단 아르바이트 모집 수가 너무 많았다. 도가시는 접객에 소질이 없을 테니까 그런 쪽을 제외하더라도 경비, 교통 유도, 전단 붙이기, 청소 등 아르바이트 종류가 다양했다.

"……이런 일은 보통 등록제인데 파견 회사에 문의해도 개인 정보는 가르쳐주지 않겠지. 역시 현장에 가볼 수밖에 없나."

"거기서 일하는 사람한테 직접 물어보면 뭔가 정보를 얻을 수 있을 거예요."

"음."

마구잡이로 묻고 돌아다니는 것보다 돌파구를 찾을 가능성이 높다고 구리타는 판단했다.

"그럴싸해 보이는 곳부터 순서대로 돌아볼까? 쉽지 않겠지만 시도해볼 가치는 있겠어."

"우리 힘내요!"

가보더라도 오늘은 시간이 늦었다. 아오이가 둘러볼 현장을 리스트로 정리하겠다고 해서 일단 자리를 파하기로 하고, 구리타는 아오이를 역까지 바래다주었다.

벌써 해가 저물어서 아사쿠사 밤거리에 평화롭고 소박한 정서가 내려앉았다.

향수를 불러일으키는 다채로운 전등 빛이 맛있는 요리와 술을 찾아 배회하는 남녀노소의 얼굴을 그윽하게 밝혀주었다.

구리타와 아오이는 나란히 오렌지 거리를 걸어 가미나리몬 거리로 나와 동쪽으로 향했다.

역 앞 교차로에 도달했을 때, 갑자기 아오이가 앞을 보며 조용히 감탄했다.

"와, 예뻐라……."

아오이가 바라보는 곳에는 옆으로 가늘고 긴 거대한 물체가 먹색 밤하늘 속에서 빛나고 있었다.

구리타도 고개를 끄덕이며 금색 음영이 화려한 오브제를 바라보았다.

"밤에 보니까 또 분위기가 다르네, 저거."

아사쿠사 역 근처, 아즈마바시 다리 앞에 우뚝 솟은 맥주 회사 빌딩 옥상에는 거대한 황금색 오브제가 있다.

프랑스 출신의 유명 디자이너가 디자인한 '플람도르(flamme d'or)*, 프랑스어로 황금 불꽃이라는 뜻으로 약진하는 회사의 정신을 상징하듯 외관이 장엄하다.

그러나 보기에 따라 불꽃이 아니라 다른 것으로 보인다.

굳이 표현하자면, 개가 산책하다가 밖으로 배설하는 물방울 형태의 유기물과 비슷한 형태이다. 대놓고 말하기 꺼려지는 약간 냄새나는 그것. 어린아이들은 천진난만하게 그 단어를 입에 담기도 한다.

그리고 지금, 구리타 옆에서 금색 오브제를 바라보는 아오이도 더없이 천진난만하게 입을 열었다.

---

* 아사히 맥주 본사 빌딩의 황금색 상징물로, 산업디자이너 필리프 스타르크의 작품이다.

"밤하늘과 잘 어울리네요. 저 대……."

"우아아아악!"

구리타는 허둥거리며 아오이의 말을 막았다.

아오이는 놀라서 긴 속눈썹이 인상적인 눈을 깜박였다.

"갑자기 왜 그러세요?"

"아니, 왜 그러기는! 그 말은 진짜로 위험하니까! 나라면 몰라도 아오이 씨 같은 아가씨가 밖에서 웃으며 입에 담을 말이 아니라고!"

"입에 담을 말이 아니라고요?"

아오이가 고개를 갸웃거렸다. 구리타는 왠지 안 좋은 예감이 들어 일단 물어보았다.

"……저기, 지금 뭐라고 말하려고 했어?"

"아아, 그렇게 이상한 말을 하려고 한 건 아닌데요. 그냥 밤하늘과 잘 어울리네요. 저 대단히 아름다운 오브제, 이렇게요."

내가 경솔했나.

아니다, 혹시 놀리고 있는지도 모른다는 생각에 구리타는 아오이를 빤히 바라보았지만, 아오이는 의아하다는 듯이 투명한 눈동자를 반짝이고 있어서, 오히려 구리타 자신의 마음이 얼마나 지저분한지 알게 되었다.

무례하기 짝이 없는 사내라 아오이를 볼 면목이 없었다.

구리타가 어깨를 축 늘어뜨리고 처지자, 아오이는 모양새 좋은 코를 찡긋거리며 말했다.

"아……. 혹시 구리타 씨, 제가 재미있는 농담이라도 할 줄 알고 기대하셨나요?"

"아니야! 절대 기대하지 않았는데…… 어, 아닌가. 어떤 의미에선 그런 건가? 잘 모르겠네."

구리타치고는 미적지근한 대답이었지만, 정답인 그 단어를 차마 말할 수 없으니 어쩔 수 없었다.

아오이는 손가락으로 찰랑찰랑한 머리카락을 말아서 가지고 놀면서 수상하다는 시선을 보냈다.

그래도 무뚝뚝한 표정으로 입을 다문 구리타를 보더니 입가에 손을 대고 쿡쿡 웃었다.

"구리타 씨, 이상해요."

"으음. 뭐, 지금 거는 그냥. 없었던 일로 해주면 고맙겠어."

"어른의 사정이라는 거군요."

"아니야……."

그렇게 한가로이 대화를 나누며 걷는데 뒤에서 누군가가 불러 세웠다.

"어라? 구리타 씨?"

돌아보니 회색 작업복을 입은 친숙한 남성이 서 있어서

"어?" 하고 당황했다.

사십대. 작은 체구에 머리숱이 조금 적지만 정력적인 기운이 느껴지는 그 남자는 근처 편의점에서 산 것 같은 주먹밥을 손에 들고 달려왔다.

"구리타 씨와 아오이 씨 아닙니까! 잘 지내시는 것 같아 기쁩니다!"

뜻밖의 상황에 얼떨떨했다.

구리타와 아오이를 향해 쾌활하고 밝은 웃음을 보내는 그는 일전에 알게 된 전직 IT 회사 사장, 겐모치 데루히사였다.

*

겐모치와는 얼마 전, 친구의 도둑맞은 자전거와 도가시를 수색하는 과정에서 우연히 알게 되었다.

수제 물만주 덕분에 소원했던 어머니와 화해하는 데 성공했고, 그때까지 회사 문을 닫고 도망치던 겐모치는 긍정적인 마음으로 노력하겠다고 했다……고 구리타는 기억하고 있는데.

"겐모치 씨, 그 옷은 어떻게 된 겁니까?"

구리타가 묻자 겐모치는 작업복을 입은 가슴을 툭툭 치며 웃었다.

"그야 뻔하지 않습니까. 현장입니다, 현장 일!"

"현장이라니…… 공사요?"

"물론이죠. 아, 여깁니다."

겐모치가 이끄는 대로 구리타와 아오이는 아즈마바시 다리 앞에서 왼쪽으로 꺾었다.

스미다 강을 따라 몇 분쯤 가자 하얀 펜스를 둘러친 구역이 보였다.

겐모치는 신축 공사가 진행 중인 이 현장에서 얼마 전부터 일하기 시작했고 지금은 쉬는 시간이라고, 주먹밥을 먹으며 알려주었다.

아오이는 현장 입구에 세워진 철제 게이트를 황홀하게 올려다보며 "이 안에서 지게차나 굴착기가 움직이고 있는 거군요……" 하고 낭만적인 대상이라도 본 듯이 중얼거리더니 겐모치를 돌아보았다.

"그런데 겐모치 씨, 어머님과는 어떻게 지내세요?"

조금 전과 다르게 당돌하게까지 느껴지는 아오이의 질문에 겐모치는 눈을 깜박이더니 살짝 씁쓸함이 섞인 미소를 지으며 대답했다.

"잘 지내고 있어요. 매일 얼굴을 마주하고 있으니까 조금 귀찮다 싶을 때도 있지만 그런 것까지 전부 다 포함해서 지금은 감사하다고 생각해야지요."

"어머? 같이 사시나요?"

아오이가 눈을 동그랗게 뜨고 묻자 겐모치는 가슴을 활짝 펴며 긍정했다.

"살던 집을 팔았거든요. 빚을 조금이라도 갚아야죠. 지금은 본가에서 통근하고 있습니다. 낮에 일하고 매일 밤 이렇게 현장에서 단기 아르바이트도 하고 있어요."

"그렇군요."

아오이가 눈썹을 모으며 감탄했다.

"매일 밤이라니 정말 대단하세요. 그래도…… 뭐랄까. 이렇게 말씀드리면 좀 그런데요, 굳이 힘든 일을 선택하지 않으셔도 괜찮지 않나요?"

구리타 역시 같은 생각이었다. 좀 더 어울리는 일이 있을 것이다.

그러나 겐모치는 "아이고, 아닙니다" 하고 자신만만하게 입술을 올려 웃었다.

"나는 돈을 한참 더 벌어야 하니까요. 그러기 위해서 역시 체력이 필요하죠! 헬스장에 다니는 것보다 현장에서 일하면 몸도 튼튼해지고 돈도 벌 수 있어요. 스스로 활기를 불어넣는 셈이죠."

"그렇구나. 멋있어요!"

아오이는 그런 이유라면 응원하겠다는 듯이 다정하게 웃었다. 상대방이 생각해서 하는 일이라면 존중이 제일이니까 구리타도 같은 마음이었다.

그의 의지에 답하는 의미로 구리타도 근황을 대충 보고했다. 일단 현장 일을 하고 있으니까 밑져야 본전으로 도가시에 관해서도 간단히 설명했다.

"으흠. 구리타 씨도 여전하군요. 정의감이 강해서 사서 고생하는 타입 같아요."

"그런가요……. 아니, 뭐 어떻습니까!"

"하하, 미안합니다. 그래도 다행이네."

"뭐가요?"

"도가시 군이라면 알고 있어요. 여기에서 같이 일하는 동료입니다."

뭐라 말할 수 없는 충격의 파도를 머리부터 뒤집어썼다.

순간 환청인지 의심했는데 아오이의 눈도 휘둥그레진 것으로 보아 아닌가 보다.

"……겐모치 씨."

흥분감을 어떻게든 억누르며, 구리타는 꿀꺽 침을 삼켰다.

"우리가 찾는 사람은 상당히 위험한 인물인 도가시입니다.

겐모치 씨가 아는 사람은 성이 같은 다른 인물이 아닐까요?"

"도가시 슌 아닙니까? 그와 제법 이야기를 나눠봤으니까 동일인이 맞을 겁니다. 거동이 조금 수상해서 처음 보면 오해를 사기 쉬운 청년이죠. 그리고 보니 사흘쯤 전부터 현장에 나오지 않고 있어요."

"그러니까 지금은 없다는 거군요?"

구리타의 어깨에서 힘이 쭉 빠졌다. 반면에 아오이는 딱딱하게 굳어진 얼굴로 한 걸음 가까이 다가왔다.

"들려주세요, 도가시 씨에 관해서!"

"물론 좋습니다. 그런데 별로 대단한 얘기는 없을 겁니다. 나도 요즘 들어 알게 된 사이라서요."

그 청년에게 눈길이 간 것은 건설 현장에서 하는 밤일에 조금 익숙해진 무렵이었다.

겐모치는 중장년 남성 위주인 현장에 잘 녹아들지 못하는 한 사람을 발견했다.

어리다. 아직 이십대 전후, 표정 변화가 없는 청년이 잔뜩 쌓인 건자재 옆에 멍하니 서 있었다. 긴장감이 감도는 분위기여서 사람을 거부한다는 인상을 받았다.

그러나 가설 발판을 조립하는 데 쓰이는 건자재를 운반하는 일은 둘이 조를 이루어 하는 것이 기본 규칙이다. 같이 작업을 해야 하니까 겐모치는 청년에게 다가가 친근하게 말을 걸었다.

"형씨, 아직 어려 보이는데. 대학생인가?"

생각에 잠겨 있었는지 청년은 놀라서 고개를 번쩍 들고 겐모치를 바라보았다. 노려보는 것처럼 두 눈을 흉흉하게 뜨고 아무 대꾸도 하지 않아서 겐모치는 내심 압도되면서도 질문을 바꿔보았다.

"일단 나랑 이 널빤지를 옮길까? 형씨, 이름은?"

"……도가시. 도가시 슌."

그는 무뚝뚝하게 대답하고 얼른 운반 작업을 시작하려고 했다. 겐모치는 그런 도가시를 황급히 도우며 말했다.

"나는 겐모치. 난 여기 들어온 지 얼마 안 됐으니까 혹여 내게 부족한 점이 있으면 가르쳐주게."

도가시는 아주 잠깐 이상한 표정을 지었으나 곧 말없이 고개를 끄덕였다.

뭔가 마음을 건드리는 것이라도 있었을까? 이 사소한 접촉을 계기로 겐모치와 도가시는 종종 짝이 되어 작업을 하고 휴식 시간 중에도 잡담을 나누곤 했다.

작업복을 갈아입다가 둘이 마주친 적도 한 번 있었다.

도가시의 사복은 너무하다 싶을 정도로 지저분했고 놀랍게도 옷이 딱 한 벌밖에 없다고 했다.

이 녀석, 대체 어떤 사람이지……?

그래도 한때 궁금했던 자신이 떠올라 연민을 느낀 겐모치는 다음 날 집에서 예전에 입던 옷을 몇 벌 가져와 도가시에게 주었다.

"아!"

이야기를 듣던 도중에 구리타가 버럭 외친 것은 가슴에 박혀 있던 가시가 불현듯 뽑혔기 때문이다.

구리마루당에 느닷없이 찾아왔을 때 도가시가 입은 청결한 옷. 약간 헐렁하고 길이가 맞지 않는 붉은색 상의에 묘한 기시감을 느꼈는데 지금 그 이유를 알았다.

일전에 겐모치의 본가에서 물만주를 만들었을 때, 구리타는 거실에 놓인 액자를 무심코 바라보았다. 그 사진에 찍힌 젊은 시절의 겐모치가 바로 그 옷을 입고 있었다.

지금 겐모치와 이미지가 달라 조금 놀란 탓에 그 모습이 기억의 잔재가 되어 뇌리에 남았나 보다.

겐모치가 의아한 표정을 짓고 물었다.

"왜 그러십니까, 구리타 씨?"

구리타는 겐모치의 얼굴이 많이 좋아졌다고 생각했다. 젊을 때보다 지금 더욱 인간적인 깊이가 느껴졌다.

"아니요, 말을 끊고 말았네요. 계속 들려주세요."

"그럼 이어서 현장 이야기를."

겐모치가 입던 옷을 받은 후부터 도가시는 자기 이야기를 조금씩 하기 시작했다.

들어보니 도가시는 지방 출신이었다. 지금 건설 현장에서는 겐모치보다 선배지만 오래 일한 것은 아니고 지금은 다이토 구부터 스미다 구에 걸쳐 아사쿠사 부근을 전전한다고 했다.

"전전한다고? 어쩌다가?"

"……자주 옮기지 않으면 위치를 들키니까."

그 말을 끝으로 도가시는 우울한 표정이 되어 입을 다물었다. 겐모치는 깊이 캐묻지 않았다. 그 역시 탈세로 국세청의 추적을 받았으니까 대충 사정을 상상했다.

"뭐, 살다 보면 이런 일도 있고 저런 일도 있어. 금방 좋은 일이 생길 거야."

자기 자신에게 들려주는 것처럼 겐모치가 다독이자 도가시는 입술 끝을 아주 살짝 올렸다.

미소 혹은 냉소로도 보이는 신비한 표정이어서 겐모치는 강렬한 인상을 받았다.

"도가시 군은 의사소통 능력이 부족했지만 일하는 태도는 훌륭했어요. 마치 깨달음을 얻으려는 수행승 같았지요."

"깨달음……?"

이해가 안 가 구리타가 되묻자 겐모치도 이상한 소리를 했다는 표정을 지었다.

"아아, 말로 설명하기가 좀 어렵군요. 굉장히 금욕적이고 탐구자 같다는 인상을 받았을 뿐입니다. 말수도 적고 늘 생각에 잠겨 있으니까? 깊은 뜻은 없어요."

"하아."

구리타가 이도 저도 아닌 대답을 하자, 이번에는 아오이가 평소보다 낮아진 목소리로 물었다.

"……같이 일하는 분들과 분란을 일으키진 않았나요?"

"아, 그런 일은 없었습니다."

"정말요?"

"네. 그런 면에서 그는 약간 붕 떠 있었어요. 모두가 경원시했어요. 그런 상황에서 사정을 잘 모르는 신입인 내가 말을 걸었으니 친밀감을 느꼈나 봅니다."

"그런가요?"

아오이는 시선을 내리깔고 숨을 몰아쉬었다.

"……변하지 않았네요, 그 사람은."

"네……?"

의아해하며 눈썹을 찡그리는 겐모치에게 아오이는 딱딱한 미소를 되돌렸다.

"아니요, 아무것도 아니에요."

아마도 아오이는 호오당에서 같이 일했던 시절을 떠올렸을 것이다. 구리타는 입술을 씹으며 추측했다. 한순간이지만 아오이의 얼굴에 불안과 그것을 넘어서는 매섭고 냉정한 분노가 어린 것 같았다. 불길한 두근거림이 멈추지 않았다.

도가시와 엮이는 일이면 아오이의 균형 감각이 확연하게 흐트러진다. 그래서 위태로워 보인다.

애초에 지금 이 상황도 있을 수 없는 일이었다.

아오이는 기본적으로 곤란한 누군가를 안타깝게 여겨 손을 내미는 경우는 있어도 이번처럼 특정한 누군가를 적극적으로 뒤쫓지 않는다. 이번에는 지극히 특수한 상황이었다.

겉으로는 평온해 보이지만, 아오이가 도가시를 찾는 행위 근원에는 마스미 신이치를 자살로 내몬 일에 대한 분노가 있다. 가슴 한구석에서 조용히 타오르는 푸른 불꽃과도 비슷한 격정이…….

그때 구리타 안에서 돌연 어떤 직감이 움직였다.

뭐라고 표현하면 좋을까? 지금 뭔가 말해두지 않으면 돌이킬 수 없는 사태가 벌어질 것 같아서 적절한 단어를 찾았다.

그러나 단어를 찾기 전에 갑자기 겐모치가 묘한 말을 꺼냈다.

"자란 환경 때문이겠죠."

"……지금 뭐라고?"

구리타가 의도치 않게 날카로운 시선을 보낸 탓에 겐모치는 질겁하며 설명했다.

"그게, 별 이야기는 아닙니다. 그냥 그 청년, 어려서부터 굉장히 엄격한 교육을 받고 자란 느낌이었거든요. 아아, 그래서 수행승처럼 느껴진 걸까요."

"그 말씀은?"

"약간 다른 이야기이긴 합니다만."

이렇게 전제하고 겐모치가 말했다.

"구리타 씨는 의사소통 능력의 발달이 대체로 가정환경에 따라 정해진다는 이야기를 알고 있나요? 부모와 만족스럽게 대화를 나누지 못하는 환경에서 자라면 타인과 제대로 관계를 맺지 못하는 어른이 된다고 합니다."

"……처음 듣습니다."

"뭐, 그런 경향이 보인다는 정도의 가설이지만요. 실제로 부모와 관계가 엉망이어도 주변과 잘 어울리는 사람을 나는 많이 알고 있어요. 그렇지만 도가시 군이 부친에게 엄격한 교육을 받은 것은 틀림없습니다."

항상 마음이 쓰였다면서 겐모치는 동정심 어린 눈빛으로 이야기를 시작했다.

어느 날 밤, 겐모치는 휴식 시간에 집에서 가져온 다이후쿠를 먹고 있었다. 몸이 피곤하면 단맛이 그리워지고 떡 종류는 배도 채워지니까 좋았다.

문득 시선을 느껴 고개를 돌린 겐모치는 도가시가 다이후쿠를 눈도 깜박이지 않고 쳐다보고 있어서 오싹했다. 배가 고파서 그런다고 판단했다.

"……반 먹겠나?"

겐모치가 반으로 가른 다이후쿠를 내밀자 도가시는 얼굴을 굳히고 거절했다.

"필요 없어."

"사양하지 말고."

"됐어. ……어쨌든 필요 없어!"

도가시는 완고하게 받지 않았다.

억지로 권할 수도 없는 노릇이라 겐모치는 혼자 다이후쿠를 먹었다. 떡이 전부 사라진 뒤에야 도가시는 거절이 아닌 다른 말을 흘렸다.

"……용서받지 못했어."

"음?"

"응보야. 죄를 저지른 자는 벌을 응당 받아야 한다고, 아버지가 늘 말했어. 그러니까 나는 아직 화과자를 먹으면 안 돼."

"아버지는 앞으로도 용서해주지 않겠지……"라고 울적하게 중얼거리는 도가시를 겐모치는 특이한 녀석이라고 생각하며 바라보았다.

아마 도가시의 부친은 무섭고 엄격하고 지배적인 방식으로 자식을 키웠을 것이다. 아들을 염려하는 마음이 엇나가서 한 혹독한 훈육이 도가시의 성격에 어떤 왜곡을 가져오지 않았을까. 도가시는 아직도 그 영향에서 정신적으로 벗어나지 못하고 객관적인 시선을 갖지 못한 채……

어디까지나 자신의 상상이지만 전혀 빗나간 추측은 아닐 것이다.

얼른 부모에게서 독립하면 좋겠다. 좋은 의미로. 겐모치는 도가시가 안타까웠다.

"……대체 뭐야?"

구리타가 신음처럼 한탄한 것은 설마 도가시의 부친 이야기가 나올 줄 몰랐기 때문이다. 관자놀이를 누르고 생각해보았지만 피사체가 흔들려 겹쳐 보이는 사진 같은 영상만 떠올라 뭐가 뭔지 모르겠다.

두 눈을 파멸적으로 빛내며 주위에 위험을 가져오는 도가시 슌.

가면 같은 무표정으로 어린아이의 수첩을 돌려주러 구리마루당에 온 도가시 슌.

그리고 지금도 부친의 영향에서 빠져나오지 못해 고뇌하는 도가시 슌……?

이미지가 겹치지 않고 오히려 혼란에 박차가 가해진 것 같아 구리타는 주름이 진 미간을 문질렀다.

"아니지, 부모가 어떤 식으로 키웠다고 해서 정상참작할 수 없어. 겐모치 씨, 도가시가 또 다른 말을 한 건 없나요?"

"그거 말고는 딱히……."

머뭇거리던 겐모치는 뭔가 떠올랐는지 검은자를 데구루루 굴렸다.

"그러고 보니 도가시 군, 마지막으로 만났을 때 이상한 소리를 했었지."

"이상한 소리요? 언제?"

"사흘 전에요. 일하던 도중에 혼잣말을 하더군요. 어쩌다 보니 엿들었는데 소름이 끼쳤어요. '어차피 곧 끝난다. 전부 다 사라지고 나도 그곳에서 마스미와 만난다'라던가……, 그런 소리를 섬뜩한 말투로 했습니다. 그때 이후로 모습이 보이지 않는 것도 생각해보니 마음에 걸리는군요. 지금까지는 매일 밤 현장에 왔는데."

마스미는 마스미 신이치를 말하는 거라고 생각한 순간, 상상하고 싶지 않은 일이 박진감 있게 구리타의 머릿속에서 번쩍 떠올랐다.

도가시 슌은 인생에 절망해서 이번에는 자기 목숨을 끊으려는 것일까?

아니면 사흘 전에 이미……?

"말도 안 돼!"

불량하게 살던 시절에 쌓은 경험으로 어지간한 일에는 동요하지 않는 구리타의 뺨을 타고 한 줄기 땀방울이 흘러내렸다.

긴박해진 공기를 눈치챘는지 겐모치가 분위기를 개선하려고 입을 열었다.

"구리타 씨, 진정해요. 겨우 사흘이야. 단순히 몸이 안 좋아서 누워 있을지도 몰라……. 도가시 군은 늘 몸이 안 좋아 보였으니까."

"그렇습니까?"

의외였다. 구리타의 질문을 겐모치는 짧게 긍정했다.

"도가시 군, 안색이 좋지 않잖아요? 계속 두통에 시달린다고 합니다. 그러고 보니 손발에 경련이 일어나고 헛디뎌서 자주 넘어지기도 했어요……. 병원에 가라고 입에 신물이 나도록 몇 번이나 말했는지 모릅니다. 그러니까 지금 입원 중일 수도 있겠죠."

과연 그럴까?

안심시키려고 노력하는 겐모치에게는 미안하지만 그럴 것 같지 않았다. 구리타가 말없이 불길한 예감을 곱씹고 있는데, 침묵하던 아오이가 불현듯 이렇게 말했다.

"……역시 가족과 접촉하는 방법이 가장 효과적이겠어요."

시선을 돌렸는데 아오이가 생기 가득한 눈을 반짝반짝 빛내고 있어서 순간 당황했다. 그런데 아오이는 더욱 놀라운 말을 꺼냈다.

"구리타 씨. 저, 도가시 씨의 생가에 다녀오려고 해요."

"뭐라고?"

심장이 철렁 내려앉는 구리타를 바라보며 아오이는 급류처럼 빠르게 말했다.

"죄를 저지른 자는 벌을 응당 받아야 한다고 아버지가 늘 말했다. 겐모치 씨가 방금 이렇게 말씀하셨는데요, '늘'이란 도가시 씨가 아버님과 빈번하게, 최소한 가끔이라도 연락을 한다는 거잖아요? 그러니까 그쪽을 찾으면 수수께끼의 답도, 동기도, 장소도 전부 알 수 있을 거예요. 아이를 다루려면 역시 부모부터 시작해야죠!"

단숨에 말을 마친 아오이의 눈동자는 아름답게 빛났지만, 왠지 그 밝기가 지나칠 정도로 강렬했다. 밤을 밝히는 아사쿠사의 은은한 불빛을 받으니 마치 고양이의 눈동자 같았다.

문득 생각났다.

밤에 고양이 눈이 빛나는 것은 망막 안에 있는 반사판에서 미미한 빛까지 반사해 증폭하기 때문이다. 그래서 어둠 속에서도 움직일 수 있는데, 자동차 헤드라이트 같은 강한 빛을 받으면 충격을 받아 눈이 안 보여서 차에 치이는 고양이도 많다고 들었다.

맥락도 없이 차례차례 떠오르는 상념을 떨치려고 구리타는 얼른 말했다.

"나도 가겠어."

"도가시 씨는 도쿄 출신이 아니라서······."

"괜찮아!"

우격다짐으로 외쳤다.

"여기까지 왔는데 뒷일을 아오이 씨에게만 맡길 수는 없어. 아무리 멀어도, 지방이나 외국이라도 상관없어. 나도 같이 가겠어."

화들짝 놀란 표정을 짓는 아오이에게 구리타는 힘을 주어 말했다.

"나도 놈에게 빚이 있어. 그 결말은 놈과 나, 둘이서 지어야 해. 그렇지 않을까, 아오이 씨?"

"……네. 맞아요."

아오이는 "고맙습니다" 하고 말하며 어깨에서 힘을 빼더니 부드럽게 웃었다.

구리타의 발언 덕분에 자기 자신을 되찾았는지, 아오이는 평소의 총명함과 차분함을 회복해 앞으로의 계획을 세우기 시작했다. 구리타는 그 모습을 보며 속으로 안심했다.

재기발랄한 것도 좋지만 너무 앞질러 가지 말아줬으면, 간절히 바랐다.

*

광택이 아름답게 번쩍이는 바다 때문에 역에는 이른 아침의 밝은 청량감이 가득했다.

시나가와 역에서 신칸센을 타는 것은 오늘이 처음이었다. 주변을 두리번거리며 오가는 인파 속을 나아가던 구리타는 개찰구 앞에서 활발하게 손을 흔드는 아오이를 발견했다.

"구리타 씨, 여기요!"

"어라, 아오이 씨 일찍 왔네."

오늘 아오이는 우아한 롱 탱크톱에 부드러워 보이는 긴 카디건을 입고 있었다. 구리타는 시원하고 움직이기 편해 보이는 옷을 입은 아오이 곁으로 서둘러 달려갔다.

"많이 기다렸어?"

"아니요, 지금 막 왔어요."

그러더니 아오이는 장난스럽게 웃음을 터뜨렸다.

"사실 이런 약속된 대화를 해보고 싶어서 조금 일찍 와서 기다렸어요."

"……그건 또 뭔데."

재미있는 소리를 한다. 구리타는 머리를 대충 헤집으며 맥빠진 숨을 내쉬었다.

"뭐, 어쨌거나 만족했어?"

"헤헤, 대만족이에요!"

눈을 가늘게 뜨고 순진하게 웃는 아오이와 함께 구리타는 개찰구를 지났다.

원래 이 시간대라면 아침 나마가시를 만드느라 정신없는데, 오늘 가게는 임시 휴일이다. 이제부터 시즈오카 현 고텐바 시에 있는 호오당 시즈오카 지점으로 갈 것이다.

시즈오카 지점은 도가시가 예전에 근무했던 직장이다.

그곳에서 탁월한 재능을 인정받은 도가시는 호오당 아카사카 본점에 발탁되었다. 시즈오카 지점의 지점장인 히가키라는 남자에게 당시 있었던 일을 포함해 도가시에 관한 정보를 알려달라고 미리 연락을 해두었다.

어젯밤, 아오이는 집에서 전화를 걸어 그런 내용을 알려주었다.

"좀 조마조마했어요……. 우리 가게에서는 도가시 씨를 일종의 터부로 취급해서 이야기를 꺼내지 않는 암묵적인 합의가 있으니까 원래 조사라는 것을 할 수가 없어요. 제가 도가시 씨에 관한 정보에 접촉하지 못하게 하려고 다들 세심하게 주의를 기울이고 있죠."

구리타도 그게 당연하다고 생각했다. 부모라면 아오이가 그때 사건을 떠올리게 하기 싫을 것이다.

게다가 종업원끼리 싸워 자살자까지 나오다니, 외부에 절대 알려지면 안 될 불상사였다.

호오당 사람들에게 도가시 슌은 입에 담기도 꺼려지는 꺼림칙한 존재일 것이다.

도가시의 생가로 직접 찾아가지 못하니 멀리 돌아가는 기분이었지만, 그 히가키라는 남자와 만나 하나하나 알아가는 것도 현명한 방법이다.

"도가시에 관한 정보는 엄중하게 감춰져 있다는 거군…….
그런데 아오이 씨, 이번에 약속을 잘도 받아냈네. 무슨 수를 쓴
거야?"

"헤헤. 사실은 베테랑 장인분께 도와달라고 몰래 부탁했어
요. 아버지가 아시면 안 되니까 정말로 몰래……. 그러니까 말
하자면 오늘은 비밀 도피행이에요."

"응. 그렇구나."

적절한 표현은 아니지만 아오이가 그렇게 말한다면 의향을
존중해야 한다고 생각해 구리타의 의욕에도 불이 지펴졌다.

구리타는 화제를 바꿔 일부러 가벼운 농담을 던졌다.

"도피행이라고 하니까 꼭 사랑의 도피 같다."

아무 생각 없이 말한 후에 실언임을 깨달았다. 앞서 한 말이
경솔했다고 자각한 구리타는 서서히 붉어지는 뺨을 느끼며 옆
에서 걷는 아오이를 힐끔 쳐다보았다.

"무, 무슨 말을 하는 거예요. 구리타 씨도."

"미, 미안……."

"참……."

아오이도 구리타와 마찬가지로 시선을 내리깔고 뺨을 붉혔
다. 풋풋하면서도 어색한 분위기로 두 사람은 호화로운 디자

인의 중앙 홀을 걸었다.

승강장에 도착한 뒤로도 한동안 어색한 시간이 흘렀지만, 신칸센이 플랫폼에 들어올 즈음에는 민망함도 진정되었다.

차량에 올라타 둘은 지정석에 앉았다.

얼마 지나지 않아 신칸센이 매끄럽게 출발했고, 창밖 풍경이 날아가듯이 멀어졌다.

시나가와 역에서 미시마 역까지 네 역, 그다음에 전철을 두 번 갈아탄다. 목적지인 고텐바 역에는 약 두 시간쯤 걸려 도착할 예정이다.

어쨌거나 시간은 충분했다.

옆자리에서 희미하게 풍기는 꽃향기를 의식하지 않으려고 노력하면서, 구리타는 마음에 걸렸던 이야기를 지금 꺼내기로 했다.

"저기, 아오이 씨."

앞 좌석 등받이를 응시한 채 말을 꺼내자, 창밖을 바라보던 아오이가 구리타 쪽으로 고개를 돌렸다.

"네?"

아오이의 태도는 어디까지나 발랄했다. 잠깐 사이를 두고, 구리타는 망설인 끝에 말을 꺼냈다.

"도가시를 용서하지 못하겠는 기분은 알겠어. 그래도 너무 초조해하지 마."

"······구리타 씨?"

갑자기 무슨 말이냐는 듯이 눈을 동그랗게 뜬 아오이를 바라보며 구리타는 진지하게 말했다.

"그러니까······ 너무 혼자 앞서가지 말았으면 해. 분명 도가시는 제대로 된 녀석이 아니야. 당연히 증오할 만해. 그래도······ 그렇다고 해서 아오이 씨가 놈 앞에 설 필요는 없어. 그런 건 내가 하면 되니까."

도가시에 관한 일이면 아오이는 너무 위태로워 보였다. 평소에는 그렇게 온화한데, 놀랄 만큼 공격적인 사고를 하는 점이 구리타는 영 마음에 걸렸다.

산자마쓰리 날 밤, 처음 도가시와 만났을 때는 이러지 않았다. 두려움에 떨며 절대로 관여하고 싶지 않은 것처럼 보였는데, 최근 들어 아오이의 적대감이 급격히 커졌다.

대체 왜······?

짐작이 가지 않았다. 그저 자기 자신을 잃지만 말아달라고 바랄 수밖에.

이 세상에 이치가 통하지 않는 자는 분명 존재한다. 그런 자와 굳이 아오이가 대치할 필요는 없다. 그런 일은 이 구리타에게 맡기면 된다.

원래 싹싹하고 다정한 아오이가 도가시로부터 뿜어 나오는 부정적인 자기장에 휩쓸려 원래 있어야 할 곳이 아닌 살벌한 전장으로 끌려가게 될 것 같은 불안감이 가시지 않았다. 그런 불길함을 떨치고 싶었다.

"······걱정해주셔서 정말 고마워요."

아오이는 구리타의 시선을 부드럽게 받아넘겼다.

"신경을 써주시니까 기뻐요······. 구리타 씨는 늘 저를 지켜봐주시네요. 이렇게 걱정도 해주시고······."

"아니······."

"그렇지만."

아오이는 고개를 들고 단호하게 말했다.

"저는 도가시 씨와 철저하게 맞설 생각이에요."

예상을 벗어난 대답에 구리타는 순간 절규했다.

"······아오이 씨!"

"걱정해주시는데 이런 말을 해서 죄송해요. 그렇지만 이미 정했어요."

아오이는 예쁜 입술을 단호하게 다물어 의지를 보여주었다.

"그때 그 사건 때문에 마스미 씨는 세상을 떠났고 도가시 씨는 호오당에서 해고되었어요. 이후에 많은 일을 겪고 저는 지금처럼 건강해졌지만, 그래도 마음 어딘가에 꽁꽁 얼어붙은 것 같은 부분이 있어요."

구리타의 얼굴에 망설임이 서렸다. 무엇을 의미하는 비유인지 이해하지 못했다.

"……어떻게 설명해야 이해하기 좋을까요."

조용히 중얼거린 아오이는 주저하듯이 입가에 손을 대고 약간 망설이면서 설명했다.

"가슴속에요, 마음을 움직이는 톱니바퀴가 잔뜩 들어 있어요. 그것들이 맞물리면서 살아갈 힘을 만들어주는데요, 그중에 딱 하나가 얼어붙어서 움직이지 않는 것처럼……, 그곳만 시간이 멈춘 느낌이 들어요. 이상한 비유지만 도가시 씨와 진지하게 마주하면 그게 다시 움직일 것 같아요."

"아아……."

어림짐작이나마 구리타도 그 감각을 이해할 수 있었다.

구리타 역시 갑작스러운 교통사고로 부모님을 잃었다. 시간은 비탄을 치유해주지만, 끝내 소화하지 못한 감정이 어딘가에 남아 있었다.

어쩌면 그 감정은 전부 다 소화하면 안 되는 것인지도 모른다.

그러나 만약 다시 재앙의 원인과 마주할 수 있다면, 갑자기 닥친 비극을 원동력이나 자신감처럼 무한하게 긍정적인 요소로 바꿀 수 있지 않을까.

그렇다면 역전의 기회이며, 비극의 의미를 그 근원부터 뒤바꿀 조커가 될 것이다.

아오이는 빼앗긴 것을 다른 형태로 되찾으려고 한다. 어렴풋하게나마 아오이의 심리를 깨달은 구리타는 역시 아오이가 평범한 사람이 아니라고 생각했다.

"그리고……."

이번에는 살짝 뺨을 부풀리며 아오이가 말했다.

"와카아유 소동 때요. 도가시 씨가 구리마루당에 쳐들어왔다는 이야기를 듣고 저 얼마나 화가 났는지 몰라요. 구리타 씨까지 저와 마스미 씨처럼 만들려는 목적인가 싶어서요."

구리타는 놀라서 숨을 삼켰다. 아오이의 눈썹이 잔뜩 위로 솟구쳤다.

"저, 일단 마음을 먹었다 하면 해내지 못하는 일이 없답니다. 진지하게 싸우면 지지 않아요. 만약 도가시 씨가 자기 잘난 맛에 빠져 있다면, 그가 있는 곳에 쳐들어가 역습해서 결론적으로 뉘우치게 할 거예요."

아오이의 눈빛이 진심이어서 조금 무서웠다.

그래도 의문은 해결되었다.

한마디로, 아오이는 도가시가 구리타에게 괜한 간섭을 했기에 분개한 것이다.

그 분개는 어떤 의미에서 위험과 등을 맞대고 있다. 아오이의 위태로움은 이번 사건을 무사히 극복하지 못하는 한, 근본적으로 해결되지 못할 것이다.

그래도 아오이가 구리타를 걱정하기에 도가시에게 분노를 느낀다는 사실은 다른 이유를 초월해 그저 가슴을 뜨겁게 해주었다.

구리타는 그렇다면 괜찮다고 생각했다.

아오이에게 위험이 닥치거나 혹시 증오에 삼켜질 것 같으면 이 몸을 바쳐 멈출 것이다.

내가 항상 곁에…….

마음속으로 그렇게 결심하면서 구리타는 뒤통수를 긁고 무뚝뚝하게 말했다.

"어휴, 알았어. 그렇다면 마음이 풀릴 때까지 마음껏 해."

"그렇게 할게요."

"음, 그래도 뭐. ……고마워, 아오이 씨."

목소리를 낮춰 조용히 말하자 아오이는 다 안다는 듯이 후후 웃었다.

*

미시마 역에서 전철을 두 번 갈아타 예상한 시간에 딱 맞춰 고텐바 역에 도착했다.

후지 산이 웅장하게 보이는 역 플랫폼을 나와 동쪽으로 10분쯤 걷자, 곧 익숙한 호오당 간판이 보였다.

"생각보다 가깝네."

"네, 타이밍도 좋아서 약속 10분 전이에요."

주차장 앞에는 아카사카 본점 같은 빌딩이 아니라, 기하학적이고 현대적인 전면 유리창 단층집이 있었다.

개방적이면서 품격이 있는 호오당 시즈오카 지점 출입구 앞에는 초여름인데도 까만 양복을 입고 이마에 땀을 흘리는 오십대 남성이 팔짱을 끼고 서 있었다.

이쪽을 기다리고 있었나 보다. 아오이를 보자 그는 흥분한 목소리로 인사하며 고개를 숙였다.

"기다리고 있었습니다, 아가씨!"

"아이참, 또 이러시죠!"

아오이가 튕기듯이 그에게 뛰어갔다.

"제발 이렇게 깍듯하게 대하지 말아주세요!"

"아닙니다! 본점 아가씨를 만나 뵐 기회는 지극히 드무니까요!"

아오이가 허둥거리며 말리고 있는 남자, 양복을 잘 차려입고 정직해 보이는 인상의 그가 호오당 시즈오카 지점의 히가키 지점장인 모양이다. 그에게 아오이는 VIP에 해당할 것이다.

"손님들이 이상하게 생각하잖아요. 고개를 드세요, 히가키 지점장님!"

"아아, 오늘은 잠행이셨죠. 일단 안으로 들어가시죠."

변명과 해명 의식을 한차례 마치고, 히가키는 구리타와 아오이를 가게 안으로 들였다.

"네. 도가시 슌이라면 지금도 똑똑히 기억합니다."

높은 천장에 목조 벽으로 차분한 느낌을 낸 응접실에서 구리타와 아오이는 히가키와 마주 앉아 그의 이야기를 들었다.

탁자에는 뜨거운 엽차가 담긴 찻잔과 그것을 받친 접시가 총 세 개. 보기에도 질 좋은 고급품이었다. 이왕이면 호오당 시즈오카 지점의 간판 상품인 후지 산을 주제로 한 양갱도 같이 내주면 좋겠다고 생각했지만, 지금은 그런 느긋한 상상을 할 상황이 아니었다.

다음에 사적으로 와야겠다. 그때도 아오이가 옆에 있어준다면 좋겠다고, 구리타는 진심으로 바랐다.

히가키는 흰머리가 조금 섞인 머리칼을 손바닥으로 신중히

쓸며 말했다.

"당시 도가시 군은 중학교를 갓 졸업한 나이였습니다. 젊은 것을 넘어…… 너무 어렸죠. 그때는 저도 현역 장인이었고 작업장에서 장인들을 통솔하는 역할을 하고 있었습니다. 지점장은 2년 전부터 맡게 되었죠."

말을 잇는 히가키를 바라보다가 구리타의 머릿속에서 갑자기 신선한 생각이 떠올랐다.

사람에게는 누구나 역사가 있다. 자칫 간과하기 쉬운데, 요주의 인물인 도가시에게도 당연히 과거가 있다.

어떤 인생을 걸어온 남자일까?

아오이에게 단편적으로 들은 이야기로는, 아오이가 아직 아카사카 본점 작업장에 섰던 고등학교 3학년 무렵에 유망주를 최전선으로 불러들여 교육하려는 취지에 따라 갓 상경한 도가시가 화과자 장인의 일원으로 새롭게 들어왔다.

그 말은 호오당 시즈오카 지점 작업장에서 드문 재능을 인정받았다는 것이다.

"어떤 사람이었나요, 그는?"

아오이가 묻자 히가키는 즉각 대답했다.

"재능이 있었어요. 무서울 정도로."

"그렇겠죠."

"그래요……, 아가씨라면 저보다 잘 이해하시겠군요. 당시 도가시 군은 제과에 필요한 전부를 이미 알고 있었습니다. 흡사 화과자를 만들기 위해 존재하는 것 같은…… 도가시 군은 그런 소년이었습니다."

히가키의 말에 아오이도 가만히 고개를 끄덕였다. 관계자들 특유의 의미심장한 침묵이 응접실에 맴돌았다.

구리타가 분위기를 깬 것은 단순히 의문을 느꼈기 때문이다.

"잠깐만요. 도가시는 그때 열다섯, 열여섯 살 정도 아니었나요? 장인들을 통솔한 위치였던 히가키 씨가 보기에도 그렇게 대단한 수준이었나요?"

도가시의 성격이 특이하니까 연출적인 측면에 시선이 가서 과대평가한 것은 아닐까?

구리타가 의문을 제시하자, 히가키는 몇 초쯤 생각하더니 묘한 질문을 했다.

"구리타 씨는 재능을 뭐라고 생각하십니까?"

"재능을요……?"

뜬금없이 무슨 말인가 싶어 구리타는 당황했다.

"그럴싸하고 거창한 말로 수식하는 것이 아니라 현실적인 관점으로 생각해보세요."

덧붙인 히가키의 말투는 냉철해서 객관성을 충분히 느낄 수 있었다.

그럴싸한 말이 아니라 현실적으로라…… 잠깐 생각하고 구리타는 대답했다.

"그건…… 역시 능력이 숙달하는 과정에서 더해지는 적합함과 부적합함의 정도가 아닐까요?"

일반적으로 생각하면 이것이 정답이다. 표현을 바꾸면 개인이 지닌 다양한 적성 중 하나라고 본다.

그런데 히가키의 답변은 예상하지 못한 것이었다.

"저는 '시간'이라고 생각합니다."

"시간……?"

"정확히는 시간의 축적. 얼마나 농도 짙은 시간을 어느 정도 쏟아부었는가."

허를 찔린 구리타에게 히가키는 생각에 잠긴 목소리로 말했다.

"도가시 군은 보기만 해도 과자의 재료와 제과법을 알아차렸습니다. 그러니까 금방 똑같은 것을 흉내 내어 만들 수 있었죠……. 그런데 그 능력은 타고난 것이 아니었습니다. 막대한 경험을 쌓는 과정에서 우연히 꽃핀 부산물 같은 특기였습니다. 즉, 어디까지나 덤이었어요."

눈이 휘둥그레진 구리타를 바라보며 히가키는 긴 설명을 시작했다.

"도가시 군은 원래 시즈오카 현에 있는 소규모 화과자점의 외동아들이었습니다.

가게 주인은 그의 아버지인 도가시 렌타로.

성실하고 화과자 실력도 뛰어났지만 성격이 괴팍해서 부인과의 갈등이 끊이지 않았다고 합니다. 다투다 못해 렌타로는 이혼했죠.

부자 단둘이서 살기 시작하면서 렌타로는 마음의 공백을 채우려는 것처럼 아들 슌에게 애정을 쏟았다고 합니다.

렌타로의 서툰 애정은 자신의 기술과 지식을 아들에게 전력을 다해 가르치는 것으로 표현되었죠. 어릴 때부터 매일같이.

조금 비틀린 형태일지 몰라도 그것은 호된 방식의 영재교육이었습니다.

도가시 군은 학교에 가서도 계속 화과자만 생각했고 밤에 잘 때도 그랬다고 합니다. 꿈속에서도 화과자를 만들었다는 소리를 들은 적이 있어요.

네, 의도하지 않고도 자연스럽게 이미지트레이닝을 한 것입니다.

이윽고 도가시 군은 머릿속에 상상의 작업장을 만들어 그안에서 자유롭게 움직이게 되었다고 합니다…….

따라서 우리 작업장에 왔을 때 그는 이미 막대한 경험을 축적한 상태였습니다."

말을 마친 히가키가 잠깐 숨을 돌렸고, 아오이가 그 말을 이어받아 입을 열었다.

"……프로 스포츠 선수나 연주가들은 어려서부터 막대한 연습 시간을 쌓는다고 들었어요. 물론 그러려면 부모님의 의향과 협조가 불가결하고, 환경적인 요인도 영향을 많이 미치겠지만요……."

"역시 아가씨는 금방 이해하시는군요. 제가 하고 싶은 말은 도가시 군 역시 그들과 비슷하다는 겁니다."

그렇게 말을 마무리한 히가키는 여전히 여우에게 홀린 듯한 표정인 구리타를 힐끔 보고 적절하게 설명할 말을 찾아 눈을 굴렸다.

"아아, 그래요. 지금 아가씨께서 연주가라고 말씀하셨죠. 역사상 인물로 비유한다면 알기 쉽겠어요. 모차르트를 아십니까? 음악 천재인."

"그야 뭐. 유명하니까요."

"그런데 사실 모차르트가 어려서 작곡한 곡은 그렇게 대단할 것 없이 평범한 수준이었다고 합니다."

"……그렇습니까?"

구리타가 묻자 히가키는 고개를 세차게 끄덕였다.

"지금 걸작이라고 칭송받는 모차르트의 곡은 대부분 스무 살 이후에 작곡된 것입니다. 모차르트는 궁정 작곡가인 아버지를 두었습니다. 그는 태어나자마자, 세 살 전부터 당시로 치면 최고 수준의 음악 교육을 받았다고 합니다. 현대 연구에 따르면 모차르트의 재능은 그 교육 덕분이라는 주장이 유력합니다. 부모가 애정을 가득 담아 그런 농밀한 시간을 축적해준다면 음악의 신도 자연스레 미소를 지어주겠죠."

구리타도 이해했다. 재능이 시간이란 말은 그런 의미였구나.

이어서 도가시가 과자를 만드는 힘이 어디에서 기원했는지도 이해했다.

어려서부터 상식을 벗어날 정도로 화과자 제과에 푹 빠진 시간을 쌓아온 것 자체가 예사롭지 않은 일이고, 그것이야말로 귀재이며 천재라고 불리는 진정한 이유이다.

……아오이 씨가 화과자의 아가씨라면 그놈은 화과자의 모차르트인가.

저절로 미간에 주름이 잡히는 구리타를 바라보며 히가키는 엽차를 한 모금 마시고 말을 이었다.

"어쨌든 도가시 군은 처음부터 완성된 능력을 지녔다는 소리입니다. 여기에서 처음 일하는 날에도 전혀 위축되지 않았어요. 오히려 제가 허둥거렸습니다."

"네? 히가키 씨가?"

그러자 그는 겸연쩍은 듯이 쓸쓸하게 웃었다.

"사실 첫날에 도가시 군이 기술이란 기술을 죄다 훔쳐 갔거
든요……. 시즈오카 지점의 간판 상품인 후지 산을 주제로 한
양갱 제과법도 도가시 군은 순식간에 배웠어요. 장인을 총괄
하는 입장이다 보니 당황했죠."

"그렇구나. 그래서 녀석이……."

아카사카 본점에 그 재능을 인정받아 발탁된 것이다, 라고
구리타는 생각했다.

물론 히가키에게는 재난이었을 것이다. 구리타가 위로의 말
을 건네려고 했을 때, 히가키는 슬픔에 차서 얼굴을 찡그리며
뜻밖의 말을 했다.

"나쁜 녀석은 아니었어요."

"네?"

"아, 아닙니다……. 그때 사건 이후로 도가시 군의 평판은 바
닥을 쳤지만 좋은 면도 있었다고 말씀드리고 싶어서요. 같은
직장에서 일한 동료니까, 그 점은 공평하게 말해두고 싶었습
니다. 성실했고 일을 절대로 대충하지 않았어요. 그는 늘 열심
이었습니다……."

"정말, 정말 열심이었죠" 하고 히가키는 안타까운 눈빛으로 혼잣말처럼 중얼거렸다.

"도가시 군은 실력도 실력이지만 무엇보다 탐구심이 있었습니다. 먹는 사람을 생각하면서 조금이라도 더 맛있는 과자를 만들려면 어떻게 해야 하는가, 늘 자문자답했죠. 구도자 같은 면이 있는 녀석이었습니다. ……그래서 그에게는 주변 사람들이 미적지근한 존재로 보였을지도 모릅니다."

히가키는 쓸쓸한 표정을 지었다.

"그런 의미에서 사람을 한 수 아래로 보는 부분이 있긴 했어요. 쉽게 발끈하는 면도 있어서 직장에서는 늘 고립됐습니다. 실력은 뛰어난데 대인 관계는 그렇게 서툴 수가 없었어요. 그렇지만…… 절대로 나쁜 녀석은 아니었습니다."

히가키는 목소리를 낮춰 "그는 필사적이었어요" 하고 말했다.

"필사적이고 성실했기에 아카사카 본점에 가서도 붕 뜨고 말았어요. 결과적으로 협동을 중시하는 마스미 군과 충돌했겠지요……, 그저 안타까울 따름입니다. 그에게 단 한 명이라도 친구가 있었다면."

히가키는 이마에 손을 짚었다.

"아마 아무도 묻지 않았을 테고 몰랐겠지만, 도가시 군에게는 필사적으로 제과에 전념해야 할 이유가 있었습니다."

"이유요?"

구리타가 몸을 내밀자, 옆에서 가만히 있던 아오이가 불쑥 말했다.

"……부친이 돌아가셨기 때문이죠."

구리타는 놀라서 아오이를 돌아보았다.

"돌아가셨……다고?"

아오이는 고개를 끄덕였다.

대체 뭐지? 도가시는 부친과 자주 연락을 주고받는 것이 아니었나?

이야기의 흐름을 이해할 수 없어 구리타는 혼란에 빠졌다. 맞은편에 앉은 히가키가 말했다.

"여기 시즈오카 지점에서 도가시 군이 일하기 시작한 이유도 사실은 그래서입니다. 이전 지점장과 도가시 군의 부친이 친밀한 사이여서 세상을 떠나기 전에 미리 이야기되어 있었죠. 반은 낙하산처럼 밀어 넣은 격입니다."

연줄로 자식의 취직을 돕는 이야기는 흔해서 구리타도 이해할 수 있다. 모르겠는 것은 도가시 부친의 생사였다.

"저기, 아오이 씨……."

"죄송해요. 저도 어제부터 뭐가 뭔지 이해할 수 없어서 미처 말하지 못했어요. 우리 베테랑 장인이 도가시 씨의 부친은 이미 돌아가셨다고 말해주었어요. 생가 화과자점도 이미 헐려서 없다고 해요. 그럼 대체 뭘까요……? 그게 궁금해서 히가키 지점장님께 자세한 이야기를 들으러 온 거예요."

"그러셨군요."

맞은편에 앉은 히가키는 고개를 끄덕이고 진지함이 어린 목소리로 말했다.

"그런데 도가시 군의 부친에 관해서라면 저보다 잘 아는 사람이 있습니다. 그분께 물어보시면 좋겠어요. 이미 연락을 취해두었습니다."

히가키는 지갑에서 명함을 꺼내 구리타와 아오이에게 한 장씩 건넸다.

고색창연한 흑백 명함에는 화과자점의 이름과 주인의 이름이 적혀 있었다. 뒤에는 가게 지도가 작게 실려 있었다.

"과자점 마키세. 주인, 마키세 류이치……. 이분은?"

고개를 갸웃거리며 묻는 구리타를 정면으로 바라보며 히가키는 상상하지 못한 대답을 했다.

"도가시 군의 부친, 도가시 렌타로가 비장의 기술을 마지막으로 물려준 장인입니다."

구리타와 아오이가 히가키로부터 소개받은 과자점 마키세를 찾은 것은 고텐바를 떠나고 약 두 시간이 지난 후였다.

"여기가 그 가게인가……"

"동네 사람들의 사랑을 듬뿍 받는 감춰진 노포 같은 느낌이에요."

시즈오카 시내. 가게는 공교롭게도 동행자와 이름이 같은 아오이 구 주택가에 있었다.

구리마루당처럼 2층부터 위는 주거용 공간으로 쓰고 1층은 가게인 점포 겸용 주택이었다.

동네 분위기와 잘 어우러져 튀지 않지만 입구 양옆에서 휘날리는 연지색 깃발과 입구 위에 걸린 목제 간판에서는 품격이 느껴졌다.

호쾌하게 휘갈겨 쓴 '마키세'라는 문자를 바라보며 구리타는 생각에 잠겼다.

……도가시는 왜 죽은 부친이 살아 있는 것처럼 말했을까? 이곳에서 그 의문을 풀 수 있을까?

문을 열고 가게로 들어가자 삼각건 모자를 쓰고 앞치마를 입은 중년 여성이 "어서 오세요" 하고 웃으며 맞아주었다.

여성은 구리타와 아오이를 번갈아 바라보더니 무언가 알아차렸는지 가게 안쪽에 대고 목소리를 높였다.

"여보, 손님요!"

"아아."

곧 까만 포렴을 걷으며 안에서 한 남성이 나왔다.

그는 구리타와 비슷할 정도로 키가 크고 구리타 이상으로 체격이 단단하며 인상이 험악했다.

사십대 후반. 입 주변부터 턱까지 수염을 멋스럽게 길렀고 가슴팍이 두터웠다. 동작에 빈틈이나 낭비가 없어서 구리타는 순간적으로 같은 부류의 냄새를 맡았다. 이 남자는 분명히 싸움에 강할 것이다.

"마키세 류이치라고 하네."

남자는 위압적인 목소리로 이름을 대고 작업용 가운을 벗었다. 까만 반소매 셔츠를 입어서 강인하고 근육이 울룩불룩한 팔이 보였다.

"옛날 일을 파헤치러 온다던 호사가들이 당신들인가."

마키세는 주먹으로 손바닥을 탁 치더니 두 눈을 예리하게 빛냈다.

"그렇다면 각오는 되어 있겠지?"

죽은 도가시 렌타로도 완고한 성격이었다고 하는데, 이쪽은 그보다 더한 고집불통이라는 인상이었다. 속내를 떠보는 듯한 마키세의 시선을 구리타는 정면으로 받아들이며 대답했다.

"당연합니다. 단, 호사가여서 온 것이 아니라 반드시 와야 하는 이유가 있어서 왔습니다. 저는 아사쿠사에서 화과자 가게를 운영하는 구리타 진이라고 합니다. 이쪽은⋯⋯."

"호조 아오이입니다."

원래 낯가림이 심한 아오이는 잔뜩 기합이 들어간 덕분인지 전혀 허둥대지 않았다.

구리타와 아오이의 태도에서 무언가를 느꼈는지 마키세는 긴장을 풀고 입술을 비죽 올려 웃었다.

"이야기는 히가키에게서 들었어. 자, 들어오게."

가만히 안도하며 숨을 내쉰 구리타와 아오이를 마키세는 2층 거실로 안내했다.

마키세는 낮은 탁자 앞에 호쾌하게 양반다리를 하고 앉아 바로 본론에 들어갔다.

"⋯⋯렌타로가 궁금하다고 했지?"

"네. 그의 아드님인 도가시 슌 씨에 관해서도요."

아오이는 등을 꼿꼿하게 펴고 마키세의 질문에 당당하게 대답한 뒤, 차분하게 부연 설명했다.

"그렇지만 오해는 말아주세요. 도가시 씨는 호오당 사람들에게 괴로운 기억이지만 이제 와서 앙갚음하겠다는 의도는 전혀 없어요. 사실은 모습을 감췄던 그 사람이 최근 들어 다시 나타났어요."

진심을 담은 아오이의 말에 이어 구리타도 진지하게 말을 보탰다.

"그래서 그의 배경을 이해하고 싶습니다. 우리는 악의로 여기까지 온 것이 절대로 아닙니다."

그러나 마키세는 코웃음을 치듯이 짧게 숨을 내쉬고 대답했다.

"그런 것쯤은 알아."

"네?"

"만나자마자 확인했으니까. 이래 보여도 사람을 보는 눈이 확실하거든."

과연. 구리타는 이해했다. 처음에 적의를 품은 것처럼 보였던 마키세의 태도는 구리타와 아오이의 의향을 확인하기 위한 일종의 시험이었나 보다.

"히가키가 소개했다지만 만에 하나라는 게 있으니까. 슌을 해칠 의도가 보였다면 당장 내쫓을 생각이었지만 당신들은 그렇지 않아. 이야기해주겠어."

마키세는 뒷덜미를 벅벅 긁었다.

"그렇지만 절대 유쾌한 이야기는 아니니 각오하고 들어야 해."

구리타와 아오이는 고개를 끄덕이고 조개처럼 입을 꼭 다문 채 마키세의 이야기에 귀를 기울였다.

"렌타로와 나는 둘 다 화과자점의 후계자였어. 평생 유일한 경쟁자였지."

그리고 친우였다고, 마키세는 퉁명스럽게 말했다.

*

마키세와 도가시 렌타로는 중학생 때 만났다.

마키세가 한 학년 아래였는데, 같은 학교에 자기 말고도 화과자점을 물려받을 후계자가 있다고 해서 흥미를 느꼈다.

마키세는 하굣길에 기다렸다가 렌타로에게 먼저 말을 걸었다.

"댁도 집이 화과자점을 한다면서?"

"아아. 그게 뭐 어쨌는데, 과자점 마키세의 마키세 류이치."

뜻밖에도 상대는 이미 마키세를 알고 있었다.

렌타로는 비사교적인 성격이라 교내에서 사귀기 어렵다는 평판이 자자했지만 화과자에는 열심이었다. 비슷한 타입인 마키세와는 마음이 맞아 금방 가까워졌다.

중학교를 졸업한 후, 마키세와 렌타로는 각자 가게에서 일하기 시작했다. 그래도 둘은 계속 친분을 유지했다.

어느덧 성인이 되어 본격적으로 가게 운영을 맡은 뒤에도 관계는 변하지 않았다.

어떤 때는 장난을 치고 어떤 때는 팔을 걷어붙이고 도왔다. 친구이자 같은 길에서 절차탁마하는 경쟁자였다.

오래 친분을 나누며 두 사람은 인생의 다양한 일을 경험했다.

호황과 불황. 만남과 이별. 연애, 결혼, 출산.

마키세 부부는 아이를 갖지 못했지만 도가시 집안에 처음으로 아들 슌이 태어났을 때는 마치 자기 일처럼 기뻐하며 렌타로와 밤을 지새워 술잔을 나눴다.

이후 렌타로는 아내와 이혼하고 아들 슌과 둘이 살게 되었다.

그때부터 렌타로는 마키세와 약간 거리를 두기 시작했으나 그만큼 상처가 커서 그런다고 생각해 섣불리 자극하지 않았다. 그래도 렌타로는 슌을 잘 키우고 가게를 잘 운영하는 것처럼 보였다.

그러나 비극의 발소리는 그때부터 차곡차곡 다가오고 있었다.

마키세와 렌타로가 소원해지고 세월이 꽤 지난 어느 겨울날 밤, 비극은 현실이 되었다.

눈바람이 흩날리는 추운 밤이었다. 요에 누운 마키세 부부는 누가 뒷문을 흔드는 소리를 들었다.

"여보……."

"눈 소리일 거야. 당신은 자고 있어요."

아내가 걱정하지 않도록 아무렇지 않은 얼굴로 말하고 마키세는 복도를 숨죽여 걸었다.

뒷문 앞에 살금살금 서자, 나무문 한 장 너머에 누군가가 서 있는 기척이 느껴졌다.

도둑인가? 발을 들일 집을 착각했군.

입가에 험악한 미소를 짓고 마키세는 뒷문 손잡이를 잡았다. 재빨리 문을 열어 도둑의 모습을 확인하자마자 낯짝에 주먹질을 해줄 생각이었지만 그러지 못했다.

자타공인 대담한 남자지만 그 순간 마키세는 온몸이 꽁꽁 얼어붙어 움직이지 못했다.

문을 열자마자 보인 이상한 광경…… 사납게 흩날리는 밤의 눈보라를 배경으로 가면을 뒤집어쓴 것처럼 표정이 없는 도가시 렌타로가 쭈그리고 앉아 이쪽을 올려다보고 있었다.

문을 흔드는 것만으로도 힘에 부쳐 초인종을 누르지 못했나 보다. 마키세는 안색을 바꾸며 몸을 숙였다.

"렌타로?"

"미안하다……. 이런 밤중에."

마지막 버스를 놓치는 바람에 걸어서 여기까지 왔다는 렌타로를 마키세는 허둥지둥 안으로 옮겼다.

이후 그가 해준 이야기는 믿기 싫을 정도로 잔혹했다.

예전부터 징조가 있긴 했는데 예상보다 진행이 빨랐다. 수년 전부터 렌타로는 몸이 원하는 대로 움직여주지 않았다고 했다.

파킨슨병.

근육이 서서히 경직되고 그에 동반하는 손발 경련, 보행이나 자세 조절이 불안정해지는 등의 증상이 나타난다고 알려진 진행성 난치병이다. 증상이 진행됨에 따라 약 부작용으로 환각을 보기도 하고 그보다 더 진행되면 움직이지 못한다.

일설에 따르면 뇌의 한 부위가 변성하면서 도파민 분출이 부족해짐에 따라 걸리는 병이라는데, 정확한 원인을 특정할 수 없어 지금도 완치 치료법을 확립하지 못했다.

계속 약으로 진행을 늦춰왔다.

그런데 불행하게도 렌타로에게 약물 요법은 별로 효과가 없었고 얼마 전, 본격적으로 치료가 힘든 단계에 들어섰다는 의사의 진단을 받았다.

"……어째서."

숨도 제대로 쉬지 못할 정도로 가슴이 아파 마키세는 말을 억지로 짜냈다.

"어째서 지금까지 말해주지 않았어?"

"근본적인 치료법이 없다잖아……. 그러니까 걱정을 끼치기 싫었어."

젊어서부터 렌타로는 자기가 병에 걸린 줄 알고 있었다. 그래도 당장 어떻게 되는 것은 아니고, 아프다는 사실을 알면 편하게 웃으며 만날 수 없다.

인간은 어차피 언젠가 죽으니까, 그때까지 부담스럽지 않고 편한 관계를 유지하고 싶었다고 말하며 렌타로는 살짝 입술을 올렸다.

그 표정이 얼굴 근육이 굳어 무표정이 된 렌타로가 지을 수 있는 최대한의 웃음이라는 것을 몇 년이나 지난 후에 깨달은 마키세는 양손으로 얼굴을 덮어야 했다.

"어쩔 수 없어. 아쉽지만…… 이것도 운명이지."

도가시 집안에는 파킨슨병에 걸린 사람이 많았다. 렌타로의 아버지와 할아버지도 같은 병에 걸려 세상을 떠났다.

그러니까 이번에는 자기 차례가 왔을 뿐이라고, 렌타로는 섬뜩할 정도로 담담하게 말했다.

"걱정하지 마. 언젠가 이렇게 될 줄 알았으니까 슌에게는 이미 내 모든 것을 가르쳐주었어. 호오당에서 일할 수 있게 손도 써놨고. 그 녀석이 더 높이 올라가주길 바라니까."

"……아아, 슌이라면 그럴 수 있어."

"단 한 가지, 네게 은혜를 갚지 못해서 마음에 걸려."

"은혜라니?"

그날 밤에 찾아온 이유가 그것이었다. 외출하는 것이 금지여서 슌이 자는 동안에 빠져나왔다고 렌타로는 설명했다.

그가 벌써 자택 요양 단계에 들어선 것을 알고 마키세는 착가라앉은 목소리로 물었다.

"은혜라니, 무슨 소리야?"

"지금까지 말할 기회가 없었어……. 나처럼 화과자 바보에 편협한 인간과 친구로 지내주어서 진심으로 고마웠다. ……기뻤어."

마키세는 이루 말할 수 없는 충격을 받았다.

이 자식이……. 설마 그런 생각을 했을 줄이야.

혼란스러운 감정이 가슴 저 안에서부터 왈칵 솟구쳤으나 말로 표현하지 못했다. 속으로 절규하는 마키세를 바라보며 렌타로는 다정하게 말했다.

"마키세. 지금까지 내 인생에 활기를 주어서…… 고맙다."

"너…… 이 머저리가!"

이승에서의 작별을 말하는 것만 같아 자기도 모르게 노성을 지르고 말았다. 강직함이 자랑인 마키세 류이치의 눈에서 눈물이 넘쳐 막을 수 없었다.

그런 마키세를 따뜻하게 바라보던 렌타로는 경련하는 손으로 품에서 종잇조각을 꺼내 마키세에게 건넸다.

그 종이에 적힌 것은 도가시 렌타로가 만든 최고 걸작 화과자의 제과법…….

비전의 다이후쿠 제과법이었다.

"이걸로…… 과자점 마키세를 더욱 번성시켜."

마키세는 양손으로 얼굴을 덮고 "쓸데없는 참견이야" 하고 떨리는 목소리로 신음했다.

*

도중에 살짝 미간을 찌푸리긴 했지만 마키세는 처음부터 끝까지 담담하게 말했다.

"그 일이 있고 오래 지나지 않아 렌타로는 세상을 떠났지. 슌은…… 충격을 받았을 거야. 그 녀석은 계속 호오당에서 일하며 렌타로를 돌봤어. 도쿄 스카우트 이야기가 나왔지만 거절하고 시즈오카 지점에서 일했지."

"그랬……습니까?"

넋이 나가 묻는 구리타에게 "그래 보여도 정말 효자야" 하고 마키세는 중얼거렸다. 효자였던 만큼 비통함이 보통을 넘었을 것이다.

"장례식 때, 슌은 이미 눈물이 다 말라버린 것 같았어. 얼굴에서 표정이란 것이 완전히 사라져서 다른 사람 같았지. 그래도 관에 꽃을 넣을 때는 일본에서 제일 가는 화과자 장인이 되겠다고 아버지에게 맹세했어. 그러니까 본가를 떠나 업계 최고봉인 아카사카 호오당 본점으로 옮긴 거지."

그가 도쿄로 떠나는 날, 역까지 배웅하러 간 사람은 마키세뿐이었다.

렌타로는 네 안에 언제까지나 살아 있다. 슌에게 그렇게 말했다고 하며 마키세는 이야기를 마쳤다.

긴 이야기의 막이 내리자 햇빛이 드는 실내에 묵직한 침묵이 깔렸다.

구리타는 도가시가 예상 이상으로 힘든 과거를 겪었다는 사실에 놀랐고, 지금까지 이해하지 못했던 몇 가지 의문이 해소되었다.

마키세에게 들은 렌타로의 증상과 겐모치 데루히사에게 들은 도가시 슌의 상태에는 명확하게 공통점이 있었다.

'도가시 군, 안색이 좋지 않잖아요? 계속 두통에 시달린다고 합니다. 그러고 보니 손발에 경련이 일어나고 헛디뎌서 자주

넘어지기도 했어요…….'

　도가시 집안에 전해지는 파킨슨병의 증상으로 보아도 무방할 것이다.

　전부 포기한 분위기도 그래서였다. 즉, 녀석은 죽음을 앞두고 마음에 남은 미련을 해결하려고 다시 나타난 것이다…….

　죽은 아버지가 살아 있는 것처럼 말한 이유도 확실해졌다.

　역시 병 때문이다. 증상이 진행되면 환각을 본다고 하니까 지금 도가시는 기억과 현실의 경계가 흐릿해진 것이다.

　이런 생각을 말하려고 구리타는 힐끔 아오이를 보았다.

　찰나, 놀라서 반사적으로 몸이 굳어진 것은 아오이가 귀기 어린 심각한 표정을 짓고 있었기 때문이다.

　미간을 찌푸리고 아랫입술을 깨물면서, 구리타의 시선도 깨닫지 못할 정도로 집중해서 아오이는 생각에 잠겨 있었다.

　고민하는 것처럼 보이는 그 절박함에는 쉽게 말을 걸 수 없는 위력이 있었다.

　아오이 씨…….

　여기까지 오는 신칸센 안에서 아오이는 그녀답지 않게 도가시를 향한 적의를 불태웠다. 거기에 마키세가 준 정보가 더해져 지금 내면에서 어떤 화학변화가 일어나고 있을 것이다.

생각에 빠진 아오이에게 시선을 빼앗겨 있는데 마키세가 불쑥 말했다.

"기다려라."

마키세는 소리도 내지 않고 자리를 뜨더니 얼마 지나지 않아 새까만 쟁반을 들고 들어왔다.

쟁반 위에는 접시가 두 개, 폭신하고 하얀 다이후쿠가 각각 담겨 있었다.

"이건……?"

눈을 크게 뜨고 묻는 구리타 앞에 하나, 아오이 앞에 하나. 마키세는 접시를 내려놓고 대답했다.

"렌타로가 내게 제과법을 알려준 비전의 다이후쿠."

마키세의 표정에는 자부심과 자신감이 넘쳤다.

"겉보기에는 평범한 다이후쿠지만 안에 색다른 것이 들었어. 뭐, 비전이라고 할 정도로 드문 건 아니지만."

마키세는 슌도 이것을 얼마나 좋아했는지 모른다고 그립다는 듯이 중얼거리고 등을 긁적였다.

"단맛은 피로를 풀어주지. ……오늘은 이렇게 멀리까지 오느라 고생 많았어."

겸연쩍어하며 건네는 고마움의 말에 구리타와 아오이는 잠깐 시선을 주고받고 동시에 고개를 세차게 끄덕였다.

"감사히 먹겠습니다!"

과자용 이쑤시개로 다이후쿠를 능숙하게 잘라 입에 넣은 구리타는 순간 깜짝 놀랐다.

다이후쿠는 단순히 맛있기만 하지 않았다. 그 안에는 색다르고 기분 좋은 것이 들어 있었다.

이건…… 어떤 운명인가?

갓 친 떡의 쫄깃쫄깃한 부드러움. 안을 채운 재료가 전해주는 소박한 안도감. 마음을 차분하게 해주는 무언가가 다이후쿠에 있었다.

도가시 부자의 안타까운 과거를 들은 후여서 안도감을 주는 달콤한 편안함이 몸 구석구석까지 스며드는 기분이었다.

"……결정했어요."

갑자기 아오이가 단호하게 말했다.

"이걸로 의문이 전부 해결되었어요……. 마키세 씨, 감사해요. 덕분에 이번 사건을 해결할 방법이 보였어요!"

마키세가 그런 인사는 됐다는 듯이 고개를 젓자, 아오이는 명랑하게 웃었다.

투명하고 푸른 하늘을 떠올리게 하는 그 표정을 오랜만에 본 것 같아서 구리타는 가슴이 떨렸다.

도가시 일만 되면 왠지 모르게 위태롭고 때로는 무서울 정도로 심각하게 생각에 잠기는 아오이가 마침내 암운을 헤치고 나왔다.

어려운 수수께끼를 깔끔하게 해명한 아오이가 상쾌한 얼굴로 구리타 쪽으로 고개를 빙글 돌렸다.

"구리타 씨, 도쿄로 돌아가요. 이제 전부 끝내는 거예요!"

"오오!"

기운차게 고개를 끄덕이며 일어났는데 아오이가 아차 싶은 표정으로 구리타를 멈춰 세웠다.

"잠깐만요, 깜박할 뻔했어요……. 마지막으로 딱 한 가지, 마키세 씨께 중요한 부탁이 있어요."

무슨 부탁인지 안다는 듯이 마키세는 말없이 입술 끝을 올려 웃었다.

*

그날 밤, 도가시 슌은 스카이트리가 가까이 보이는 강 근처의 소규모 공사 현장에 갔다.

목적을 이루기 전까지 죽을 수 없다. 앞으로 조금 더 생활비를 벌어야 했다.

인간관계와 그에 따라 발생하는 다양한 위험 요소를 피하려고 도가시는 일하는 현장을 자주 바꾼다.

옷도 주고 도와준 겐모치 데루히사에게는 미안하지만 앞으로 두 번 다시 만날 일이 없으리라 생각하며 밤길을 걸었다.

다행히 이 현장에서는 아직 아무와도 친분을 나누지 않았다.

그런데 오늘 밤은 예상하지 못한 인물이 기다리고 있었다.

현장 출입구 펜스 옆에 밀리터리 느낌의 반소매 셔츠를 입고 바지 주머니에 양손을 찔러 넣은 위협적인 체구의 청년, 구리타 진이 서 있었다.

어떻게 여기를 알았지……?

그는 무시무시한 압박감을 뿜어내는 눈빛을 하곤 꽤 오랫동안 이쪽을 바라보고 있었던 모양이다.

시선이 마주치자 구리타는 얼굴 높이까지 오른쪽 주먹을 들어 올렸다. 손등을 도가시에게 향한 상태로, 검지를 하나 세우더니 느리게 까닥까닥 오라는 시늉을 했다.

지금에 와서 뭘 어쩌자는 거지?

도가시 안에서 급격히 분노가 부풀었다.

얼마 전, 소중한 그것을 맡길 만한 상대일지 아닐지 장인으로서의 실력을 확인했고 그 결과 요건이 없다고 판단했다. 솔직히 그를 너무 과대평가했다.

그런 놈이 또다시 눈앞에 서 있는 것 자체에 정상 범주를 넘어선 분노를 느꼈다.

아드레날린이 분비되면서 도가시의 시야가 확대되어 더욱 또렷해졌다. 제어하기 어려운 폭력적 감정을 곱씹으며 가까이 다가가자, 구리타는 영문 모를 소리를 했다.

"흥분하지 마. 눈에 핏발 세우지도 마. 너처럼 쉽게 열 받는 놈 때문에 선량한 청년들의 이미지가 나빠진다고."

"뭐……?"

"진정하라는 거다."

구리타가 차분하게 타일렀다.

"딱히 널 잡아먹으려고 온 게 아니야. 오히려 반대지. 네게 뭘 좀 먹이려고 왔다."

분위기가 싸움을 걸러 온 것처럼 보였기에 솔직히 당황했다.

어떤 의도인지 파악하지 못해 망설이는 도가시에게 구리타는 진지함 그 자체인 표정으로 말했다.

"얼마 전에 와카아유 때, 너는 내 화과자를 먹지도 않았지……. 하지만 이번에는 그렇게 놔두지 않겠어. 지금부터 우리 가게로 가자. 맛있는 걸 먹여줄 테니까."

과연, 도가시는 혼잣말을 중얼거리며 납득했다.

그러니까 구리타는 화과자 장인으로서 역습하러 온 것이다. 그 마음을 모르진 않았지만 지금 도가시에게는 구리타가 참으로 천박해 보였다.

"구리타 진······. 너는 아무것도 몰라."

비웃으며 말했지만 구리타는 꿈쩍도 하지 않았다. 오히려 도가시 쪽이 눈앞에 거대한 암벽이 서 있는 듯한 묘한 착각을 느꼈다.

"모르는 건 너야. 언제까지 그렇게 도망칠 생각이지?"

구리타의 말은 신기하게도 도가시의 가슴을 깊숙이 찔렀다.

"쳇, 귀찮아 죽겠네. 됐으니까 와."

구리타가 앞서 걷기 시작해서 도가시도 떨떠름하지만 따라갔다. 위치를 어떻게 알아냈는지 확인하지 않으면 내일도 똑같은 일이 생길 뿐이다. 구리타는 도가시가 따라올 수밖에 없음을 꿰뚫어 보고 있었다.

아른아른 흔들리는 불빛이 비치는 밤늦은 시간의 강변을 걸어 아즈마바시 다리를 건너 가미나리몬 거리로 향했다.

얼마 지나지 않아 오렌지 거리에 있는 구리마루당에 도착해 구리타를 따라 정면 출입구로 들어간 순간, 도가시의 심장이 덜컹 떨어졌다.

가게 진열장 앞에 호조 아오이가 서 있었다.

아니다, 정확하게 표현하면 기다리고 있었다. 마음 한편에서 구리타를 얕잡아 보았기에 어슬렁어슬렁 따라오고 말았는데 생각해보면 이곳은 완벽하게 그들의 영역이었다.

도가시는 본능적으로 도망치려고 했지만 옆에서 나타난 인물이 출입구를 막아섰다.

"어이어이, 여기까지 와서 도망쳐서 어쩌시려고? 진짜 웃기네."

색이 연한 앞머리를 쓸어 넘기며 나른하게 웃는 아사바 료였다.

아사바뿐만 아니라 다른 사람들도 줄줄이 나왔다. 작정하고 매복하여 기다리는 함정에 뛰어들었다는 것을 도가시도 깨달았으나 이렇게 된 이상 출입구에서 멀어지는 수밖에 없었다.

아사바 옆에서 유카는 분노를 고스란히 드러내며 바닥에 발을 굴렀다.

"기다리고 있었어, 우리 모두⋯⋯. 오늘 밤에 전부 다 끝내겠다고 아오이 씨가 말했어. 폭력 사태는 절대 일어나지 않게 막을 거고 도망치는 것도 용서하지 않겠어. 지금부터 구리가 당신을 올바른 길에 다시 세워줄 거야!"

유카의 분노를 가볍게 다독이듯이 뒤에서 얼굴을 쓱 내민 마스터가 농담했다.

"나는 재미있어 보여서 구경하러 왔을 뿐이야. 진검승부를 볼 수 있다고 들었거든."

"저도 아마⋯⋯ 그런 생각일 겁니다!"

작업장에서 나온 나카노조가 마스터의 의견에 편승했고, 그와 함께 나온 시호가 쾌활하게 말했다.

"자, 아오이. 그 도가시라는 사람한테 일이 어떻게 돌아가는지 설명해줘!"

쾌활한 응원을 받은 아오이는 몇 걸음 다가와 구리타 옆에 서서 낭랑한 목소리로 말했다.

"도가시 씨의 고향에 가서 전부 다 듣고 왔어요. 도가시 씨를 찾는 것도 어렵지 않았답니다."

아오이가 설명했다. 시즈오카로 돌아간 흔적이 없다는 사실까지 언급하지 않아도 도가시가 아직 아사쿠사 부근에 숨어 있을 줄 대충 짐작하고 있었다.

"왜냐하면 도가시 씨는 다시 나타났을 때의 그 목적을 이루지 못했으니까요. 목적이 무엇인지는 아직 가설만 세운 단계지만, 구리타 씨의 제과 실력을 확인하고 싶어서가 아닌 것쯤은 명백해요."

갑작스럽게 구리마루당 작업장에 쳐들어온 방법도 그렇고, 노트를 두고 간 어이없는 결말을 고려해도 구리타가 관계한 일은 어디까지나 주변적인 것이고 진짜 목적은 아니라고 아오이는 확신했다.

"애초에 처음 다시 만났던 산자마쓰리 날 밤…… 도가시 씨가 어둠 속에서 바라본 것은 구리타 씨가 아니라 역시 저였잖아요? 어떤 형태로든 저와 접촉하는 것이 도가시 씨의 목적이 아니었나요?"

그 말이 맞았다. 아오이와 대화를 나눌 준비가 덜 된 도가시는 말없이 턱을 당겼다.

"그렇다면 안전성을 확보하고서 목적을 이루려고 하겠죠…… 도가시 씨가 다이토 구에서 스미다 구를 걸쳐 아사쿠사 주변의 공사 현장을 전전한다는 이야기를 겐모치 씨에게 들었으니까 닥치는 대로 현장에 전화를 걸어서 알아냈어요."

그 말을 듣고 쉽게 이해했다.

역시 호오당 사장 영애. 다정한 성격이지만 범용성이 높고 현실적인 생각을 한다.

아오이는 원래 마음만 먹으면 뭐든지 해내는 사람이다. 아카사카 호오당 본점에 있을 때부터 도가시는 잘 알고 있었다.

처음 그녀를 만났을 때.

정말 대단하다고 생각했다.

그 걸출한 재능에 매료되어 동경과 흥미를 품고 작업장에서 계속 말을 걸었다.

연애 감정이라곤 전혀 없이 그저 화과자 장인으로서 순수한 호기심의 발로였다.

그게 마스미 신이치의 질투를 사리라고는 전혀 예상도 하지 못했다.

"……아가씨."

도가시는 마음을 다잡고 입을 열었다.

"저를…… 원망하시죠……?"

당연할 것이다. 자신은 아오이의 화과자 장인 생명을 끊은 자. 자신이 똑같은 일을 당했다면 상대를 갈기갈기 찢어버릴 것이다.

그 정도로 아오이의 제과 재능은 감히 그 누구도 쫓아가지 못할 만큼 탁월했다. 자신과 비교한 적도 없다. 아오이는 언젠가 화과자 업계의 정점에 반드시 설 사람이라고 생각했다.

"저를 증오하고, 또 증오해서…… 화가 나시죠?"

알고 있으면서도 도가시는 반복해서 물었다. 원망한다…… 아니, 너를 죽여버리고 싶다고 소리쳐줬으면 좋겠다. 제발 그래주기를 바라며 번뜩이는 눈으로 매달렸다.

그런데 아오이는 차분하게 미소 짓더니 이상한 이야기를 시작했다.

"……도가시 씨, 저는 축복받은 사람이에요. 호오당 그룹 총수의 딸로 태어나 어려서부터 부족함 없이 자랐죠."

갑자기 무슨 소리인지 몰라 당황하는 도가시를 무시하고 아오이는 말했다.

"태어나서 괴로운 일이나 힘든 일을 경험해본 적이 거의 없었어요. 넘어져서 무릎을 다친 일 정도는 있었지만 진짜 곤란했던 적은 단 한 번도 없었죠. ……그날까지는."

아오이는 시선을 내리깔았다. 도가시는 경련하는 손으로 가슴팍을 꽉 움켜쥐었다.

목소리가 살짝 낮아지긴 했지만 아오이는 어디까지나 차분하게 말을 이어갔다.

"그날…… 도가시 씨와 마스미 씨가 싸운 그날…… 저는 말리려다가 손을 다쳤어요. 그때 이후로 오른손이 도저히 예전처럼 움직여주지 않아서…… 저는 화과자 장인의 길을 단념했죠."

그때는 힘들었다면서 아오이는 괴롭게 얼굴을 찌푸렸다.

"어려서부터 품었던 꿈을 잃은 저는 눈앞이 새까맣게 물들었어요. 정말로 그런 느낌이었어요. 게다가 바로 그다음에 마스미 씨가 차에 뛰어들어 자살을……."

말을 멈추자 비통한 침묵이 흘렀다.

아오이는 고개를 숙이고 더없이 힘들어하며 과거 이야기를 이어갔다.

"절망이란 이런 거구나 싶었어요. 이제 다시는 회복할 수 없다……. 진심으로 그런 생각이 들었고 동시에 진짜 슬픔이 무엇이고 저 자신이 얼마나 나약한지 깨달았죠."

도가시뿐만 아니라 구리타도 아사바도 유카도, 그 자리에 있는 모두가 한마디도 하지 못했다.

정적 속에서 아오이는 결의의 빛이 어린 고개를 천천히 들었다.

"그래도…… 그 덕분에 저는 성장했다고 생각해요. 한 인간으로서 비로소 한 꺼풀을 벗을 수 있었다고 생각해요!"

흥분한 감정이 목소리에 고스란히 묻어났다. 두 눈을 부릅 뜬 도가시를 바라보며 아오이는 심장 부근을 누르고 절박하게 마음을 토로했다.

"저는 그때까지 좌절이 무엇인지 전혀 몰랐어요. 행복했지만, 그건 피가 흐르는 인간의 삶이 아니었을 거예요. 슬픔을 안 뒤부터 제 세계에 현실감과 깊이라는 것이 생겼어요. 저는 지금의 제가 될 수 있었고…… 진정한 마음의 여행을 시작할 수 있었어요."

아오이는 손가락으로 재빨리 눈물을 닦은 후, 무언가를 훌훌 떨치는 것처럼 긴 머리카락을 쓸어 넘기고 다정하면서 부드러운 미소를 지었다.

"그러니까 저는 예전의 저보다 지금의 제가 훨씬 더 좋아요. 말만 이렇게 하는 게 아니고 진심이에요. 자신을 사랑하는 인생이 제일 좋으니까요. 그리고 도가시 씨……. 저는 당신도 당신 자신을 사랑했으면 좋겠어요."

"예……?"

"용서해요."

아오이의 그 말은 도가시를 뒤흔들었다.

"저, 당신을 용서해요. 오늘은 이 말을 하고 싶어서 불렀어요."

미증유의 경악에 휩싸인 도가시는 경련하는 손으로 자기 얼굴을 덥석 쥐었다.

용서한다고? 죽임을 당해도 쌀 짓을 한 자신을……?

"말도 안 돼!"

"아까 질문에도 대답할게요. 도가시 씨를 원망하거나 증오하지 않아요. 그 일은 그냥 불운이 겹쳐서 일어난, 불가항력적인 사고였으니까요."

기가 꺾여 온몸이 움츠러들었다. 강한 사람이다. 이런 말을 똑바로 마주 보며 할 수 있는 사람은 오직 아오이뿐이다.

동시에 일말의 안타까움이 가슴을 채웠다. 도가시는 깨달았다. 사람은 너무 거대한 다정함과 만나면 희미한 슬픔도 동시에 느낀다는 것을.

다른 사람들 역시 마찬가지였는지 모두 입술을 꽉 깨물고 있었다.

"저, 히가키 지점장님과 마키세 씨한테 옛날이야기를 들으며 생각했어요. ……도가시 씨, 사실은 당신도 후회하고 있지 않나요?"

마주 선 아오이의 눈동자 안에서 흔들리는 감정의 빛을 도가시는 가만히 바라보았다.

"돌아가신 아버님의 꿈을 이어받아 홀로 상경했을 때, 당신 마음속에는 대단한 각오가 있었을 거예요. 그런데 당신은 그 사건 이후 화과자에 적극적으로 종사하려고 하지 않았어요. 왜 그랬을까요?"

입을 다문 도가시를 응시하며 아오이는 잠깐 간격을 두었다가 질문의 답을 스스로 말했다.

"당신도 좌절과 자신 안의 나약함을 알고, 지금은 과거를 후회하고 있으니까……. 자신을 벌주기 위해서 세상 그 무엇보다 소중한 화과자와 거리를 두는 거죠? 이제 그만 자신을 용서하세요. 당신이 가엾으니까요."

아오이는 진심을 담아 말했다.

"도가시 씨……. 당신은 새로운 자신으로 살 필요가 있어요!"

그 목소리가 도가시의 가슴속 깊은 곳까지 강하게 울려 새롭게 살고 싶다는 욕망이 순수하게 솟구쳤다.

그러나 동시에 거부하는 말도 떠올랐다.

"……무리야."

갑자기 도가시 옆에서 익숙한 목소리가 들렸다. 고개를 돌리자 어느새 아버지 렌타로가 망령처럼 나타나 도가시를 지켜보고 있었다.

"알고 있겠지, 슌. 삶이고 뭐고 네 몸은……."

아버지의 말에 제정신을 차렸다. 제일 중요한 것을 깜박하고 달콤한 희망에 매달릴 뻔했다. 도가시는 괴로운 표정으로 입을 열었다.

"……안 됩니다. 아오이 아가씨께는 죄송하지만, 안 돼요……. 앞으로 제게 미래는 없어요. 제게 남은 시간은……."

"당신은 파킨슨병에 걸린 것이 아니에요."

아오이가 불쑥 말한 내용을 듣고 도가시는 부르르 떨었다.

"……어떻게 그걸?"

아니, 그보다 '아니에요'라니, 무슨 소리지?

머리를 굴리는 도가시의 등줄기에 조금 뒤늦게 소름이 돋기 시작했다. 아오이가 보통내기가 아닌 줄은 잘 알고 있지만 지금은 내면 구석구석까지 꿰뚫어 보는 기분이었다.

도가시에게 경악을 선사한 것과 대조적으로 아오이는 차분한 말투로 말했다.

"당신은 아버님과 같은 병에 걸렸다고 생각해서 남은 시간이 얼마 없다고 믿고 다시 제 앞에 나타난 거죠? 아버님 병에 관해서는 마키세 씨께 들었어요. 삼가 고인의 명복을 빕니다."

아오이는 차분하게 애도의 뜻을 전했다.

"그렇지만 당신은 착각하고 있어요. 약년성(若年性) 파킨슨병에 두통 증상은 없어요."

믿을 수 없는 말을 들어 도가시는 숨을 삼켰다.

주변에 선 사람들도 무슨 소린지 전혀 모르는 표정이었다. 그것을 깨달았는지 아오이가 조금 더 자세히 설명했다.

"파킨슨병은 주로 고령자에게 많이 발병하는데, 마흔 살 이하에서 발병하는 경우를 약년성 파킨슨병이라고 불러요. 젊은 사람의 발병이 드문 질병이죠. 일반적인 파킨슨병과 마찬가지로 손발이 떨리고 냄새를 잘 맡지 못하는 증상이 나타나요."

거침없이 술술 말하는 아오이를 보며 도가시는 막연한 위화감을 느꼈다.

"아가씨, 이런 걸 어떻게 자세히……."

"예전에 손을 다쳐서 입원했을 때 저를 위로해준 환자가 있었어요. 친척 중에 파킨슨병에 걸린 사람이 있다고 했죠. 어떤 증상이 있는지 말해주면서, 그래도 매일 열심히 재활 치료를 하고 있으니까 저도 힘내라면서요. ……제 손은 원상태로 회복하진 못했지만 그때 들은 이야기가 지금에 와서 도움이 된다니……"

아오이는 "정말 운명적이에요"라고 말하며 진지하게 고개를 끄덕였다.

"도가시 씨는 아버님의 증상을 가까이에서 지켜봐서 당신 증상도 당연히 그거라고 믿으셨겠지만…… 약년성 파킨슨병은 원래 진행이 아주 느려요. 외부에서 관찰해도 알 수 없고 두통 증상도 없죠. 통증이 있는지 없는지, 이게 중요한 특징이래요."

아오이는 입원 중에 매일 밤 손이 아팠기 때문에 그 말이 강렬하게 기억에 남았다고 덧붙여 설명했다.

"겐모치 씨는 도가시 씨를 두고 '도가시 군, 안색이 좋지 않잖아요? 계속 두통에 시달린다고 합니다. 그러고 보니 손발에 경련이 일어나고 헛디뎌서 자주 넘어지기도 했어요'라고 말씀하셨어요. 하지만 약년성 파킨슨병에 두통 증상은 없어요……. 게다가 구리타 씨가 만든 와카아유 맛을 짐작했을 때, 도가시 씨의 후각은 정상이었어요. '코로 맡는 냄새, 완성한 과자의 외형, 배웠을 제과법. 그 모든 것을 통해 맛을 연산하는 것쯤은 어렵지 않아'라고 말씀하셨죠……. 냄새를 맡지 못하는 증상도 없어요. 그 전부를 고려하면 도가시 씨, 당신은 아마도 난치병이 아닐 거예요. 호오당에서 벌어진 사건으로 인한 스트레스와 영양부족으로 상상의 병에 걸린 거예요."

전부 착각이었다고……?

지금 이 증상이 난치병이 아니라 스트레스와 영양부족 때문이라고?

그저 놀라웠다. 온몸에 힘이 빠져 무릎이 와르르 무너졌고…… 안도했다. 나는 아직 살 수 있구나, 도가시는 막연히 생각했다.

"도가시 씨, 병원에 가지 않으셨죠? 현대 의학은 많이 진보했어요. 포기하지 말고 의사 선생님을 믿고 병원에 다니면 어떻게든 나아질 거예요. 그리고 정기적으로 건강진단도 받으세요. 그 창백한 얼굴을 보면 영양실조 기미가 있는 것 같아요."

아오이가 충고하자, 도가시에게만 보이는 환상 속의 렌타로가 고개를 끄덕이고 속삭였다. 저 말이 맞을지도 모른다고.

아오이는 가만히 한숨을 쉰 후 도가시의 정신 그 중심에 불쑥 다가왔다.

"도가시 씨, 당신은 상상의 병에 걸릴 정도로 오랫동안 자신을 책망했어요. 저는 당신 고향에 가서 그 사실을 알 수 있었고, 그렇게 괴로워하신다면…… 마스미 씨나 구리타 씨 일을 고려하면 조금 아쉬운 점이 있긴 해도…… 용서하자……. 아니, 용서해야만 한다고 생각했어요."

아오이는 잠깐 쉬었다가 "여기서부터는 추측이에요"라고 전제하고 말했다.

"지금 다시 나타난 이유는 말하자면 속죄를 위해서…… 도가시 씨, 당신은 제게 사과하고 싶었죠?"

아오이가 주저하며 그렇게 물은 순간, 도가시의 눈에서 눈물이 왈칵 흘러넘쳤다.

……아오이의 말이 맞았다.

만감이 교차해 도가시는 고개를 끄덕여 긍정했다.

이런 형태로 이해받을 날이 올 줄은 꿈에도 상상하지 못했다. 아오이의 통찰력이 얼마나 대단한지 알고 있었지만 이렇게 실감하게 되니 진심으로 경탄했다.

처음 만났을 때부터 아오이는 총명했다. 누구보다 다정하고, 어려운 상황을 가뿐하게 극복하는 뛰어난 센스도 있었다.

그런 사람을 의도하지 않았지만 다치게 했고, 그렇기에 죄책감에 짓눌렸다.

호오당에서 해고되고 실의에 빠졌던 나날들…….

자신을 벌하고 아픔을 주기 위해서 매일 육체노동에 몸담았다. 살아갈 목적을 잃고 반복해서 고통을 주며 이곳저곳 전전하는 어두웠던 나날들이었다.

　과거를 떠올리면 후회만 차올랐다.

　끝도 없이 괴로웠다.

　잊으려 해도 어느 순간 기억이 자꾸만 되살아나 죄책감이
도가시를 꾸짖었다.

　그날, 다친 아오이가 바로 병원에 옮겨졌으니까 그 자리에
서 해고된 도가시로서는 회복한 아오이를 만나지 못했다.

　그래도 역시 직접 만나서 사과하고 싶었다. 사과해야만 했다.

　도가시가 그렇게 생각하게 된 것은 몸 상태가 나빠진 후부
터였다.

　언제부턴가 손발이 떨렸고 근육 경직이 잘 풀리지 않았다.
그 증상은 진행성이었고, 어느 순간부터 아버지의 환상까지
나타났다.

　고향에서 아버지를 병구완하는 동안에도 내심 두려워했는
데, 결국 자신도 아버지와 같은 병에 걸렸음을 깨달았다.

　……본격적으로 움직이지 못하게 되기 전에 아오이에게 사
과해야 한다. 그때까지 절대로 쓰러지지 않겠다.

　결심을 굳히고 도가시는 도쿄로 돌아왔지만 사태는 원하는
대로 흘러가지 않았다.

　당연히 아카사카 본점에는 이제 갈 수 없다. 무엇보다 호오

당 빌딩을 보기만 해도 그 사건이 떠올라 심장이 쿵쿵 뛰었고 현기증이 일어 꼼짝하지 못했다.

본점은 안 되겠다고 판단한 도가시는 아오이가 혼자 외출하는 기회를 노렸다.

괴로운 시간이 흐르고 흘러 작년 가을 무렵부터 아오이는 종종 아사쿠사에 다니기 시작했다. 좋은 기회였지만 저지른 죄의 무게를 생각하면 쉽게 말을 걸 수 없었다.

그러다가 아오이가 구리타라는 화과자 장인과 친밀하다는 것을 알았다.

아오이가 인정한다면 탁월한 재능을 지니지 않았을까? 호기심을 느낀 도가시는 몰래 구리타를 관찰하기 시작했다.

그렇게 빙 돌고 돌아 지금 이 상황으로 이어졌다……

"아가씨…… 정말…… 죄송합니다!"

도가시는 고개를 깊이 숙여 사과했다. 마침내 오랜 세월 품은 염원을 이루었다.

아오이는 눈을 가늘게 뜨고 웃으며 속죄하는 도가시를 다정하게 다독였다.

"괜찮아요. 저, 방금 용서한다고 말했잖아요. 잘못은 누구나 저지를 수 있고 언제든 다시 시작할 수 있어요."

"죄송합니다…… 정말……."

도가시의 거듭되는 사과를 들으며 아오이는 부드럽게 웃고 고개를 저었다.

"이제 고개를 드세요, 도가시 씨. 사실 마지막이 이렇게 될 것 같아서 오늘은 당신을 위해 좋은 것을 준비했답니다. 우리는 당신을 탓하려는 게 아니에요. 당신이 기운을 차렸으면 좋겠어요."

대체 이 무슨 감사한 말인가.

할 말을 잃은 도가시를 앞에 세워두고 아오이가 구리타에게 눈짓했다.

구리타는 가볍게 고개를 끄덕이고 작업장으로 들어가더니 곧 쟁반을 들고 나왔다.

쟁반 위에는 다이후쿠가 하나 놓여 있었다. 폭신폭신 하얀 반죽에 쌀가루를 뿌린 그것을 본 순간, 온몸의 땀구멍이라는 땀구멍에서 땀이 삘삘 났다.

"너…… 어떻게 이걸?"

"제과법을 배웠으니까."

구리타가 나직하게 대답했다.

"네 부친 도가시 렌타로가 개발한 비전의 다이후쿠……. 그 제과법을 전수받은 마키세 류이치 씨가 이번에는 내게 가르쳐주었지. 너를 일으켜 세우기 위해 그리고 새로운 인생의 출발을 축하하려고."

도가시는 마키세 류이치의 우락부락한 얼굴을 떠올렸다. 다정함과는 전혀 인연이 없어 보이는 그 사람도 자신을 걱정하고 있었다니.

구리타는 다이후쿠를 담은 쟁반을 도가시에게 건네고 말했다.

"와카아유 때는 내가 한 방 먹었어. 솔직히 충격이었지만 나도 배려가 부족하긴 했어. 지금이라면 알아. 너, 그거지? 내 화과자를 일부러 안 먹은 게 아니라 먹을 수 없었던 거지?"

진실을 간파당해 도가시는 자기도 모르게 등을 쭉 폈다.

'응보야. 죄를 저지른 자는 벌을 응당 받아야 한다고, 아버지가 늘 말했어. 그러니까 나는 아직 화과자를 먹으면 안 돼.'

"겐모치 씨가 그런 소리를 했지."

구리타가 조용히 중얼거렸다.

"너는 자신을 벌하기 위해서 그렇게 좋아하는 화과자마저 거부했어……. 하지만 이제 그럴 필요 없어. 당사자인 아오이 씨가 용서했으니까. 지금 네가 스스로 정한 규범에 얽매인다면 실례되는 행위야."

구리타가 어디까지나 침착한 태도로 도망칠 구멍을 차근차근 막는 것을 들으며 도가시는 생각했다.

자신은 이 구리타 진이라는 남자의 진가를 완전히 잘못 알고 있었다.

맛있는 음식을 먹이기 위해 상대의 사정을 이해하고 엉킨 실을 풀고, 마음속의 틈을 파고들어 불가피한 상황을 만들었다. 머리도 똑똑하고 무엇보다 넘쳐흐를 만큼 뜨거운 정열을 감춘 장인이다. 이 정도로 철저한 상대는 여간해선 없다.

"어이, 도가시. 마키세 씨한테 들었는데 너, 이걸 좋아한다며?"

"……아아."

"나는 여기에 지금 내 기술을 전부 쏟아부었어. 그뿐만이 아니야. 이 다이후쿠에는 히가키 씨와 마키세 씨를 포함한 모두의 마음이 들어 있어. 꼭 먹어줘야겠다."

어찌해야 좋을지 몰라 번민하는 도가시에게 아오이가 간절한 목소리로 말을 걸었다.

"도가시 씨, 제발 드세요. 도가시 씨와 아버님의 추억이 담긴 구리다이후쿠를!"

벼락을 맞은 것처럼 도가시는 고개를 들었다.

……그래, 이 과자는 안에 밤 하나가 통째로 든 구리다이후쿠*.

아버지가 만든 구리다이후쿠는 정말 맛있었다. 딱 한 번만이라도 먹을 수만 있다면……. 화과자점 앞을 지날 때마다 도가시는 생각했다.

아오이의 말이 마음속 방아쇠를 당겼다. 도가시는 이쑤시개도 쓰지 않고 구리다이후쿠를 손으로 덥석 쥐었다.

엄지와 검지만으로 쥘 수 있는 골프공 정도의 적당한 크기였다.

쌀가루를 골고루 뿌린 떡 반죽에서 전해지는 기분 좋은 감촉과 폭신함. 안에 넣은 밤이 심지처럼 단단하게 느껴져 무게감이 있었다.

도가시는 구리다이후쿠를 입으로 가져와 깨물었다.

그 순간, 몰캉몰캉한 떡 반죽이 가진 부드러움과 으깬 팥소의 촘촘한 밀도, 중심부에 하나가 통째로 든 밤 감로자의 식감이 입안에서 하나가 되었다.

감정이 북받쳤다.

입으로는 잘 익은 황금색의 맛이 느껴졌고, 코로는 달콤하고 깔끔한 향기가 들어와 가슴이 한껏 부풀었다.

---

* 일어로 밤을 '구리'라고 한다.

이 얼마나 행복한가. 오랫동안 이 맛을 느끼고 싶었다.

특히 밤 감로자의 따끈따끈함에 놀랐다. 실로 절묘한 완성도였다. 부드럽게 씹히는 맛은 농밀하고 혀로 뭉갤 수 있을 정도로 축축하고 물렀다.

달콤하게 조린 밤이 입에서 포슬포슬 무너지고 으깬 팥소의 매끄러운 식감과 어우러져 혀 위에 자연스러운 뒷맛을 남겼다.

존재감이 묵직한데 우아하고 가뿐해서 순식간에 절반 가까이 먹어버렸다.

쌀가루를 뿌려 반짝반짝 빛나는 구리다이후쿠의 남은 절반을 도가시는 얼른 입에 넣었다.

쌀 냄새가 은은하게 나는 쫄깃쫄깃하고 부드러운 떡 반죽과 품격이 느껴지는 으깬 팥소에 안긴, 뺨이 흐물흐물 풀릴 정도로 따끈따끈하고 달콤한 밤.

혀가 녹는 행복감이 따뜻하고 부드럽게 위장까지 내려갔다.

아아. 도가시는 감탄했다.

꿈만 같았다. 아버지가 건강했던 시절에 자주 만들었던 구리다이후쿠의 맛 그대로였다.

지금 먹어도 역시 최고로 맛있고, 입에 넣을 때마다 행복해진다.

도가시의 두 눈이 저절로 감겼다. 감은 눈에는 본가 화과자 가게에서 아버지에게 제과를 배우던 그 시절이 떠올랐다…….

"잘 들어라, 슌. 우리 구리다이후쿠에서 제일 중요한 것은 뭐니 뭐니 해도 밤 감로자란다."

낡고 비좁은 작업장에서, 아버지 렌타로는 허리를 살짝 굽혀 아직 어린 도가시에게 물었다.

"감로자를 만들 때 제일 중요한 게 뭐지?"

"밤 선별!"

"그래. 질 좋은 단바구리*를 사용해야 하는 것은 당연하고, 씹는 맛이 있는 굵직한 알갱이를 균등하게 골라야 해. 밤을 삶을 때 열기가 똑같이 전해져야 하기 때문이지. 먹는 사람을 최우선으로 생각하는 것이 화과자 장인의 철칙이야. 손님 한 사람만 아니라 모두가 맛있게 먹어야 한단다."

"응. 나도 그렇게 생각해."

"그럼 재료를 다 골랐으면 이제 어떻게 하지?"

"하룻밤 물에 담가놓았다가 겉껍질이랑 속껍질을 벗겨. 끓는 물에 자른 치자나무 열매랑 소금을 조금 넣고 밤을 넣어서 약한 불로 끓여."

* 밤의 한 종류로 알이 아주 굵다.

"좋아. 우리는 감로자를 만들 때 식품첨가물을 사용하지 않아. 그럼 맛은 어떻게 내지?"

"미림이랑 꿀이랑 설탕. 그리고 숨은 맛으로 아빠가 좋아하는 일본 술을 세 종류. 술의 균형이 우리 비전의 감로자가 맛있는 이유! 그렇지?"

"대단하구나……. 이해가 아주 빨라."

어린 시절은 매일 행복했고 도가시는 엄격하면서도 다정한 아버지를 사랑했다.

그렇기에 이제 끝내야 할 시기가 왔음을 절실히 느꼈다.

간이 숙박소, 길거리, 구리마루당 가게에도 자유롭게 나타나는 환상 속 아버지에게 도가시는 시선을 살짝 내리깔고 말을 걸었다.

"아버지…… 지금까지 나를 도와줘서, 고마워."

"슌, 갑자기 왜 그러니?"

섭섭하다는 듯이 아버지의 환영이 미소 지었지만 도가시는 그에 끌려가지 않고 고개를 저었다.

"아버지는 내가 머릿속에서 만들어냈어. 처음부터 존재하지 않는다는 사실은 알고 있었어. 그래도 나를 지켜봐줄 사람이 필요해서…… 쓸쓸해서…… 실존하는 사람처럼 대하고 말았어. 잘못했어⋯⋯."

그렇게 말하고 고개를 푹 숙이는 도가시에게 환상의 아버지
는 씁쓸하게 웃으며 손을 저어 보였다.

"사과할 것 없다. 이건 예전부터 네 특기가 아니니? 자랑스
럽게 생각해야지. 다 이미지트레이닝 덕분이야."

도가시는 원래 사물이나 공간을 심상화하는 능력이 강했다.
머릿속에 상상의 작업장을 만들고 그 안에서 자유롭게 움직일
수 있었다. 똑같은 요령으로 아버지의 허상에 자율성을 부여
해 조언자로 이용했다.

즉, 병에 의한 환상인 것처럼 자신을 속인 것이다.

도가시는 아버지의 환영에 대고 지금 심정을 솔직하게 밝혔다.

"나는⋯⋯ 죄의식에 짓눌려서 계속 도망쳐왔어. 그래도 이
제 끝내고 싶어."

"슌."

"앞을 보고 현실과 직면해야지⋯⋯. 그건 오로지 나 혼자 해
야 할 일이니까."

"그렇구나."

환상의 아버지는 천천히 고개를 끄덕이고 입가에 다정한 미
소를 띠었다.

"성장했구나, 슌. 이제 이 아버지도 안심할 수 있겠어."

"응……."

"혼자서도 앞가림을 할 수 있겠지. 그럼 아버지를 천국으로
보내주렴."

실체가 없는 환상인 줄 알면서도 도가시는 눈시울을 붉혔다.

"……안녕."

"힘내라, 슌. 무슨 일이 있어도 꺾이지 마."

아버지는 마지막까지 배려 넘치고 든든한 말을 건네주었다.

만들어낸 이미지는 흔적도 없이 흐릿해졌다. 다리부터 서서
히 흐려져서 보이지 않더니 마침내 온몸이 다 투명해졌다.

"……꿈만 같은 시간을 주어서 고맙구나, 슌……."

도가시 렌타로의 환상이 소멸하고 따뜻한 속삭임만이 귓가
에 남았다.

그와 동시에 도가시 안에 응어리처럼 맺혔던 부정적인 감정
역시 해방되었다. 오랜 세월 쌓아 올린 자책감이 두 눈에서 흐
르는 눈물과 함께 배출되면서 병들어 굳어버렸던 마음도 서서
히 풀려갔다.

도가시는 간절하게 생각했다.

다행이다…….

죽지 않아서 다행이다.

살고 싶다고 생각해서 다행이다.

오늘부터 새로운 인생을 살 것이다. 그럴 수 있게 용서해준 상냥한 아오이, 그리고 무뚝뚝하지만 뜨거운 영혼을 지닌 구리타가 해준 일을 절대 잊지 않을 것이다.

언제까지나……. 도가시는 눈을 감고 그 생각을 곱씹었다.

*

구리마루당 찻집을 채웠던 긴박한 공기가 풀려 부드럽게 이완되었다.

혼신의 승부를 마쳤다는 실감이 차츰 솟구치는 것을 느끼며 구리타는 심호흡을 했다.

이번에는 제대로 먹일 수 있었다……. 솔직히 한시름 놓았다. 자신의 구리다이후쿠가 도가시에게 충분한 만족감을 주었나 보다.

지금 구리타 앞에서 도가시는 숨죽여 눈물을 흘리면서도 입가에 기쁜 미소를 짓고 있었다. 찡그렸던 얼굴도 펴지고, 수많은 감정 응어리가 풀린 듯 울면서 웃고 있었다.

구리타는 말없이 해냈다는 감회를 느꼈다.

처음에는 통렬하게 한 방 먹었고, 도중에 참 다양한 일이 있었다.

그래도 최종적으로 도가시를 환하게 웃게 했다. 그 사실은 변하지 않는다.

잠시 후, 눈물 젖은 얼굴을 훔치며 도가시가 입을 열었다.

"구리타 진, 이 구리다이후쿠…… 훌륭했다."

"아아."

"지금까지 살아온 순간들 중에서 가장 맛있는 화과자를 먹었어. 이렇게 맛있는 것은 이 세상에 둘도 없겠지. 정말로, 거짓 없이 그런 생각이 드는 맛이야."

구리타는 순간 할 말을 잃었다.

물론 이번에는 진심으로 정성을 다 쏟아부었다. 그러나 아오이에 필적하는 재능을 지닌 도가시가 이렇게까지 높이 평가하고 기뻐하다니…….

가슴에 열기가 확 북받쳤다. 이 녀석과 온 힘을 다해 대적하길 잘했다고 실감했다.

문득 깜박하고 있던 중요한 것을 떠올렸다.

"맞아. 아오이 씨, 그걸 전해줘야지."

"아, 맞아요. 잊고 있었어요."

구리타가 재촉하자 아오이가 타박타박 도가시에게 다가와

고이 접힌 종잇조각을 하나 내밀었다.

"이건……?"

의아한 얼굴로 도가시가 묻자 "읽어보세요" 하고 아오이가 웃었다.

"마키세 씨의 편지예요."

도가시는 눈을 커다랗게 뜨고 더듬거리는 손으로 종이를 펼쳤다. 편지에 어떤 말이 적혔는지 구리타는 알고 있었다.

슌.

인간은 누구나 좌절할 때가 있다.

그렇지만 포기하지 마라. 네 편이 아무도 없다고 생각하지 마라.

돌아오렴. 과자점 마키세에서 내가 처음부터 다시 가르쳐주마.

그 편지는 도가시의 고향을 방문했을 때, 아오이가 마키세에게 부탁한 것이다.

그때, "마지막으로 딱 한 가지, 마키세 씨께 중요한 부탁이 있어요"라고 말하며 아오이가 협조해달라고 하자, 마키세 역시 도가시를 도와주고 싶었는지 흔쾌히 받아주었다.

마키세는 비전의 구리다이후쿠 제과법을 구리타에게 가르

쳐주고 당도를 높여 저온 처리해둔 최고급 단바구리를 나눠주었다. 그리고 아오이에게는 이 편지를 맡겼다.

"호오당에는 돌아가지 못하겠지만 우리 가게는 괜찮아. 누가 뭐라고 하든 상관없어."

마키세는 그렇게 말하고 히죽 웃더니 "가게에 아직 후계자 후보도 없으니까" 하고 앞날을 빈틈없이 대비하는 모습까지 보여주었다.

좋은 의미로 그릇이 큰 마키세 곁이라면 도가시는 화과자의 길을 다시 걸을 수 있을 것이다.

편지를 읽은 도가시는 한동안 오열하며 부들부들 떨다가 손등으로 눈가를 비비고 아오이에게 깊이 고개를 숙였다.

"아오이 아가씨……, 처음부터 끝까지 그저 죄송할 따름입니다."

"이제 괜찮아요. 앞으로 마키세 씨 가게에서 열심히 해주세요."

아오이가 밝게 다독이자 도가시는 연거푸 고개를 끄덕였다.

"그럼……. 이제 다 해결했으니까 슬슬 차와 과자로 한숨 돌릴까요? 사실은 여러분 몫도 준비해두었어요. 그렇죠, 구리타 씨?"

평소처럼 말끝이 늘어지는 말투를 마침내 되찾은 아오이가 눈짓하자, 구리타는 이제 다 끝났다고 안도하며 나카노조와 시호에게 신호했다.

"두 사람, 작업장에 있는 구리다이후쿠, 전부 가져다줄래?"

"네!"

"알았어."

둘은 잽싸게 가게 안으로 들어갔고, 찻집에서는 유카와 마스터가 기뻐하며 미소를 나눴다.

곧 구리다이후쿠가 나오자 모두 기다리다 지쳤다는 듯이 먹기 시작했다. 조금 전까지 긴장했던 분위기가 달라져 들뜬 축제 자리 같았다.

화기애애한 소란 속에서 도가시가 천천히 구리타에게 다가왔다.

헐렁헐렁한 붉은색 상의, 약간 부푼 주머니에 도가시가 손을 넣어서 구리타는 순간 흠칫했으나 안에서 나온 것은 칼도 전기충격기도 아니었다.

과자 목형이었다.

와산본*처럼 틀에 넣어 굳히는 과자를 성형할 때 쓰는 제과 도구이다.

"구리타 진……. 이걸 받아주겠어?"

---

* 시코쿠 동부 가가와 현 등지에서 생산되는 전통 고급 설탕과 그 설탕으로 제조한 화과자의 통칭.

도가시가 주뼛주뼛 물어서 구리타는 눈을 깜박였다. 뜬금없이 왜 이러나 싶었다.

순간적으로 느껴졌던 당혹감이 사라지자 머리가 빠르게 회전했다.

도가시의 손에 들린 그것이 평범한 과자 목형일 리 없다. 어떤, 아주 소중한 것.

구리타는 기억을 떠올렸다. 도가시가 갑자기 구리마루당에 찾아온 그날 밤에도 주머니에는 계속 목형이 들어 있었을 것이다. 도가시는 작업장에서도 계속 주머니에 신경 쓰는 태도를 보였다.

순간, 머릿속에 떠오르는 말이 있었다.

'구리타 진, 너는 똑똑하고 실력도 좋아……. 그러나 마스미 신이치에 미치지 못하는 네게 이건 줄 수 없어.'

"그래……. 그렇군."

그제야 그날 밤 도가시의 진의를 깨닫고 구리타는 나직하게 중얼거렸다.

"그 과자 목형을 주기에 적합한지 아닌지 알아보려고 그때 날 찾아온 거였어."

"……미안하게 됐다."

"아주 소중한 물건인가 본데, 뭐지?"

"마스미 신이치의 유품."

도가시의 그 발언을 듣고 옆에서 상황을 지켜보던 아오이가 숨을 삼켰다.

구리타도 놀랐고 그 이상으로 당황했다.

도가시가 일련의 비극을 일으킨 원인은 마스미 신이치와의 다툼이 원인이었다. 그런데 마스미의 유품을 어떻게 도가시가 갖고 있을까?

"우연이었어……. 그의 묘에 갔을 때, 우연히 마스미의 부모님과 만나서…… 그때 집에 초대를 받았어. 교통사고를 당하기 직전에 마스미는 내게 이걸 주려고 했다고 들었어."

마스미 신이치는 내게 사과하려고 했다……고, 도가시는 안타까움이 섞인 목소리로 말했다.

그날 초대받은 마스미가(家)에서 도가시는 불단에 향을 피우고 오랜 시간 합장했다.

그 후, 방석에 무릎을 꿇고 마스미의 양친과 마주 앉았다. 원한 서린 매서운 말을 들을 줄 알았는데, 놀라운 사실을 알게 되었다.

"근신 중에 신이치는 계속 후회했어요⋯⋯. 설마 일이 그렇게 될 줄은 몰랐다고요. 그리고 도가시 씨, 당신의 재능을 짓밟고 말았다고 계속 말했죠."

슬퍼하며 말하는 도가시의 모친 앞에서 도가시는 무릎 위에 올린 주먹을 꽉 움켜쥐었다.

"마스미 씨가 그런 말을⋯⋯."

"그래요⋯⋯. 그래서 당신이 도쿄를 떠나기 전에 사과하고 싶다고, 과자 목형을 선물해서 도쿄를 떠나서도 화과자 길을 포기하지 말라고 전해야 한다고⋯⋯ 그날, 그렇게 말하면서 집을 나섰어요. 그런데 설마 그런 사고를⋯⋯."

목소리에 물기가 어린 마스미의 모친을 대신해 부친이 과자 목형을 도가시에게 내밀었다.

"유명한 목형 장인이 조각한 귀중한 것이라고 합니다. 신이치가 정말 소중히 여겼지요. 도가시 씨, 부디 우리 아이의 마음과 함께 받아주지 않겠습니까?"

"⋯⋯그러겠습니다."

그런 경위를 거쳐 받았다고, 도가시는 목소리를 살짝 떨며 설명했다.

"나는 곧 병 때문에 죽는다⋯⋯고 생각했으니까 마지막으로 누구든 실력 좋은 놈에게 맡기려고 했어. 그래서 여기에 와서 시험해봤는데⋯⋯ 그때 나는 정말 아무것도 몰랐어. 지금이라면 인정할 수 있어, 네 실력을. 그 증거야. 받아다오⋯⋯."

도가시는 약간 어색한 태도로 구리타의 손에 유품인 과자 목형을 쥐여주었다.

너도 아직 살아 있으니까 네가 가지라고 말하며 거절하지 않은 것은 일부러 목형을 건네려는 도가시의 마음을 구리타도 이해했기 때문이다.

이 녀석은 나를 인정한다고 말했다. 즉, 이 과자 목형을 주는 것은 어떤 의식의 한 종류이자 경쟁자로서의 선언일 것이다. 그렇다면 남자답게 진지하게 받아들이고 싶었다.

⋯⋯물론 다음에 경쟁할 때의 도가시는 더욱 무시무시한 상대가 되어 있겠지만.

머릿속에 그런 생각이 잠깐 들었지만, 구리타가 과자 목형을 받아 들자 기뻐하며 웃는 도가시를 보니 어쨌든 나쁘지 않겠다는 생각이 들어서 신기했다.

"또 만나자, 구리타 진."

"아아. ⋯⋯바라는 바야."

대단원의 막을 내리는 것처럼, 구리타와 도가시는 조금 어색한 악수를 했다.

손을 놓고 무심히 옆을 본 순간, 구리타는 놀라서 눈이 휘둥그레졌다. 경악한 이유는 본 적 없는 광경이 펼쳐졌기 때문이다.

아오이가 울고 있었다.

"아, 아오이 씨……?"

경쾌하고 다정하지만 감탄할 만큼 마음이 굳세고 강한 아오이. 아오이의 이런 모습은 만난 이래로 처음 보았다.

눈물의 이유를 모르겠는 구리타는 너무 당황해서 아오이에게 다가갔다.

"아오이 씨, 왜 그래?"

"기뻐서……."

"어?"

눈물을 뚝뚝 조용히 흘리며 아오이는 "자살이 아니었어" 하고 말하며 손으로 입을 덮었다.

구리타도 아오이가 무슨 생각을 하는지 금방 이해했다. 이해한 동시에 그 한없이 깊은 다정함이 애달파 가슴이 떨렸다.

마스미와 도가시의 싸움을 말리려다가 아오이는 손목을 다쳤다.

아오이의 화과자 장인 생명을 끊고 말았다는 죄책감과 후회. 그리고 도가시에게 원한을 품은 채 마스미는 차에 뛰어들어 자살했다……. 아오이는 그렇게 인식하고 있었고 구리타 역시 비슷하게 생각했다.

그런데 아니었다. 자살일 리가 없다.

그날, 도가시에게 과자 목형을 주러 나갔다면 마스미의 마음에는 마지막까지 희망으로 차 있었을 것이다. 차에 치인 것은 말 그대로 사고. 마스미는 부정적인 감정에 휩쓸려 절망 속에서 스스로 목숨을 끊은 것이 아니었다.

그렇다면 그의 영혼은 분명 지금쯤 천국에서 평온한 시간을 보내고 있으리라.

마침 도가시의 선의로 그 사실을 알게 되어 아오이의 마음 또한 구원받았을 것이다.

"슬프지만 다행이야……."

"아오이 씨."

"다행이야……."

아오이에게 얼마나 큰 기쁨일까. 아오이는 얼굴을 눈물로 흠뻑 적시며, 행복에 겨워 같은 말을 몇 번이나 반복했다.

*

스카이트리를 배경으로 가슴이 뻥 뚫리는 것처럼 파란 하늘이 펼쳐졌다.

오후의 공원, 여름 바람이 불어 옆을 걷는 아오이의 머리카락이 상쾌하게 나부꼈다.

병원에서 검사를 받아 크게 걱정할 병이 아님을 안 도가시 슌이 안심하고 고향에 돌아간 후, 처음으로 맞는 평화로운 구리마루당의 정기 휴일.

오늘 하늘은 구름 한 점 없이 활짝 개어 기분 좋게 화창했다.

고백하기에 이 이상으로 적합한 날은 없다.

도가시를 해결하고 나서 행동하겠다고 정한 구리타는 만반의 준비를 하고 나서 아오이를 불러냈고, 지금은 스미다 공원을 나란히 걷고 있었다.

마침 인적도 드물고 주변도 조용했다. 말한다면 지금이다.

웅달 아래에서 구리타는 지나가는 말처럼 입을 열었다.

"저, 저기, 아오이 씨……."

"왜, 왜, 왜, 왜요……?"

구리타의 의도를 대충 짐작했는지 있는지 아오이의 목소리가 잔뜩 흥분했다. 아오이의 긴장이 그대로 전해져서 구리타의 심장도 시끄러울 정도로 쿵쿵 뛰었다.

"나."

……나를 어떻게 생각해?

이 질문에 아오이가 대답하면 "나는 당신을……" 하고 구리

306

타가 고백하려는 계획이었다.

어젯밤은 초조하고 또 초조해서 잠이 오지 않아 거의 꼬박 새웠다. 느끼한 대사도 이것저것 생각했다.

그러나 역시 자신에겐 어울리지 않았다. 이럴 때는 전광석화 펀치를 날려야 한다……고 생각하면서도 어깨에 힘이 잔뜩 들어간 탓인지, 구리타의 입에서는 전혀 다른 말이 나왔다.

"어…… 무슨 음악을 주로 들어?"

"네?"

아오이는 놀라서 눈을 크게 떴고 구리타는 내심 발을 쾅쾅 굴렀다. 자기 귀에 대고 "이 머저리 같은 놈아" 하고 소리치고 싶었다.

"음악요? 글쎄요……."

아오이는 당황해서 웃으며 고개를 살짝 기울이더니, 그래도 성심성의껏 대답했다.

"클래식부터 대중가요까지 뭐든지 다 들어요. 요즘은 '모스라의 노래*'가 좋아요."

"모스라……?"

* 일본 영화 〈모스라〉에 삽입된 곡으로 가상의 괴수 '모스라'의 주제곡이다. 모스라가 등장하는 영화라면 보통 이 노래를 편곡한 버전이 삽입된다.

당황한 구리타의 옆을 걸으며 "노래 정말 좋아요" 하고 아오이는 즐거운 듯이 웃더니 합창단 단원 같은 미성으로 신비로운 노래를 흥얼거렸다.

무슨 주문 같았다. 가사를 잘 알아들을 수 없었다.

지극히 진지하게 노래를 마친 아오이는 순진무구하게 웃으며 구리타를 바라보았다.

"신기한 노래죠? 가사가 인도네시아어래요."

"흐, 흐음……. 그렇구나."

이마에 맺힌 땀을 팔뚝으로 닦으며 구리타는 이러면 안 된다고 고개를 격렬하게 흔들었다.

간신히 만들어놓은 달콤한 긴장감이 순식간에 풀어졌다. 역시 자신은 아무리 발버둥 쳐도 구리타 진이다. 유일한 기회니까 어울리지 않는 잔꾀는 집어치워야 한다.

구리타는 굳게 결심하고, 공원에서 제일 큰 나무 아래로 아오이를 데려가 걸음을 멈췄다.

나뭇잎 사이로 드리우는 청량한 빛을 받으며 구리타와 아오이는 말없이 마주 보았다. 찬란한 빛 속에서 투명감 넘치는 아오이의 미모가 한층 더 눈부셨다.

둘 사이에 긴장되면서도 가슴을 두근거리게 하는 공기가 감돌았다.

피가 들끓어 구리타의 온몸 구석구석에 뜨거운 열기가 내달렸다.

앞으로도 계속 아오이의 웃음을 가까이에서 볼 수 있길 바란다. 그럴 수만 있다면 더 바라는 것이 없다…….

격렬하게 뛰는 심장 소리를 들으며 구리타는 붉어진 얼굴로 아오이에게 한 걸음 다가가 온 힘을 짜내 말했다.

"좋아해!"

야구로 비유하면 160킬로미터 강속구. 그런 고백이었다.

대답을 기다리는 잠깐 사이, 겨우 몇 초에 지나지 않았으나 구리타에게는 무서우리만큼 길게 느껴졌다. 대답을 듣기 전에 심장이 터질 것만 같았는데, 곧 아오이가 시선을 내리깔더니 뺨을 발갛게 붉히며 입을 열었다.

"저도요."

작지만 잘 들리는 목소리였다.

아오이는 턱을 살짝 당기고 수줍게 구리타를 올려다보았다.

하늘에라도 오를 수 있을 것 같은 기분이 바로 이런 것일까. 구리타는 감정에 들떠 말했다.

"나와…… 교제해주시겠습니까?"

긴장과 흥분 탓에 갑자기 존댓말이 나왔지만 그만큼 진솔한 감정이었다.

구리타의 마음이 제대로 전해졌나 보다. 아오이는 눈을 가늘게 뜨고 웃으며 행복하게 고개를 끄덕였다.

"네……."

구리타는 만감이 교차해 얼굴을 잔뜩 찡그렸다.

다행이다…….

이제 그 어떤 말도 필요하지 않다.

구리타와 아오이는 새빨개진 얼굴로 서로 마주 보고 서서 마음이 통한 기쁨을 느꼈다. 지금은 그것만으로도 세상 그 누구보다 행복했다. 최고로 기분이 좋았다. 이 세상 모든 사람에게 고맙다고 외치고 싶었다.

나무 사이로 둘을 축복하는 것처럼 부드러운 햇빛이 비쳤다.

불어 드는 여름 바람이 주변의 초목을 흔들고, 달콤한 향기가 나는 아오이의 탐스러운 머리카락을 하늘하늘 흔들었다.

작가의 말

안녕하세요, 니토리 고이치입니다.

가을철 아사쿠사에서 시작한 《구리마루당》 시리즈 1권부터 실제 현실에서도 작중에서도 시간이 흘러 5권에서는 여름이 코앞까지 다가왔으니, 계절이 거의 한 바퀴 돈 시점입니다. 길고 긴 여정을 함께해주신 여러분께 이 자리를 빌려 깊이 감사 인사를 드립니다.

지금부터는 이야기 내용을 다룰 것이니 가능하면 본편을 읽은 뒤에 작가의 말을 읽어주시면 좋겠습니다.

자, 이번에는 초여름 화과자와 함께 운명적인 상대와의 대치가 주제였습니다. 사실 3권과 4권을 발간한 후, 주변 지인에게 "아오이의 과거나 그와 연관한 사건을 언제부터 생각했어?"라는 취지의 질문을 받았습니다. 그야 당연히 처음부터죠.

화과자는 우리에게 안심할 수 있고 행복에 겨운 한때를 선사하는 음식입니다. 작가로서도 닥치는 대로 마구잡이가 아니라 안도감을 보장하고 싶었고 또 가능하면 공정해지고 싶다는 마음이 있었습니다.

그래서 1권 중에 '아오이는 자기 이야기를 하지 않는다. 폭력을 필사적으로 말리려고 한다. 화과자 지식이 풍부하지만 자기가 직접 만들지 않는다. 손목에 알 수 없는 상처가 있다'와 같은 정보를 제시해두고, '앞으로 이 정보들로부터 추측할 수 있는 사정이 밝혀지고 최종적으로는 과거를 극복해가는 흐름이 되지 않을까?'라는 상상이 가능하도록 손을 써두었습니다.

그리고 행복하게도 이번 5권의 결말은 처음 했던 구상과 완전히 똑같습니다.

물론 이런 것은 어디까지나 제 안에 있는 계획이었고 작가로서의 만족일 뿐이니 읽어주시는 독자 여러분은 순수하게 이야기의 맛을 봐주시면 좋겠고……, 또 맛있게 드셨다면 저로서는 더할 나위 없이 행복할 따름입니다. 맛있으셨나요?

이제부터 감사의 말씀입니다.

믿음직스럽게 일해주신 담당 편집자님, 고풍스러우면서 상큼한 그림을 그려주신 와미즈 님, 디자이너 스즈키 님, 중요한 지적을 해주신 교열자님, 아사쿠사에 정통한 K군, 고맙습니다.

그리고 마지막까지 함께해주신 독자 여러분. 여러분들이 지지해주신 덕분에 여기까지 올 수 있었습니다. 감사의 표현을 이루 다할 수 없습니다. 정말 고맙습니다.

자, 《기다리고 있습니다 변두리 화과자점 구리마루당》은 일단 이렇게 막을 내립니다.

물론 구리타와 아오이의 미래에 앞으로 아무 일도 생기지 않을 리가 없지요. 그런 의미에서 어느 정도 시간이 흘러 조금 더 어른이 된 구리타와 아오이가 어떤 삶을 살고 있을지, 사귀기 시작한 풋풋한 시기를 지나 새로운 국면으로 나아가기 시작한 무렵의 두 사람도 언젠가 써보고 싶습니다.

사실 아오이의 가족이 작중에 전혀 등장하지 않는 것은 확정되지 않은 그때를 위한 준비입니다. 이 밖에 설정만 있고 모습을 드러내지 않는 인물도 있습니다. 언젠가 새로운 '구리마루당'에서 여러분과 재회할 날이 올까요?

오면 좋겠습니다.

그날을 상상하며, 지금은 일단 펜을 내려놓겠습니다.

또 어딘가에서 만나요.

니토리 고이치

인정이 넘치는 화과자점과
아쉽지만 행복한 작별을 할 시간

일본 도쿄의 유명 관광지 아사쿠사. 일본 고유의 정서를 느
끼고 체험할 수 있는 그곳의 화과자점에서 벌어지는 따뜻한
이야기 《변두리 화과자점 구리마루당》이 드디어 막을 내렸다.
화과자를 매개로 사람과 사람을 연결하고 상처받은 마음을 달
래주는 이야기가 마치 어른을 위한 동화 같아서 나도 덩달아
울고 웃으며 행복했다.

이번 5권에서는 지금까지 어둠의 흑막 같은 존재로 주인공
들 주변에서 위험한 기운을 내뿜던 도가시 슌의 반전 있는 과
거가 밝혀졌고 구리타와 아오이의 수줍은 사랑도 맺어졌다.
마지막을 맛있게 장식해준 화과자는 와카아유, 빙수, 밤이 들
어간 구리다이후쿠이다.

과자라기에는 정체성이 다른 듯한 빙수 이야기부터 해보자면, 오로지 딸기퓌레를 잔뜩 뿌린 구리타 특제 빙수를 먹어보고 싶다는 생각뿐이다! 아이스크림두통을 일으키지 않게 얼음 단계부터 고민하고 연구하다니. 장인이 만드는 얼음에는 과학과 철학이 깃들어 있구나 싶어서 감탄했고 틀에 물을 담아서 냉동실에 넣으면 만들어지는 것이 얼음이라고 생각했던 내가 한심했다.

그런 빙수가 유카의 실연 장면에 장치로 쓰여서 안타까움도 동시에 느꼈다. 구리타와 아오이의 사랑을 응원했던 팬으로서 마침내 뜨뜻미지근한 관계에서 한 단계 발전한 둘을 보며 박수를 보냈지만, 그 과정에서 연정을 접어야 했던 유카가 마음에 걸렸다. 가족으로 평생 남는다지만 유카는 실연의 상처로 한동안 괴로울 것이다. 그래도 주인공이 아닌 자의 숙명이니 어쩔 수 없고, 활기차고 씩씩한 아사쿠사 사람인 유카라면 꿋꿋하게 이겨낼 것이다. 실연 동료인 아사바와 유카도 잘 어울리지 않나? 이런 생각도 잠깐 해보았다.

와카아유는 본편에서 설명이 나오듯이 은어를 본뜬 과자인데, 인터넷에서 검색해보면 꼭 장난감처럼 생긴 과자를 볼 수 있다. 멍청해 보이는 얼굴과 볼록한 배가 미니어처 생선 같아서 웃음이 나온다. 와카아유 편에서는 정교하게 다듬은 구리타의 와카아유를 보고 도가시가 무엇이 잘못되었는지, 화과자의 본질이 무엇인지 깨우쳐주는 장면이 좋았다. 그때까지 '악역은 아닌 것 같은데 무섭고 위험한 인물'로 보인 도가시의 화과자를 향한 순수한 열정을 엿볼 수 있었다. 세련됨이란 갖가지 요소를 한꺼번에 넣는 것이 아니라 필요한 요소가 무엇인지 파악해 넘치는 것을 뺀다는 말이 특히 인상적이다. 누군가를 대접하려는 마음을 품고 절대 넘치지 않게 꼭 필요한 요소만을 남기려는 태도, 이것은 화과자나 다도 같은 특정 세계에만 적용되는 태도가 아닐 것이다. 어떤 일을 하더라도 영향을 주고받는 존재는 눈에 보이지 않아도 반드시 있다. 그들을 아끼고 존중하는 마음이 중요하다는 것을 깨달았고, 나도 그렇게 살고 싶다는 생각이 들었다.

대미를 장식한 다이후쿠는 1권 첫 번째 이야기인 구리마루당의 간판 상품 마메다이후쿠를 떠올리게 한다. 마메다이후쿠로 시작해 구리다이후쿠, 그것도 구리타가 만든 구리다이후쿠로 끝을 맺은 것도 작가 니토리 고이치의 치밀한 의도이리라.

4권 마지막까지만 해도 도가시는 사이코패스인가 싶을 정도로 불길한 존재였는데, 구리타와 아오이가 도쿄를 벗어나 시즈오카까지 가서 알아낸 과거는 참 슬프고 안타까웠다. 난치병인 파킨슨병으로 아버지를 잃고 화과자 세계에서 최고가 되겠다는 일념을 품고 살았으나 사람들과 어울리지 못하고 유혈 사태를 일으킨 도가시. 정신없이 몸싸움을 벌이는 와중에 생긴 우발적인 사고였더라도 도가시가 가해자이고 아오이가 피해자인 것은 바뀌지 않을 사실이다. 아오이가 꿈꿨던 미래를 한순간에 무너뜨린 것이니 그녀에게 씻지 못할 죄를 저질렀고, 그 사건 이후 교통사고로 세상을 떠난 마스미 신이치는 평생 가슴에 남을 것이다. 그렇지만 자신도 파킨슨병에 걸렸다고 믿고 곧 죽는다는 공포와 사죄해야 한다는 죄책감에 괴로워하며 혼자 아득바득 견뎠을 시간을 생각하면 무슨 말을 해야 할지 모르겠다. 그래서 모든 것을 안 아오이가 용서한다고 말했을 때, 등장인물 중 한 명이 된 것처럼 감정이입이 되어 숨을 멈췄다. 아오이의 끝을 모르는 다정함과 큰 그릇에 그저 감동했다. 만약 내가 아오이처럼 피해자였다면 가해자에게 안타까운 사정이 있더라도 이해하고 용서할 수 있을까? 가공의 이야기이기에 가능한 일일까? 이런저런 생각이 들었지만, 그래도 이 작품 내에서 아오이와 구리타의 도움을 받아 도가시가 재출발할 수 있어서 다행이다.

이 작품의 중심 등장인물은 대부분 이십대 초반으로 성인이 된 지 얼마 되지 않은 사람들이다. 가업을 잇는다면 보통 중학교나 고등학교를 졸업한 뒤부터 일을 시작하고 교육은 훨씬 더 이전부터 받는다. 그래서 구리타도 아오이도 이십대 초반이지만 경력이 길고 지식도 풍부하며 사회생활을 일찍 시작했기 때문인지 강하고 든든하다. 이들의 단단한 정신력을 보면 나이가 한참 위인 나도 고개가 숙어진다. 어떻게 하면 성적에 지장 없이 강의를 빠질 수 있을지 고민하느라 시간을 보냈던 내 지난날을 떠올리면 존경심까지 느껴진다.

내게 이 시리즈는 귀엽고 훈훈한 이야기인 동시에 많은 것을 가르쳐주고 느끼게 해준 사랑스러운 작품이다. 이렇게 권수가 많은 작품의 번역을 맡은 것은 처음이어서 신선한 경험이었고, 이름은 얼핏 들어봤지만 먹어본 적은 없는 화과자들의 정보를 찾느라 인터넷 검색 실력도 조금은 나아진 것 같다. 단것에 손이 가서 불어난 몸무게도 덤으로 딸려 왔지만 1년에 못 미치는 시간 동안 구리마루당의 세계에 푹 빠져서 지낼 수 있어 행복했다.

작가의 말을 읽어보면 구리타와 아오이가 어떻게 살고 있을지 좀 더 어른이 된 미래 모습을 그리고 싶다고 한다. 아오이의 가족과 설정만 있고 등장하지 않은 인물도 있다는데 기대

된다. 구리마루당 사람들은 물론이고 아사바 남매, 유카, 그리고 과자점 마키세에서 과거를 극복하고 새로운 인생을 살아갈 도가시의 이후도 볼 수 있기를…… 조심스럽게 빌어본다.

이소담

기다리고 있습니다
변두리 화과자점 구리마루당 5

1판 1쇄 발행 2017년 2월 27일
1판 3쇄 발행 2018년 12월 12일

지은이 · 니토리 고이치
옮긴이 · 이소담
펴낸이 · 주연선

편집 · 심하은 백다흠 이경란 하선정 최민유 김서해 이우정
디자인 · 권예진 이다은 안자은 김지수
마케팅 · 장병수 최수현 김다은 이한솔
관리 · 김두만 유효정 박초희

(주)은행나무
04035 서울특별시 마포구 양화로11길 54
전화 · 02)3143-0651~3 | 팩스 · 02)3143-0654
신고번호 · 제 1997-000168호(1997. 12. 12)
www.ehbook.co.kr
ehbook@ehbook.co.kr

잘못된 책은 바꿔드립니다.

ISBN 978-89-5660-034-5 04830
ISBN 978-89-5660-980-5 (세트)